CONVERSATIONS D'UN ENFANT DU SIÈCLE

DU MÊME AUTEUR

Romans

MÉMOIRES D'UN JEUNE HOMME DÉRANGÉ, La Table Ronde, 1990.
VACANCES DANS LE COMA, Grasset, 1994.
L'AMOUR DURE TROIS ANS, Grasset, 1997.
99 FRANCS, Grasset, 2000.
WINDOWS ON THE WORLD, Grasset, Prix Interallié, 2003.
L'ÉGOÏSTE ROMANTIQUE, Grasset, 2005.
AU SECOURS PARDON, Grasset, 2007.
UN ROMAN FRANÇAIS, Grasset, Prix Renaudot, 2009.
OONA & SALINGER, Grasset, 2014.

Nouvelles

NOUVELLES SOUS ECSTASY, L'Infini / Gallimard, 1999.

Essais

DERNIER INVENTAIRE AVANT LIQUIDATION, Grasset, 2001
PREMIER BILAN APRÈS L'APOCALYPSE, Grasset, 2011.

FRÉDÉRIC BEIGBEDER

CONVERSATIONS D'UN ENFANT DU SIÈCLE

BERNARD GRASSET
PARIS

Ouvrage édité par Arnaud Le Guern

Photo de la couverture : J.-F. Paga © Grasset, 2015

ISBN 978-2-246-85886-7

AVANT-CONVERSATIONS

J'aimerais, plus tard, qu'on dise des pages qui suivent : oh, c'étaient des gens qui écrivaient des choses mais surtout, c'étaient des personnes qui s'asseyaient à une table pour discuter de littérature. Cela se passait à la fin d'un siècle et au début d'un autre, en un temps où ils étaient parmi les derniers au monde à s'intéresser à ce truc démodé. Ils péroraient sans s'arrêter, en buvant pour se donner du courage, ils aimaient se parler des livres qu'ils n'avaient pas écrits, des livres qu'ils allaient écrire, des livres des autres comme des leurs, et aussi des vies qu'ils n'avaient pas vécues. Ils conversaient car ils n'avaient pas sommeil. Il se faisait tard, parfois ils ne se souvenaient plus très bien ce qu'ils faisaient là, mais ils continuaient à palabrer, et le soleil était couché, et la France était morte, et ils trouvaient toujours des choses à se dire sur l'avenir du monde. Dans une époque où tout était organisé pour isoler les êtres, leurs conversations impliquaient une forme de refus. Ils discutaient donc ils étaient.

Surtout, ne croyez pas que ces entretiens soient autre chose que de l'écriture. Quand un écrivain parle avec un confrère, leur dialogue produit forcément de la littérature : c'est une création orale. Ecrire, c'est parler en silence, et réciproquement : parler, c'est écrire à haute voix. Quand deux écrivains conversent, c'est comme le frottement de deux silex : le feu n'est pas garanti mais il y aura forcément quelques étincelles. Même quand elles se donnent l'apparence d'un badinage, il me semble que toutes ces entrevues, au moment propice, laissent échapper un semblant de quelque chose, une idée saugrenue, une anecdote méconnue, une citation bizarre, voire le numéro de téléphone de Jean-Paul Sartre : Danton 48-52 (celui de Montherlant était Littré 78-84) (si on me demande un jour à quoi sert la littérature, je répondrai qu'elle sert à sauvegarder toutes ces informations dont les gens malheureux croient pouvoir se passer). C'est parfois dû à l'alcool, à l'horaire tardif, à un sourire idiot, une pirouette qui donne confiance. Socrate appelait cela la maïeutique, je préfère le terme de « fariboles » ou « billevesées ». Mon éducation m'a enseigné qu'il faut toujours admirer les artistes pour les mettre à l'aise, et si possible se faire passer pour léger quand on est doublement angoissé par la sémantique et l'apocalypse. Je distinguerai trois périodes dans ma carrière d'intervieweur d'écrivains : 1) quand je me prenais moins au sérieux que mes interlocuteurs ; 2) quand je me prenais plus au sérieux que mes interlocuteurs ;

3) quand ni mes interlocuteurs ni moi ne nous prenions au sérieux.

Dieu merci, les entretiens rassemblés ici par Arnaud Le Guern n'appartiennent qu'à la troisième catégorie. J'ai interrogé les vingt auteurs de ce livre comme un apprenti garagiste questionnerait un professionnel sur la meilleure manière de changer un joint de culasse. Je voulais déchiffrer leur méthode, comprendre les rouages de leur travail, voler leurs secrets de fabrication, comme celui du regretté Tabucchi : « Passer au chapitre suivant ». Ce recueil aurait pu s'intituler « Les mains dans le cambouis » ou « Shop talk » comme celui de Philip Roth sur ses discussions avec Primo Levi, Isaac Bashevis Singer et Milan Kundera. « Parlons boutique ! »

Je crois qu'en deux décennies, on me voit dans cet ouvrage passer de l'état de petit morveux arriviste à celui de vieux notable satisfait. Ou, pour employer une image plus moderne : on sent que progressivement j'essaie de m'incruster dans le cadre comme un fan qui prend des selfies. Ne lisez pas tous ces dialogues à la suite, ils deviendraient aussi indigestes qu'un dîner avec vingt plats en sauce. Je suggère de les ouvrir par intermittences, d'en picorer un ou deux à la suite, puis de reposer le livre et de sortir faire la même chose dans un bar. Vous connaissez sûrement un écrivain ; on les lit de moins en moins mais il y en a de plus en plus ; vous en dénicherez facilement un dans votre entourage, généralement un ronchon frustré et mal peigné. Les écrivains sont des gens très seuls, n'hésitez pas à lui offrir un verre et à l'écouter bien poliment, en hochant la tête de temps à autre. Vous verrez, c'est mieux qu'une séance de yoga – c'est fou comme on se sent bien en écoutant les dernières personnes intelligentes sur terre.

FB

Bernard Frank

– décembre 1999 –

Il va de soi que je n'ai rien préparé. Quand on déjeune avec Bernard Frank, il ne faut pas travailler. La paresse fait partie du menu de La Méditerranée, ce joli restaurant marin de la place de l'Odéon, où Orson Welles venait souvent quand il habitait rue de Condé. Un endroit qui porte un tel nom est une invitation à l'indolence. Tiens ? Curieux, je n'avais jamais remarqué qu'une seule lettre sépare l'indolence de l'insolence. Attendez-vous à des digressions de ce niveau tout au long de cet entretien. On ne déjeune pas impunément avec le plus grand spécialiste français de la bifurcation : il déteint sur vous.

Il y a quelques années, une telle rencontre aurait eu lieu au bar du Pont-Royal : malheureusement, celui-ci est fermé depuis quelques années.

FB : Cher Bernard, ne pensez-vous pas que nous devrions faire une pétition pour la réouverture du bar du Pont-Royal ?

BF : Tout à fait. Parfois, il faut savoir s'investir pour les bonnes causes. Je signe où ?

Au fond, Bernard Frank a toujours été un écrivain engagé. Sartre ne s'est pas trompé en le recrutant aux *Temps modernes* pour flinguer les hussards tout en les créant. C'était plus chic que de le faire virer juste après par Jean Cau pour s'être moqué de lui dans *Les Rats*. Oh ! et puis zut : c'est de l'histoire ancienne, il y a prescription. En arrivant ici, je me suis jeté un défi : parvenir à déjeuner avec Bernard Frank sans parler de Jean d'Ormesson. Cela va être dur.

FB : Comment va Françoise Sagan depuis son opération de la hanche ?

BF : Pas trop mal. Mais je ne l'ai pas vue depuis trois semaines.

Un ange passe. Flammarion vient de publier un volume rassemblant l'intégralité des œuvres de Bernard Frank. Sagan avait eu droit à son « Bouquin » chez Robert Laffont en 1993. J'imagine les deux joyeux compères dans le manoir normand que Françoise gagna il y a quelques années au casino de Trouville. Frank s'écriant : « Tu as peut-être ton Guy Schoeller, mais moi j'ai mon Raphaël Sorin, na na na na nère ! »

BF : Au fait, qui va payer l'addition ?

FB : *Le Figaro*.

BF : Ah ! Bon.

Il se tourne vers le maître d'hôtel.

BF : Alors un château-terrey-gros-cailloux 1994, s'il vous plaît, même si c'est une mauvaise année.

Je regarde la carte : un saint-julien à 225 francs la bouteille. Ce n'est pas la plus chère de la carte mais il faudra tout de même que je pense à prendre discrètement la note en partant.

Pourquoi adorons-nous Bernard Frank ? Parce qu'il sait choisir le vin ? Parce qu'il a les mêmes initiales que la Banque de France ? Non. « Le dernier des Mohicans », c'est lui. Ce puits de culture nonchalant a passé sa vie à ciseler les phrases pour tromper son ennui. Ses livres sont faussement flemmards : Bernard Frank est un stakhanoviste de la presse, un bâcleur besogneux, un oisif surmené et, accessoirement, le plus grand écrivain français vivant depuis la mort de Blondin. Rien que d'être assis à côté de lui me garantit une présence dans sa biographie par Pierre Assouline (à paraître en 2018 aux éditions Plon), dans son journal intime (à paraître en 2025 aux éditions Flammarion) et dans le *Frébourg et Neuhoff* de la littérature française du XXe siècle (à paraître en 2047 aux éditions Albin Michel). Nous pouvons modifier légèrement le cogito cartésien : je déjeune avec Bernard Frank, donc j'existe.

FB : On va essayer d'accomplir un exploit : tenir tout un déjeuner sans parler de Jean d'Ormesson.

BF : Eh bien, c'est raté.

Il est trop fort. Je suis nul en interview. Que lui demanderait Truman Capote à ma place ? J'ai la chance de fréquenter un honnête homme du XXe siècle et je n'ose pas lui poser les vraies questions. La mort lui fait-elle peur ? Pourquoi tout ça ? A quoi bon vivre ? Vaut-il mieux faire des livres ou des enfants ? Lire, c'est écrire ? Ecrire, c'est vivre ? Donc lire c'est vivre ? A-t-il lu Jean Echenoz ?

BF : Oui, je l'ai lu. Ce n'est pas mauvais.

FB : Et Christine Angot ? Après tout, elle fait de l'autofiction, comme vous...

BF : Je n'ai pas voté pour elle au prix Décembre. Houellebecq, ça allait, mais bon. J'ai lu *Sujet Angot* en Pocket et quant à *L'Inceste*, je l'ai reçu la veille du prix, par coursier avec l'accusé de réception. J'ai dû signer un papier comme quoi je l'avais bien réceptionné. Après, j'étais obligé de le lire, la veille de la remise du prix ! Mais je vais vous dire : ce n'est pas si mal par rapport à moi. C'est, comme on dit, une écorchée.

FB : Personnellement, j'ai du mal avec sa prétention.

BF : C'est bien la prétention. Moi aussi j'étais très prétentieux quand j'ai publié *Géographie universelle*.

Il aspire des bulots arrosés d'un petit bourgogne blanc. Les assiettes furent dessinées par Jean Cocteau en 1960.

FB : Savez-vous que Cocteau entre dans la Pléiade ?

BF : Exact. Pourquoi pas ? Cet auteur facile avait besoin d'une discipline comme la Pléiade.

La cravate rouge de Bernard Frank est assortie à son écharpe en laine. Petit à petit, au cours du déjeuner, elles vont se mélanger, s'unir et se confondre. Il commande des huîtres creuses et du cabillaud. Le sommelier nous sert un château-maucaillou 1993. Ce n'est absolument pas ce que nous avions commandé : il a confondu gros-cailloux et maucaillou. Quiproquo typiquement frankien : on partait dans une direction et hop !, on arrive ailleurs. Chez Bernard Frank, les écharpes deviennent cravates et les vins valsent d'étiquette.

FB : Sartre s'est fâché avec les deux seuls écrivains de talent qu'il connaissait : Boris Vian et vous. Pourtant, vous aviez tous les deux écrit de bons romans sur lui : *L'Ecume des jours* et *Les Rats*.

BF : Vian était très lié à Sartre, ne serait-ce que par sa femme... J'avais été le voir au Tabou. C'est Vian qui m'a donné le téléphone de Sartre : Danton 48-52.

FB : Sartre était-il un si bon personnage de roman ?

BF : Il était beaucoup moins ennuyeux que nous tous. Certes, si vous lui parliez de l'avenir de la démocratie, il rentrait dans son ennui, son domaine de compétence. Mais il était bien plus drôle dans la vie que par écrit. Aujourd'hui, il aurait été excellent à la télévision. N'oubliez pas que, dans sa jeunesse, il a démoli tout le monde dans ses *Situations* : Mauriac, Giraudoux, etc. Quand il a dit cette grande phrase : « Dieu n'est pas un artiste, Monsieur Mauriac non plus. »

FB : Nous vivons en ce moment un grand classique : la visite du jeune chroniqueur arriviste au grand écrivain condescendant.

BF : Il n'y a pas que les jeunes qui soient arrivistes : quand on est vieux, on se sent menacé, donc on pense à sa carrière. Chardonne disait : « Une vie c'est court mais une carrière c'est long. » Moi, par exemple, je suis un vieil arriviste : d'ailleurs, je veux prendre votre place à *Voici*.

FB : Mais je ne suis pas un jeune condescendant.

BF : Si : vous êtes mon commentateur. Vous êtes mon protecteur.

FB : Dans sa préface à votre dernière « compil », Olivier Frébourg dit que vous avez choisi d'écrire des livres pour ne pas travailler. Mais en fait, écrire demande beaucoup de travail. Donc vous avez travaillé toute votre vie pour ne pas travailler.

BF : C'est vrai. Mais j'ai essayé de faire de l'inusable pour ne pas travailler trop longtemps.

Il regarde une jolie serveuse qui traverse la salle avec la fluidité des jolies serveuses parisiennes.

FB : A 70 ans, vous regardez toujours les jolies filles ?

BF : Oui. Il n'y a qu'elles qui ne me regardent pas. C'est pour cela qu'on a des passions : quatre belles filles vous regardent et comme on n'y est pas habitué, ça vous remplit une vie.

FB : Quatre ! Vous avez de la chance ! Moi je n'en ai eu qu'une !

BF : Vous verrez !

Nous sommes cernés par les « décideurs » avec leurs téléphones portables et soudain je me jette à l'eau.

FB : A quoi sert la vie ? L'amour est-il possible ? Pourquoi meurt-on ? Vaut-il mieux faire des livres ou des enfants ?

BF : Les beaux livres ne répondent à rien et pourtant ils sont une réponse. Quant à nos filles, espérons qu'elles seront mieux que nos livres. Qu'elles dureront plus longtemps.

FB : Vous me permettez de publier cet article dans la réédition de mes papiers en 2078 ?

BF : Bien sûr. Je le lirai alors avec plaisir.

J'aurais pu ajouter une conclusion brillante, mais pour cela, il aurait fallu travailler.

Philippe Sollers

– 9 mars 2000 –

Pas possible, ce n'est pas vrai, je ne suis pas en train de déjeuner avec Philippe Sollers. Le type en face de moi est sérieux, me parle de littérature, n'est ni frivole ni superficiel. Il doit y avoir erreur sur la personne. Ce doit être un sosie travesti, un clone triste, un imitateur grimé. Pourtant il a des bagues aux doigts, un fume-cigarette, la coupe de cheveux d'Hervé Bazin, et boit un bloody mary. Peut-être est-ce Laurent Gerra déguisé en Philippe Sollers ? Ou bien sommes-nous filmés à notre insu pour « Surprise sur prise » ? Pas de chance : moi qui m'attendais à badiner allègrement à La Closerie des Lilas en compagnie d'un joueur, me voilà assis en face d'un guerrier du goût.

PS : *Le Figaro* attend un article déconnant ? Il faut lui désobéir.

FB : Pourquoi ?

PS : Vous me décevez, jeune Beigbeder : ne voyez-vous pas que les fouteurs de merde sont désormais les barons du système ?

Résumons la situation. Paris est en ébullition car Sollers publie son nouveau roman : *Passion fixe* chez Gallimard. La rumeur est très élogieuse : ce serait le meilleur roman de Sollers depuis *Femmes*. J'ai commandé une planche de pata negra et un verre de bordeaux ; en face de moi, l'individu qui se fait passer pour Sollers n'a pris qu'un œuf mayonnaise.

FB : Combien de temps avez-vous mis pour écrire ce roman ?

PS : Trois ans. Savez-vous que nous sommes depuis le 3 février dans l'année du Dragon ? C'est le seul animal mythique du calendrier chinois. Et savez-vous pourquoi les Chinoises portent du jade ? La légende dit que cette pierre est le sperme du dragon vitrifié sur la terre.

Je ne vois pas le rapport avec ma question. Mais soudain me voilà rassuré. C'est forcément le vrai Sollers qui me parle, car personne d'autre en Europe continentale ne s'intéresse au sperme de dragon vitrifié. Maintenant que mon inquiétude est dissipée, je peux lui dire ce que je pense de *Passion fixe* : c'est son meilleur roman depuis *Une curieuse solitude*.

FB : Vous avez réussi à écrire un roman d'avant-garde sur l'amour heureux. A décrire le bonheur sans être ennuyeux.

PS : Il ne faut pas avoir honte d'être heureux. Le bonheur est à contre-courant. La société voudrait qu'on n'ait le choix qu'entre la fleur bleue ou le dégueulis, qui ne sont que l'envers et l'endroit de la même circulation électronique.

Cette fois, aucun doute n'est permis : c'est bien Philippe Sollers, puisque je n'ai rien compris.

PS : C'est une philosophie et une position politique. J'essaie de montrer la différence entre « baiser » et « faire l'amour ». Rien n'est plus subversif aujourd'hui que ce qui peut arriver entre un homme et une femme. Car quand il marche, l'amour est une contre-société. Et la société voit cela d'un sale œil.

FB : Est-ce que *Passion fixe* n'est pas une contradiction dans les termes, surtout pour un disciple de Casanova comme vous ?

PS : Pas du tout. Ce titre n'est pas un oxymoron mais une provocation : comme je viens de vous le dire, le système voudrait que la passion soit synonyme de malentendu, d'échec, d'amertume, de ressentiment. Rien n'énerve davantage qu'une passion qui reste au beau fixe.

FB : Auriez-vous préféré déjeuner avec une femme ?

PS : Ça dépend laquelle ! Et puis, un homme est une femme comme les autres.

Je rougis. C'est la première fois que Sollers me drague. Peut-on légalement pacser deux mecs hétérosexuels ? A la table d'à côté, nos voisins nous dévisagent bizarrement. Je décide de changer de sujet.

FB : Les critiques vont comparer *Passion fixe* à *Femmes* mais moi, je trouve que c'est aussi un retour à *Une curieuse solitude*, votre premier roman, paru en 1958. Le côté « éducation sentimentale »...

PS : Ce n'est pas faux. J'avais mis en exergue d'*Une curieuse solitude* une phrase de Joseph Joubert : « Le plus beau courage, celui d'être heureux. »

FB : *Une curieuse solitude* était un peu votre *Bonjour tristesse*. Et *Passion fixe* raconte une histoire d'amour entre bourgeois. Cela fait beaucoup de points communs entre Sagan et vous, non ?

PS : Il y a le pseudonyme et les origines sociales, si vous voulez. Mais il me semble que *Passion fixe* est plus dur que du Sagan. Il y a le suicide du début. Et puis mes personnages ne restent jamais entre riches. Dans tous mes romans, l'amour sert à mélanger les classes : la grande différence entre *Bonjour tristesse* et *Une curieuse solitude* c'est que, dans le mien, le héros se tape la bonne espagnole...

L'avocat et éditeur Jean-Claude Zylberstein vient lui serrer la main en lui chuchotant à l'oreille : « Je travaille à ta statue. » Sollers adore ça : les manigances, les complots, les conspirations, les réseaux. Dans *Passion fixe*, le narrateur est une sorte d'agent secret, comme dans ses deux derniers romans (*Studio* et *Le Secret*). Tout d'un coup, je glousse tout seul en imaginant Sollers remplaçant Pierce Brosnan dans le rôle de James Bond : « *My name is Sollers. Philippe Sollers.* »

FB : Pourquoi toutes ces citations dans vos derniers romans ? Votre ennemi intime, Jean-Edern Hallier, disait que c'était ce qu'il y avait de meilleur dans vos livres.

PS : C'est un garçon qui a eu envers moi une très grande fidélité. Je n'ai pas su répondre à son désir.

FB : Mais les citations ?

PS : Ce ne sont pas des citations, mais des collages. Une citation vient à l'appui d'un discours faible. Le collage sert juste à montrer. Notamment à montrer qu'on sait lire ! Pour savoir écrire, il faut savoir lire, et pour savoir lire, il faut savoir vivre. Donc si on veut écrire beaucoup, il faut lire beaucoup et vivre beaucoup.

C'est important, donc je le note sur mon petit cahier. Vous devriez en faire autant.

FB : Que répondez-vous à ceux qui trouvent que vous écrivez toujours le même livre ?

PS : Que ce n'est pas toujours le même livre, mais qu'il faut s'habituer à ce que ce soit toujours le même écrivain !

FB : Pourquoi passez-vous votre vie à La Closerie ? Est-ce pour y avoir votre plaquette en cuivre vissée sur une table après votre mort, comme Hemingway ?

PS : Non, j'habite à côté, tout simplement. Et puis, c'est un endroit stratégique, entre l'allée de l'Observatoire et Port-Royal. Tout près de chez Pascal.

FB : Pascal Quignard ?

PS : Non : Pascal tout court.

FB : Savez-vous qu'Alfred Jarry est venu ici, un soir, tirer des coups de pistolet ?

PS : Ah ! Que son nom soit béni.

FB : Avez-vous un lance-grenades sur vous ? Nous pourrions foutre une sacrée ambiance.

PS : Vous savez, je ne suis pas violent du tout : la criminalité amoureuse me suffit.

FB : Acceptez-vous comme Bernard Frank de signer ma pétition pour la réouverture du Pont-Royal ?

PS : Des deux mains.

FB : Et, comme feu Alphonse Boudard, de militer pour la réouverture des maisons closes ?

PS : Des trois pieds. Les bordels sont les universités de la République.

FB : Mais les chiennes de garde vont vous mordre !

PS : Pas du tout. Ce qui est détestable, c'est l'exploitation prostitutionnelle de la misère, l'arrivée des filles de l'Est sur les trottoirs. Il est préférable que tout cela se passe dans le luxe.

FB : Vous savez que Jean-Marie Rouart, notre directeur bien-aimé, a publié en 1993 un roman intitulé *Le Goût du malheur*. Je me demandais si

Passion fixe n'aurait pas pu s'intituler *Le Goût du bonheur*.

PS : Mais j'ai déjà fait *La Guerre du Goût*, dont le tome 2 est à paraître l'année prochaine chez Gallimard.

FB : L'année prochaine chez Gallimard, c'est mieux que *L'Année dernière à Marienbad* !

Après Philippe Sollers a imité Mitterrand et Chirac pour me faire croire qu'il était Laurent Gerra mais cette fois je n'ai pas marché. Malgré mes protestations, il a payé l'addition (631 francs) et s'est enfui car il avait de nombreux rendez-vous pour le lancement de son nouveau roman. Debout, sous la bruine, devant La Closerie, je me sentais comme Luke Skywalker après sa rencontre avec Obi-Wan Kenobi : la force était en moi. J'étais lessivé, heureux, ivre, léger, rassasié, cafardeux, jaloux, admiratif, et fier. Surtout fier. Ma vie est nettement plus intéressante depuis que je sors moins avec des snobs, depuis que je fréquente des écrivains, depuis que je côtoie des gens qui vivent pour pouvoir lire, et lisent pour pouvoir écrire, et écrivent pour pouvoir vivre.

Jean-Jacques Schuhl I

– 11 décembre 2000 –

Hôtel George-V, le 11 décembre 2000, 21 h 30. Jean-Jacques Schuhl et Ingrid Caven sont assis à ma table au dîner des prix « The Best » organisé par Massimo Gargia. Le prix Goncourt 2000 ne semble même pas fatigué : il a refusé de faire la tournée des villes de province. Assise à côté de lui, l'héroïne de son dernier roman s'apprête à recevoir un prix d'élégance. Y aurait-il overdose de lauriers chez les Schuhl ?

JJS : Oh ! Calmez-vous... Mon livre se vend moins bien que le vôtre... Ce qui est marrant, c'est que ce soir Christine Deviers-Joncour a eu trois fois plus de photos que nous. On ne peut pas lutter avec la « putain de la République ».

FB : Pourtant nous faisons le trottoir depuis aussi longtemps qu'elle ! Avez-vous entamé la suite : *Ingrid Caven 2* ?

Ingrid Caven : *Ah non ! Ça zuffit ! Dites-lui de z'attaquer à quelqu'un d'autre !*

JJS : J'ai quarante pages d'une nouvelle chose

qui avance très doucement... c'est très cul et violence... ça n'intéressera personne...

FB : Faux : les gens adorent ça puisqu'ils sont chastes et pacifiques. Alors, serions-nous la table des intellos dans ce dîner mondain ?

JJS : Je préfère dire les cérébraux. Non, ne l'écrivez pas ainsi (il corrige l'orthographe sur mon carnet de notes). Il faut lancer l'expression « cérébros ». Nous sommes des cérébros rémoulade !

FB : Maître, je voudrais vous poser une question très grave : comment allez-vous faire pour rester « culte » après un succès pareil ?

JJS : Impossible. Il n'y a plus rien à faire.

Ingrid Caven : *Tu n'as qu'à chancher de nom, comme Romain Kary...*

FB : Très juste. Ou publier un truc encore plus expérimental, comme celui que vous avez donné à *Technikart-NRV* d'août dernier.

JJS : Non, ce n'est pas « culte » de se planter après un succès : ça fait pathétique. Je suis foutu, comme vous Beigbède. La célébrité n'est pas culte. C'est antinomique.

FB : Donc notre table n'est pas « cérébro » mais plutôt composé de « VVVIP », autrement dit de *Very Very Very Important Persons*.

JJS : Je dirais plutôt « VIIIP » (*Very Important Important Important Persons*). Dites-moi, Beigbède, tu n'oublies pas que je veux jouer dans *99 F* le film ?

FB : Oui, vous voulez faire le directeur de création de l'agence, c'est ça ?

JJS : Non, un rôle de barman m'irait bien... J'aimerais agiter un shaker en parlant de l'apocalypse avec Michel Houellebecq.

FB : Cela me paraît envisageable.

Je suis sûr que vous pensez que tout ceci est inventé. Pourtant tout est vrai. Il suffit d'inventer sa vie et soudain elle a lieu. C'est ce que font Jean-Jacques Schuhl et Ingrid Caven. Ils sont sublimes depuis le jour où ils ont décrété que leur vie était un roman. Ce n'est pas compliqué de devenir son rêve, à quoi d'autre sert la littérature ?

Guillaume Dustan

– 3 mars 2002 –

Je suis l'animateur de « Des livres et moi » et je suis nu en compagnie d'un auteur subversif, Guillaume Dustan, nu lui aussi, un révolutionnaire qui tente à sa manière de changer le monde, et je pèse mes mots comme lui les siens. Guillaume Dustan publie *LXiR*, chez Balland, dans la collection qu'il dirige, « Le Rayon », un essai politique, très sérieux, ambitieux et brutal.

FB : *LXiR*, Guillaume Dustan, question originale : pourquoi ce titre ?

GD : Euh...

FB : C'est un condensé, un précipité ?

GD : Voilà.

FB : Je peux faire les questions et les réponses.

GD : Ce serait sympa. Parce que j'ai beaucoup travaillé ces cinq dernières années. J'ai eu beaucoup d'ennemis. Ç'a été très difficile. Mais on peut se tutoyer ? Il y a un truc que je ne supporte pas. On se tutoie à la ville puis, après, à l'écran, on se dit « vous ». Je trouve que ce n'est pas bien. Si on a une optique de transparence...

FB : C'est vrai. Mais la transparence risque d'être prise pour de la connivence. En général, c'est une convention à la télé, de vouvoyer les gens pour faire croire qu'on ne les connaît pas.

GD : Je trouve que c'est mieux d'avoir un maximum d'informations sur les journalistes, sur les filtres, et savoir qui se dit « tu » et qui se dit « vous » fait partie du décryptage.

FB : D'accord. Donc tu es connu, Guillaume Dustan, pour être l'auteur d'une trilogie autobiographique chez P.O.L – *Dans ma chambre*, *Je sors ce soir*, *Plus fort que moi* – puis, chez Balland, tu as créé « Le Rayon », une collection radicale, proche de tes idées et, dans cette collection, tu as publié une autre trilogie : *Nicolas Pages*, *Génie divin* et maintenant *LXiR*. Ai-je bien résumé ?

GD : Ouais ! Aurore Leblanc m'a dit récemment que mon truc était bien, parce qu'elle le comprenait depuis le début. Elle travaille à FG, donc elle connaît bien le milieu de la nuit, les drogues. Mais elle m'a dit également que c'était de plus en plus compréhensible de l'extérieur. C'est aussi la raison de ma présence ici. Si c'était juste des histoires de noctambules, ce serait limité. Pourquoi suis-je là ? Parce que la fête, dans le genre : « On en a marre des curés », la fête comme nouvel ordre mondial, devient quelque chose de prédominant chez les moins de 35 ans, surtout chez les moins de 25 d'ailleurs. On voit que c'est une nouvelle humanité.

FB : Tu as commencé par de la littérature et ensuite ce sont des essais, de plus en plus pamphlétaires.

LXiR est un livre où il n'y a plus d'autobiographie. C'est surtout un projet de réflexion, de réforme de la société.

GD : Oui. Mes premiers bouquins, grosso modo, c'était un peu pour m'en sortir à titre personnel. Il y a aussi cette part-là dans l'autofiction, qui n'est pas du tout un truc nul, c'est important. Ça va peut-être donner aux autres l'envie de le faire.

FB : Tu es énarque et tu te retrouves symbole de la libération sexuelle. Il fallait en passer par là ?

GD : J'étais déjà le symbole de la révolution sexuelle à l'ENA ! J'arrivais en Bombers, jean moulant et rangers. J'avais le crâne rasé.

FB : Mais ce sont des vêtements !

GD : Oui, mais je voulais pousser plus loin la liberté.

FB : Donc *LXiR* est un projet de revenir aux idéaux libertaires de 68 ? Tu es un ultra-libertaire ? Pour la libéralisation de toutes les drogues ?

GD : Je suis comme toi, Frédéric. Je suis un peu comme tout le monde dans ma génération. Il y a quand même un affrontement générationnel très violent, en France et dans le monde, je pourrais dire dans le monde blanc parce que je suis bêtement provocateur. Dans le monde, on a le droit de s'exprimer. Et ce qui se passe de plus important, c'est cet affrontement générationnel absolument énorme et violent qui a lieu entre vieux et jeunes. Alors les vieux, c'est qui ? Le super vieux, style Jospin et Chirac, au service de qui, à la solde de qui ? Tous les renégats de 68 qui ont retourné leur veste, remis les costards et lavent plus blanc que blanc, des bourgeois plus chiants que chiants.

FB : C'est marrant. Beaucoup de tes métaphores sont vestimentaires. « Retourner sa veste », « remettre les costards »...

GD : C'est normal puisqu'ils sont dans l'apparence. Ça veut dire beaucoup de choses les codes, le système de la mode.

FB : Si on veut rentrer dans les détails du projet *LXiR*, que veux-tu dire par « déséduquer » ?

GD : Je mets juste le doigt, ou l'accent, je ne sais pas comment on dit, sur un truc qui se passe. Si tu as regardé les « Teen Awards » aux Etats-Unis, où les ados et uniquement eux votent, ils sont tous dans une critique antiautoritaire, qui est violente et qui les unit, du système. Ils sont tous para-clubbers, para-drogués, para-sports extrêmes, très glisse. Ils sont individualistes, ce sont des gens un peu lâchés. Ça fait plaisir. A part ça, « déséduquer » signifie sortir de la « civilisation des mœurs » dont parlait Norbert Elias. Là je donne une petite référence, ça fait bien... Ce qui a fait que nous ne sommes plus des animaux jouisseurs. Moi, c'est vrai, je fais une critique paganiste, de gauche, c'est une nouvelle gauche. Mais la nouvelle gauche, elle est pour une forme de retour en arrière, qui est : on est trop éduqué. C'est quelque chose qu'on voit aussi dans *Fight Club*...

FB : Dans *LXiR*, tu tentes aussi de réformer l'orthographe. Est-ce une tentative de déséduquer jusqu'à la forme de la langue ?

GD : Oui. C'est évident qu'il faut réformer l'orthographe. D'une manière générale, il faut desserrer l'emprise bourgeoise. Ça veut dire se débarrasser d'un certain nombre de canons, de trucs dont on n'a rien à cirer. Et l'orthographe en fait partie. Il faut une orthographe phonétique. A quoi ça sert d'emmerder tout le monde ? Mais il y a quelque chose de plus profond. Que fait-on du peuple ? Que fait-on de toutes ces énergies humaines formidables qu'on détruit ? On n'en fait rien, ça ne sert à rien. Ce sont des gens qui finissent par faire des choses inintéressantes alors qu'ils ne sont pas plus bêtes que nous. On ne leur donne juste pas les moyens. Alors la gauche me fait bien rigoler. Elle n'existe pas, la gauche. Elle a absolument tout lâché. Elle est totalement de droite. D'ailleurs, c'est pour ça qu'elle passe.

FB : Tu ne te présentes pas aux élections, par hasard, Guillaume ?

GD : Euh non... Disons que l'impact que j'ai pu avoir sociétalement, c'est quand même le coup de la perruque. Tu en vois partout des perruques. Elles sont en vente dans les commerces. Ce truc de la perruque, ça a été très profond. Et ça fait rigoler les gosses. Ça leur a peut-être donné envie de se dire : « Merde, je fais ce que je veux ! »

FB : Tu as plein de projets. La chambre des minorités, c'est quoi par exemple ? Ça a l'air assez simple...

GD : C'est une manière de dire : « La parité, oui, mais allons plus loin. » Il n'y a pas que les hommes et les femmes comme manière d'envisager le monde.

FB : On crée un nouveau Sénat ?

GD : L'idée, c'est qu'on crée une assemblée de communautés. Ce n'est pas gênant d'être communautaire. Il faut prendre acte que les gens vivent en communauté. Nous ne sommes plus dans un système où il y a la famille et l'Etat. A ce moment-là, on aura une réelle représentativité populaire. Et nous n'aurons plus cette caricature où il n'y a, à l'Assemblée et au Sénat, que des hommes blancs, super bourgeois, de plus de 55 ans.

FB : On remplace le Sénat par une chambre où il n'y aurait plus que des gens de moins de 35 ans ?

GD : Non, il n'y aura pas que des gens de moins de 35 ans. Tu sais comment on fait avec le camembert ? On fait des quotas, à donf'. Moi je suis pour. Après on négocie tout et tout le monde se met d'accord pour des réformes, à la Suisse.

FB : Tu as déclaré qu'un écrivain doit être une star au même titre que Madonna...

GD : Je pense que tout le monde doit être une star au même titre que Madonna. Je pense qu'il faut être le plus fort et le plus heureux possible.

FB : Dans *Grabuge !*, Benoît Delépine fait une proposition politique forte, qui rentrera peut-être dans ton projet. Il demande que tout individu ayant une fortune dépassant un milliard de dollars soit déféré immédiatement devant le Tribunal pénal international pour « Crime contre l'humanité ».

GD : Ouais, c'est vrai... Il y a en ce moment un petit problème avec les riches. Les riches forment un peu trop une élite. Ça ressemble aux années 30... Mais il y a surtout le problème que les pauvres sont un peu trop pauvres.

FB : L'écart se creuse ?

GD : C'est à cause de la gauche qui est une droite, on le sait.

FB : Je cite une autre suggestion de Guillaume Dustan : la suppression des prisons. Mais où mets-tu les gens dangereux ?

GD : Moi je suis pour les camisoles chimiques. J'ai beaucoup utilisé la camisole chimique à titre personnel. C'est vraiment très bien. Ça m'a aidé à ne pas péter les plombs.

FB : Donnons la parole maintenant à un homme décédé, puisqu'eux aussi ont droit à la parole. Jean-Edern Hallier : « Est-ce que le corps de Marilyn Monroe était plus poétique que le corps d'Arthur Rimbaud ? » Guillaume ?

GD : Non, je crois pas...

FB : Penses-tu qu'il faut supprimer le travail ?

GD : Bien sûr, il faut travailler moins. Il faut travailler plus à soi et moins en général. Je ne sais pas, je suis super cucul. Peut-être faudrait-il concevoir le travail comme un travail d'intérêt général, le truc auquel on condamne les gens qu'on veut réinsérer. Du genre 10 heures pour que la société tourne et le reste du temps, on ferait ce qu'on veut. Mais je voudrais ajouter un tout petit truc. Le verrou du système de pouvoir judéo-chrétien, c'est la frustration, le puritanisme, la contrainte sexuelle et la contrainte sur les corps en général. Et ce verrou-là sautera automatiquement à partir du moment où on aura légalisé les drogues. C'est vraiment la chose qu'il faut faire de manière positive. Il faut légaliser les drogues. Après, les gens se conduiront différemment. Ils vont demander à ce que leur jouissance soit prise en compte.

Antonio Tabucchi – Umberto Eco

– mars 2002 –

Umberto Eco ! Antonio Tabucchi ! Bravissimo ! Magnifico ! Sublimo ! Extraordinario ! J'essaie d'imiter Roberto Benigni mais je n'y arrive pas. J'aurais dû leur baiser les pieds. Alors que le Salon du livre est bientôt consacré à l'Italie, ce qui cause pas mal de remous, je reçois Umberto Eco et Antonio Tabucchi, deux grands génies qui préféreraient parler de leurs romans mais qui sont agacés. Ils vont bien sûr parler de leurs romans mais, pour clore le débat une bonne fois pour toutes, je vais leur poser une première question qui tue.

FB : Alors Umberto Eco, vous en avez vraiment marre de Berlusconi ?

UE : J'ai peur que, au Salon du livre, qui est une rencontre entre les éditeurs français et italiens, les auteurs et leur public, c'est-à-dire un événement culturel qui concerne la culture italienne et qui existait avant Berlusconi et qui existera, je l'espère, après Berlusconi, il y ait une confusion. Quelqu'un, dans un communiqué officiel, pour parler des auteurs invités par Grasset, Gallimard etc., a utilisé l'expression : « La délégation italienne. » Délégation est un terme technique qui laisse penser qu'une personne a été choisie officiellement pour représenter quelqu'un d'autre. Alors que non. Chacun vient ici représenter soi-même et ses livres, quel que soit le sujet du livre. Ça n'a rien à voir avec les gouvernements. Les gouvernements, eux, font leur boulot.

FB : Dans *Le Monde*, il y a un article de Nanni Moretti. On a l'impression que c'est plutôt en France qu'en Italie que la résistance se manisfeste. Vous-même, Antonio Tabucchi, vous avez écrit un article dans *Le Monde* contre Berlusconi. Alors vous venez ou vous ne venez pas au Salon du livre ?

AT : Il s'agit d'une délégation officielle dans la mesure où une grande partie des frais de voyage, de séjour, de petits-fours, de gâteaux, de chocolats, sont payés par monsieur Berlusconi et par le ministère italien. Après avoir su ça, je n'avais pas très envie de recevoir de l'argent de monsieur Berlusconi. Mais j'ai dit que, éventuellement, je viendrais à mes frais.

FB : Ou aux frais de Christian Bourgois !

AT : Oui, il peut m'inviter dans une petite pension. Je n'ai pas besoin d'un hôtel de luxe. Mais ce n'est pas le problème. La délégation italienne sera emmenée par le secrétaire d'Etat à la Culture, monsieur Sgarbi, qui a passé dix ans à faire beaucoup de mal à mon pays avec un langage très vulgaire, agressif, dans une émission sur une chaîne appartenant à monsieur Berlusconi. Il disait des choses, d'une manière esthétique si vous voulez, qui ont ouvert le panorama berlusconien actuel. Il disait n'importe quoi, il appelait les juges « des assassins ». Il a appelé récemment encore, en tant que secrétaire d'Etat à la Culture, les objecteurs de conscience « des pédés recommandés » si je traduis…

FB : Ah oui…

AT : Avec un homme comme lui qui dirige les écrivains italiens, je préfère ne pas participer.

FB : Voilà, je suis assez content : en deux minutes, on a réussi à se débarrasser de Berlusconi, ce qui est quand même un exploit. Umberto Eco, vous publiez votre quatrième roman, toujours aussi volumineux : *Baudolino*, chez Grasset. Et Antonio Tabucchi, vous faites paraître, chez Christian Bourgois, *Il se fait tard, de plus en plus tard*. *Baudolino* est qualifié par votre éditeur et par Jean-Noël Schifano, votre traducteur, je le cite, de « *Nom de la rose* laïc ». Moi je ne suis pas du tout d'accord. Mais pourriez-vous me dire ce que cela signifie ?

UE : Les deux romans se passent à la même époque, au Moyen Age. Le premier roman se passait dans un monastère, dans un milieu cultivé. Celui-là, c'est plutôt du picaresque, des aventures entre paysans. Donc ça empiète même sur la langue, le langage que j'ai dû choisir. Si mes lecteurs avaient peur qu'il y ait de nouveau des moines, ils peuvent être rassurés : il n'y en a pas.

FB : Savez-vous que *Le Nom de la rose*, publié en 1980 et vendu à 16 millions d'exemplaires dans le monde, a été élu par les Français numéro 14 au Top 50 des romans du XXe siècle ?

UE : Qui est le numéro 13 ?

FB : Je crois que c'est Sartre, *L'Etre et le Néant*. Il vous a battu ! *Le Nom de la rose* se passait en 1327. C'était un polar médiéval. Le narrateur était le secrétaire d'un moine, un peu comme Baudolino est affilié à l'Empereur. L'histoire commence cette fois en 1204. Elle est difficile à résumer !

UE : Oui, elle revient en arrière de soixante ans.

FB : Nous sommes au moment de la chute de Constantinople et Baudolino sauve la vie d'un Grec, qui s'appelle Nicétas Choniatès.

UE : Qui a vraiment existé ! Il était un grand historien byzantin, d'où j'ai tiré plein d'histoires extraordinaires. Il était un conteur fantastique. Il racontait les supplices à Byzance avec une habileté narrative qui m'a fasciné.

FB : Et c'est lui qui va raconter la vie de Baudolino. Il y a une vraie différence de caractère entre Nicétas et Baudolino.

UE : Un changement de registre !

FB : Il y en a un qui est très lyrique, très érudit, et l'autre, Baudolino, que vous qualifiez vous-même de chenapan.

UE : On passe du tambour à la flûte !

FB : C'est une tradition littéraire ancienne, le chenapan. N'est-il pas aussi un peu Sancho Pança ? Il accompagne un empereur...

UE : Non, Sancho Pança est la sagesse en face de la folie. Baudolino a, lui, sa propre folie qui l'emmène à découvrir un ailleurs absolu qui n'existe pas, qu'il a inventé. C'est une histoire de mensonge créateur.

FB : Vous aimez ça, vous, l'auteur de *La Guerre du faux*, vous adorez les mystères et les mythes grecs. D'une certaine manière, on a l'impression que vous cherchez à montrer que l'histoire, que nous croyons vraie, est souvent inventée par des farfelus.

UE : Il y a souvent des utopies. Qu'est-ce que la Révolution ? Une grande utopie ! Qu'est-ce que Christophe Colomb est allé chercher ? Une utopie ! Et, en effet, il n'y est pas arrivé. Il a trouvé autre chose. On est toujours entraîné par des descriptions d'un ailleurs magique que nous recherchons. Dans mon livre, c'est une lettre du prêtre Jean, un document historique qui a vraiment existé, qui a amené les gens, de Marco Polo aux Portugais, à la recherche de ce royaume. Finalement, les Portugais l'ont trouvé en Afrique. Ils l'ont identifié avec l'Ethiopie, parce qu'ils étaient des chrétiens. Une fois qu'ils l'ont trouvé et que le royaume n'est pas aussi merveilleux que décrit dans la lettre, tout à coup il y a un mythe. La réalité est toujours plus décevante...

FB : C'est vrai que, dans votre livre, on se demande sans cesse où est le vrai, où est le faux. Vous aimez jouer avec ceci...

UE : Toutes les choses qui semblent fausses sont vraies ! Le supplice de l'empereur de Byzance, qui paraît une invention atroce, est véridique. Il n'y a qu'une seule page qui ne dit pas le vrai dans ce livre, parce que c'est moi qui parle. C'est la dernière page, où Baudolino reprend son voyage. Pour ceux qui croyaient à ce qu'il racontait...

FB : Ce qui est étrange, quand le livre commence, ce sont les premiers mots, écrits par Baudolino dans une langue étrange que vous imaginez. On se dit alors qu'Umberto Eco se prend pour Tolkien.

UE : Je me trouvais en face d'un défi intéressant. Je voulais faire parler un enfant qui commence à écrire pour la première fois et qui était né dans ma ville. Pour moi, il s'agissait de retrouver mon vieux patois. Et j'avais un avantage. Nous n'avons pas de document écrit sur l'italien vulgaire de cette époque. Je pouvais construire mon langage.

FB : Ne pensez-vous pas qu'on peut vous opposer à Antonio Tabucchi ? Dans vos quatre romans, y compris *Le Pendule de Foucault* et *L'Ile du jour d'avant*, vous parlez moins d'aujourd'hui qu'Antonio Tabucchi alors que, par ailleurs, dans vos essais et vos travaux de recherche, vous êtes extrêmement branché sur votre époque, vous êtes très moderne, vous utilisez Internet. Dans vos romans, vous n'avez pas envie de parler d'aujourd'hui ?

UE : Vous venez d'apporter la réponse !

FB : Ah d'accord ! Mais dans vos romans, pourquoi pas ? Le roman réaliste ou naturaliste ne vous intéresse pas ?

UE : Je suis dévoué au plus grand auteur du XIXe siècle, qui est Alessandro Manzoni. Il a écrit dans son siècle un roman qui disait beaucoup de choses sur l'Italie de son temps, mais il a situé son histoire trois siècles auparavant. Donc on peut parler du présent ainsi. Virgile lui-même, parlait du présent de l'Empire romain, mais racontait l'histoire d'Enée qui était un peu plus ancienne. Même mon collègue Homère a raconté une histoire qui se passait bien avant lui. C'est donc une habitude assez répandue chez certains écrivains. D'autres, il est vrai, comme mon ami Antonio, sont plus à l'aise avec le présent. Chacun doit respecter sa vocation.

FB : Antonio Tabucchi, vous avez lu *Baudolino* ?

AT : Oui. Je pense qu'il y a des coïncidences. Vous avez évoqué le fait qu'Umberto Eco recherche le vrai et le faux. Il les recherche dans l'Histoire. Moi je les recherche dans l'existence et dans la vie. Les décors changent mais les intentions de la littérature sont les mêmes. Il ne faut pas tomber dans le piège du décor. Au bout du compte, la littérature est une métaphore.

FB : *Baudolino*, d'ailleurs, Umberto Eco, est sans doute votre roman le plus personnel.

UE : C'est un retour à mes racines !

FB : Ce personnage qui voyage énormément, qui parle toutes les langues, c'est un petit peu vous ?

UE : Oh, non. Je parle très peu de langues.

FB : Seulement le latin, le grec, l'allemand, le français, l'anglais...

UE : Ce n'est pas vrai. En tout cas, c'est bien que les gens le croient !

FB : Répondez-vous aux critiques qui ont attaqué votre livre ?

UE : Si j'écris un essai et qu'on m'oppose des objections, je suis prêt à passer la nuit entière pour démontrer que mon objecteur a tort. Si j'écris un roman et que quelqu'un prononce un jugement critique, je dois respecter ce jugement, en tirer des éléments de réflexion et c'est fini. Je voudrais juste ajouter que, aux Etats-Unis, on a employé à propos de mes romans le terme de « double codage ». Il y a une surface, qui peut être lue par le lecteur commun. Et après, il y a des petits renvois de rien qui touchent seulement une deuxième catégorie de lecteurs, mais qu'on peut laisser tomber. Et certains de ces rappels ne concernent que moi et, peut-être, une autre personne...

FB : Vous êtes un marginal déguisé en auteur populaire !

UE : Ma recherche de la marge ne concerne que ce deuxième niveau de lecture. Mais si quelqu'un me lit et ne trouve pas ceci, c'est uniquement de ma faute.

FB : N'y a-t-il pas une difficulté, quand on est un exégète et sémiologue très érudit, à retrouver l'innocence du romancier et à raconter une histoire alors qu'on connaît tellement le fonctionnement d'un roman ? Au fond, l'érudition ne nuit-elle pas à votre truculence ?

UE : Il faut demander ça également à Tabucchi. Lui aussi est un professeur d'université. Il y a beaucoup d'écrivains qui ont lu les livres des autres : « La chair est triste hélas et j'ai lu tous les livres... » Mais au moment où on se met à raconter, on retrouve, heureusement, je crois, une certaine innocence.

FB : *Baudolino* est d'assez loin votre roman le plus facile à lire.

UE : Parce que le langage est populaire. Il n'y a pas tellement de conversations érudites. Mon roman parle de guerre, de cuisine, du monde !

FB : Antonio Tabucchi, je dois vous avouer que quand j'entends la musique des films de Fellini, je pense aux moments émouvants de votre livre *Il se fait tard, de plus en plus tard*. C'est un recueil de 17 lettres, plus une, adressées par quelqu'un qui ne signe pas, qui ne date pas, qui s'adresse à des femmes et qui leur raconte des souvenirs d'enfance. Il parle de musique, de photographie, des voyages qu'il n'a pas pu faire. D'où vous vient ce goût pour le fragment ? De votre idole Pessoa ?

AT : Non, je ne pense pas. Pessoa est un homme qui avait une œuvre qu'il n'a pas pu publier parce qu'il est mort à 47 ans. Mais il avait un univers structuré. Moi je vis dans une époque différente où je pense vraiment que le fragment est ce qui nous reste après le naufrage. Heureusement Pessoa est mort en 1935, juste avant que le naufrage du monde et de l'Europe commence. Et il nous reste quelques petits morceaux qui sont encore à la surface et qui demeurent là, comme après un naufrage. Et donc on les recueille. On cherche à faire un livre.

FB : C'est très étonnant. On se dit aussi, peut-être, et ça peut vous opposer à Umberto Eco, que vous en avez marre du roman traditionnel, classique, académique, avec un début, un milieu et une fin. Avez-vous envie de casser tout ça ?

AT : Non, je n'ai pas tellement envie de casser. C'est le roman qui se casse tout seul. D'ailleurs le roman est une créature indépendante qui a sa physiologie, qui a une évolution, ou involution je ne sais pas. Il se transforme, il s'adapte à des ambiances différentes. C'est comme une plante. Il y a des toxines peut-être dans l'atmosphère. Les toxines sont peut-être les écrivains. Je suis peut-être une toxine. La pauvre plante, pour survivre, a besoin de se modifier un petit peu.

FB : Vous avez une méthode particulière pour essayer de capter des moments de grâce. Vous utilisez l'effort de mémoire et, en même temps, la précision, le souci du détail. C'est très proustien finalement.

AT : Je me suis souvenu d'un poème de Rainer Maria Rilke qui parle des anges et des marionnettes. La créature angélique, pour moi qui suis une marionnette de la vie, de l'univers, devient assez intéressante si elle peut dialoguer avec une pauvre marionnette. Je suis un laïc, je ne crois pas à la transcendance mais vous savez, même la nature la plus humble cherche toujours l'absolu. Même s'il s'agit d'un absolu de poche. Et voilà : jouer avec des anges et des marionnettes me semble être un absolu intéressant.

FB : Un point commun avec Umberto Eco, c'est votre érudition. Dans le post-scriptum, vous dites ceci que je trouve très amusant : « Si je me souviens bien, ce roman sous forme de lettres a commencé à être écrit aux environs de l'équinoxe d'automne en 1995. A cette époque-là, je m'intéressais surtout à Sadegh Hedayat et à la forme de son suicide parisien, à la circulation du sang tel qu'Andrea Cesalpino l'étudia à Pise au milieu du XVIe siècle, à la fonction de la sérotonine, au seuil de tolérance à la douleur et à certaines amitiés que je croyais mortes et qui, peut-être, ne l'étaient pas. » Umberto Eco et vous, vous bâtissez des œuvres sur des naufrages précédents.

AT : Nous sommes des hommes anciens. Nous avons 4 000 ans de littérature.

FB : Vous ne les faites pas !

AT : Mais on ne peut pas l'oublier. Gilgamesh a commencé son poème 2 000 ans avant le Christ. Nous sommes la postérité d'une culture très ancienne. On ne pourrait pas dire que nous sommes vierges. Je mets en doute d'ailleurs des écrivains qui affirment : « Je n'ai imité personne, personne ne m'a influencé, etc. » Je vous avoue que tout m'influence. J'ai toutes les influences !

FB : C'est peut-être particulièrement italien ?

UE : Il n'y a rien de plus faux que l'innocence !

FB : J'ai lu dans un entretien que vous conseillez à un écrivain bloqué dans son roman de passer au chapitre suivant. C'est la méthode que vous avez employée dans votre livre ?

AT : Oui, c'est la méthode que j'emploie toujours. Pour nous, pauvres hommes qui devons vivre tous les jours, au quotidien, si l'autobus n'arrive pas à notre arrêt, il est inutile de l'attendre. Il faut changer d'arrêt. Donc si la littérature, si votre histoire ne continue pas, c'est à vous, comme écrivain, de changer d'arrêt d'autobus. Ou vous prenez une autre correspondance, dans le métro. Vous allez ailleurs. La littérature, je le pense, est assez généreuse. Elle nous accueille. Elle nous a accueillis pendant des siècles sans nous poser de questions, sans nous poser de problèmes. Elle a accueilli soit un poème sur la carotte de Neruda soit le petit Gavroche de Hugo. Elle a un ventre très généreux, vraiment. Elle ne demande pas la carte de crédit, la littérature. Il faut l'aimer. C'est le dépôt de la mémoire.

FB : Dans un essai intitulé *Lector in fabula*, Umberto Eco, vous expliquiez que vous écriviez pour un lecteur modèle, un interlocuteur. Est-ce que vous, Antonio Tabucchi, vous écrivez pour un autre ou vous écrivez pour vous-même ? On peut craindre, peut-être, en écrivant de manière fragmentée et discontinue, de perdre le lecteur en route.

AT : Franchement, je crois qu'un écrivain écrit surtout uniquement pour lui-même. Il a une nécessité incongrue de dire quelque chose. A qui ? A lui-même. C'est une espèce de confession. Après, si ce type de confession coïncide avec quelqu'un qui vous ressemble, c'est mieux. Parce qu'on se sent moins seul dans la vie et dans le monde. Il y a quelqu'un d'autre, un inconnu, qui est votre hypothétique lecteur, votre semblable, donc votre frère. Il entretient avec vous une correspondance virtuelle. Mais c'est secondaire, je pense...

FB : Voulez-vous répondre aux critiques d'une journaliste italienne, Laura Revelli-Beaumont, qui vous reproche un trop-plein de citations, d'érudition, une certaine pédanterie, la faiblesse de votre intrigue ?

AT : Juste une toute petite réponse. Elle a entièrement raison. Ce livre-là masque de la lâcheté chez moi, une grande lâcheté, et une incompétence envers la vie. Parfois la littérature est une manière de dénoncer sa propre incompétence. En effet, quand j'écris, je me dirige davantage vers l'esprit des femmes évoquées, vers le sexe des femmes. Mais le sexe dans un sens très profond – pas le vagin, le con, etc. –, le sexe dans sa structure physique, qui représente vraiment, de manière symbolique et métaphorique, l'origine du monde. C'est une question, peut-être, que l'homme, dans la littérature, pose toujours à la femme, entendue comme un mystère humain. La littérature est toujours un ersatz, donc une substitution. Il faudrait alors peut-être choisir le silence, abandonner la littérature et plonger directement dans le sexe des femmes. Mais ça, je ne peux plus le faire...

Gabriel Matzneff

– avril 2002 –

J'ai lancé, il y a quelques semaines, dans « Des livres et moi », un appel pour soutenir Françoise Sagan qui est spoliée, saisie, appauvrie par l'Etat français. J'ai eu Françoise Sagan au téléphone et elle m'a dit qu'elle avait reçu un chèque de 1 500 francs d'un médecin de la rue Monge. Ça commence. Il faut donc continuer le combat. C'est formidable ! Mais j'ai reçu également des lettres d'auditeurs mécontents qu'on défende cet écrivain qui a triché avec les impôts. Alors je le dis : je suis d'accord avec ces téléspectateurs outrés par mon appel. Il faut punir les gens qui trichent avec les impôts. En même temps, quand ce sont de grands écrivains, et qu'ils font du bien à notre littérature, il faudrait que l'Etat, après les avoir punis, reverse de l'autre main une subvention pour soutenir un écrivain qui a beaucoup fait pour faire connaître la langue française au monde entier. A propos d'écrivain puni, je reçois Gabriel Matzneff qui publie un recueil d'articles à La Table Ronde : *C'est la gloire, Pierre-François !* C'est un titre énigmatique. Je lui demande donc immédiatement d'où il sort...

GM : Les cinéphiles auront reconnu la célèbre réplique d'Arletty – Garance – à Lacenaire – Marcel Herrand – dans *Les Enfants du paradis*. C'est la deuxième partie des *Enfants du paradis*. Garance est une femme très riche entretenue par Louis Salou et elle demande à Lacenaire : « Qu'est-ce que vous devenez ? » Et Lacenaire dit : « J'ai commis quelques méfaits et, alors que toute la police me recherche en province, je suis auprès de mon bon ange dans ma bonne ville de Paris. » Et elle lui répond : « Mais c'est la gloire, Pierre-François ! »

FB : Excellente imitation d'Arletty ! Je vous félicite !

GM : Je suis un fan d'Arletty et des *Enfants du paradis*. C'est sans doute un des films que j'ai vu le plus souvent. J'ai dû le voir une cinquantaine de fois. Je pense que c'est un beau titre. Vous évoquiez Sagan. J'ai un point commun avec Sagan : nous avons l'art des titres. Je le dis comme ça. Nous n'avons aucun mérite. Il y a d'excellents écrivains, peut-être meilleurs que nous, qui n'ont pas l'art des titres. Mais Sagan et moi, nous avons la science des titres. Tous nos titres sont très beaux !

FB : C'est vrai. *Ivre du vin perdu*, *Nous n'irons plus au Luxembourg*, *Les Soleils révolus*... Ce dernier, vous l'avez chipé à Aragon, comme Sagan avait emprunté *Bonjour tristesse* à Paul Eluard.

GM : La science du titre, ça peut être un fragment d'un vers, une phrase de soi ou d'un autre.

Il faut qu'un titre soit sonore, qu'il y ait un *r* dedans. Un titre sans *r*, c'est déjà mal parti ! Avec deux *r* c'est encore mieux, parce que la phrase rebondit. Il faut qu'il fasse rêver et puis il faut qu'il corresponde à son auteur. Voici les trois buts d'un titre réussi.

FB : Connaissez-vous la morphopsychologie ? Je suis sûr que oui. Balzac pensait que le visage de quelqu'un correspondait à sa vie. Or je trouve que votre visage est innocent, pur, angélique et, par conséquent, tous les gens qui vous prennent pour un monstre se trompent !

GM : Ils ont tort. Effectivement, à 15 ans ou 25 ans, on peut avoir une âme noire et un visage d'ange. Mais, après 40 ans, Léonard de Vinci l'avait dit avant Balzac, on a le visage de son âme. Les gens très méchants, eux, quand ils vieillissent, ça se voit. Surtout chez les écrivains. Je dis méchant, mais ça peut être aigri, jaloux, arriviste, raté, envieux…

FB : Ça finit par se voir.

GM : Exactement.

FB : Dominique Noguez écrit, dans la revue *Les Moments littéraires*, que vous êtes « un trésor vivant ». Je suis assez fier que vous soyez assis sur un canapé en face de moi…

GM : C'est impressionnant, n'est-ce pas…

FB : Oui, il faut soutenir les « trésors vivants ». Comme Françoise Sagan. Ce livre, *C'est la gloire, Pierre-François !*, est un recueil d'articles, le troisième. Il y avait déjà eu *Le Sabre de Didi* en 1986 et *Le Dîner des mousquetaires* en 1995. Vous nous avez expliqué la réplique d'Arletty. Au fond, elle dit ça pour rassurer quelqu'un qui se sent menacé. Cela a un sens particulier pour vous, non ?

GM : Oui, elle dit aussi cela à quelqu'un qui a mauvaise réputation. Dans un de mes textes, j'évoque Thierry Lévy, qui est mon avocat, et un de mes amis. Thierry Lévy, dans un livre sur les grands bandits – Mesrine, Lacenaire, etc. –, explique qu'ils ont tous écrit des mémoires qui montrent leur désir de se noircir, de se montrer plus mauvais qu'ils ne le sont. Un écrivain, surtout un écrivain qui dit « Je », qui écrit des textes très personnels, où il met son cœur à nu, se noircit également. En regardant *Les Enfants du paradis*, ce personnage de Lacenaire, interprété par Herrand, m'a tellement marqué que je me suis reconnu sans savoir. Quelquefois, adolescent, quand on lit un livre – ça m'est arrivé avec l'Athos de *Vingt ans après*, avec Stavroguine des *Possédés* –, un personnage vous bouleverse alors qu'on n'a pas vécu sa vie. Mais ce personnage vous dit ce que vous allez devenir. Ça nous est arrivé alors que nous étions des adolescents sensibles. Nous sommes maintenant des adultes sensibles. Mais nous étions encore plus sensibles lors de notre adolescence.

FB : Dans votre livre, vous évoquez votre mauvaise réputation. Tout est dit. Je n'ai pas besoin d'en rajouter beaucoup...

GM : Ce que je trouve intéressant dans ce livre, dont le premier texte date d'avant mon service militaire, avant la publication de mon premier ouvrage, alors que j'avais tout juste commencé à donner, chaque jeudi, des papiers à paraître à la une de *Combat*, que dirigeait Philippe Tesson...

FB : Le premier texte date de 1962 !

GM : Oui, le livre couvre la période allant des années 1962 à 2001, avec un dernier texte sur Ben Laden.

FB : Le premier texte, de novembre 1962, est prophétique. Vous écriviez : « Faisons confiance au peuple russe. Il a digéré les Mongols, il saura digérer les communistes. » Vingt-sept ans avant la chute du mur de Berlin !

GM : Donc je finis ma phrase : quand, il y a quelques mois, j'ai recueilli ces textes parus dans des journaux, même s'il y a des textes inédits et des conférences, je me suis dit que, aujourd'hui, beaucoup ne pourraient pas paraître. Aucun journal, de droite ou de gauche, ne les accepterait.

FB : D'ailleurs, au début du livre, vous êtes une star à *Combat*, au journal *Le Monde* et, à la fin, vous publiez sur un site Internet : *matzneff.com*

GM : J'ai eu une chronique au *Monde* de 1977 à 1982. Depuis 82, je n'ai jamais retrouvé une chronique régulière. Mais les journaux sont devenus de plus en plus corporatistes et accueillent de moins en moins un écrivain extérieur qui n'a pas de carte de presse. Quand j'étais enfant et adolescent, il y avait toujours, dans les journaux, le coin des écrivains. J'y retrouvais Mauriac, des académiciens, etc. Quand j'ai débuté, c'était ainsi. A *Combat* puis aux *Nouvelles littéraires*, où j'ai donné des extraits de mon journal intime. C'était en dernière page, j'étais le chroniqueur vedette.

Puis il y a eu *Le Monde*. Maintenant, l'époque est différente...

FB : Je vais énumérer tous les thèmes traités dans votre livre : il y a des textes sur Mitterrand, la Russie, Cioran, Casanova, sur la gauche. Sur la gauche, c'est assez marrant. Vous dites : « La gauche française, c'est *Caroline chérie* à perpétuité, un cœur chaste mais pourtant flétri, toujours vierge quoique quotidiennement violée, elle ne cesse de garder ses illusions et de perdre son pucelage. » Je trouve ça romantique. Vous parlez également de la piscine Deligny, de Philippe Sollers, de Montherlant, du cinéma McMahon, du Drugstore Saint-Germain. Vous déplorez la disparition du Drugstore Saint-Germain. Voilà un vrai sujet important.

GM : Oui, c'était commode. C'est un texte qui s'appelle « Les commodités évanouies ».

FB : On a une impression de nostalgie en vous lisant.

GM : Il y a aussi les amis morts. Soit les amis morts du sida, comme Guy Hocquenghem, soit les amis morts de vieillesse. On meurt aussi de vieillesse, on ne meurt pas que d'accident.

FB : A propos d'ami mort, il y en a un qui veut vous poser une question. Jean-Edern Hallier...

GM : Ah, Jean-Edern !

[Jean-Edern Hallier : Paul Léautaud disait : « C'est dur d'aimer car c'est préférer quelqu'un d'autre à soi-même. » Etes-vous capable d'aimer quelqu'un d'autre que vous ?]

GM : Oui, j'ai même fait ça très souvent.

FB : Dans le livre, il n'y a pas seulement le Drugstore Saint-Germain, il y a aussi des textes plus sulfureux. Certain(e)s vous le reprocheront, vous le reprochent déjà…

GM : Ce qui me gêne vraiment dans les reproches qui me sont faits, c'est le mot « enfant » et les histoires de jeunes filles de 14 ans faciles à séduire. Je crois qu'on se fait beaucoup d'illusions. Séduire les adolescentes est extrêmement difficile. Sinon tous les messieurs seraient au bras de ravissantes créatures qu'ils iraient chercher à la sortie des lycées. J'ai eu une seule jeune fille de 14 ans dans ma vie, Vanessa, qui m'a inspiré un roman, *Harrison Plaza*, un tome de mon journal intime, *La Prunelle de mes yeux*, et un recueil de poèmes paru l'an dernier, *Super flumina Babylonis*. Je n'ai absolument pas séduit Vanessa. Vanessa m'a au moins autant séduit que je ne l'ai séduite. Je peux assurer que nous sommes restés plusieurs années ensemble. Je n'étais pas du tout le type qui, parce qu'il est écrivain, qu'il a du charme et qu'on l'a vu à la télévision, drague une minette. Ce genre-là, je ne l'ai jamais fait. C'était un amour réciproque et Vanessa a fait, je dirais, 80 % du chemin. Si Vanessa n'avait pas voulu à fond, n'avait pas désiré, il ne se serait jamais rien passé entre nous. Et ce n'est pas du tout une petite séduction et hop, on passe à autre chose. C'était un grand amour. Vanessa me disait : « Si tu vas en prison, je vais voir Mitterrand et je me jette à ses pieds. » Parce que Mitterrand était président de la République à l'époque. Si Vanessa était là, elle bondirait devant les accusations proférées contre moi. Ce que je trouve dégueulasse, c'est l'emploi du mot « enfant ». Parmi toutes les jeunes femmes que j'ai aimées, Vanessa était la plus jeune. Les autres avaient 16 ans, 17 ans, 18 ans, des âges où l'on peut être déjà mariées. L'âge légal du mariage est 15 ans. Ce qui m'a toujours captivé, je le jure sur le sang du Christ, c'est la réciprocité de l'amour, de la passion. Et je suis un garçon extrêmement fidèle. C'est Vanessa qui m'a quitté au bout de trois ans parce que notre relation était trop passionnelle et à cause de son entourage. Je souhaite qu'elle m'enterre.

FB : Il y a une phrase qui, peut-être, est une réponse. Vous écrivez à propos de Cioran, et je trouve ceci très beau : « Plus un artiste est grand, plus il est prisonnier de ses obsessions. » Vous, il y a ce thème qui vous traverse : la contradiction, qui fait votre richesse, entre le moine et le libertin.

GM : Je suis persuadé qu'il y a des centaines et des milliers de Français qui ont des vies amoureuses plus agitées que la mienne. Mais ils n'écrivent pas. Ils sont notaires, charcutiers, profs, bouchers, tout ce que vous voulez, et on les considère comme des gens irréprochables. Publier un livre, c'est quand même donner au procureur les pièces de l'accusation. Il est facile de faire porter le chapeau aux artistes, aux écrivains. Sans doute aux peintres aussi. De nombreux peintres ont eu des ennuis à cause de leur peinture.

FB : *C'est la gloire, Pierre-François !* Vous parlez de « gloire », on peut citer aussi Madame de Staël : « La gloire est le deuil éclatant du bonheur. »

GM : Oui, mais c'est aussi le mot de Chateaubriand : « De la gloire pour se faire aimer. » C'est un beau mot : « gloire ».

Chuck Palahniuk

– mai 2002 –

Oh mon Dieu ! Je suis un homme courageux. Je parle anglais, je lis l'anglais et parfois, même, je pense en anglais. Mais comment prononce-t-on Palahniuk ? Je crois que je l'ignore. Voilà une bonne première question…

CP : On dit : « Polanik ».

FB : Cher Chuck « Polanik », merci pour *Choke* ! Les romanciers anglo-saxons sont souvent plus travailleurs que ceux de notre vieille nation. Vous parlez du futur. Ou bien peut-être le futur vous effraie-t-il ? Ou alors c'est le présent qui vous effraie ? Un tas de questions, donc… Maintenant : à vous de répondre !

CP : [Rires.] Qu'est-ce que l'avenir ? Il n'y a pas d'avenir. Il y a l'instant présent. Je ne crois pas au futur, c'est une superstition.

FB : Tous vos livres, *Fight Club*, *Survivor* et maintenant *Choke*, sont très contemporains. Ils décrivent un monde effrayant mais un monde très drôle aussi. Vous préférez faire rire ou terrifier vos lecteurs ?

CP : J'aime aider les gens à rire de leurs peurs. Que ce soit une maladie terminale ou la sénilité, ou la violence par exemple. J'aime que les gens puissent rire des choses dont ils ont le plus peur. Ça leur apporte une certaine liberté. *Choke* ne parle pas du présent mais de personnes revivant le passé, encore et toujours. C'est ce que font la plupart des gens. Ils sont comme des mômes avec un permis de conduire, appliquant à la lettre dans leur vie ce qu'ils ont appris il y a six ans. Ce livre parle de surpasser ça.

FB : Après Tyler Durden dans *Fight Club* et Tender Branson dans *Survivor*, voici Victor Mancini, votre héros. Ce jeune garçon a été traumatisé par sa mère. Puis il décide de l'aider. Atteinte de la maladie d'Alzheimer, elle est hospitalisée. Alors pour payer les frais hospitaliers, il fait semblant de s'étouffer dans les grands restaurants. Pourquoi ça ?

CP : Selon lui, il donne l'opportunité aux gens de devenir des héros aux yeux du monde, de sauver la vie d'un homme devant une foule, d'être vus en héros. D'avoir une histoire héroïque à raconter pour le reste de leur vie. Ils utilisent la méthode de Heimlich et lui sauvent la vie.

FB : Mais ils ne lui donnent pas d'argent !

CP : Si, en fait. Parce qu'ils doivent le maintenir en vie. Ça ne sert à rien de sauver un mort. Ce serait ridicule de dire : « J'ai sauvé la vie de cet homme... et il est mort maintenant ! » Il doit rester en vie pour confirmer leur histoire. Alors ils finissent par l'entretenir. Des centaines de gens finissent par l'entretenir. Jusqu'à ce qu'ils découvrent qu'ils entretiennent le même homme.

FB : Il y a aussi le fait qu'il est...

CP : Sexaholic.

FB : C'est une maladie. Que tous les hommes ont, à mon avis. Quand il ne s'étouffe pas, il... je sais que vous ne pouvez pas dire le mot, Chuck... Il « fuck » ! Il est très obsédé par ça !

CP : Ce n'est pas « faire l'amour », c'est de l'anesthésie ! C'est pour lui un moyen de ne rien ressentir. Il épuise son corps en commettant tous les actes sexuels possibles. C'est ce que les sexaholics croient faire.

FB : Je ne savais pas qu'il existait des groupes de thérapie pour eux. Il y a des réunions où les gens parlent de leur dépendance au sexe.

CP : Il y a d'énormes réunions où les gens font un gros câlin au micro.

FB : Bonne idée pour une émission télé !

CP : Là est le problème. On ne peut pas parler de sa sexualité avec des graphiques. Alors ils racontent comment ils engagent six prostituées par jour. Pour ensuite rentrer chez eux retrouver leur femme. Il n'y a pas vraiment de détails croustillants.

FB : Il faut être riche pour pouvoir faire ça.

CP : Pas à Portland dans l'Oregon.

FB : Il faut être Michael Douglas !

CP : [Rires.] Oui, c'est vrai, Michael Douglas y va !

FB : Il existe une vieille légende que je pensais vraie, et je suis très déçu. Vous savez : la fille que tout le monde veut surprendre pour son anniversaire. Elle rentre, elle se fait lécher par son chien avec du beurre de cacahuète. Je pensais que c'était vrai. Parce qu'une amie m'a dit qu'elle l'avait fait.

CP : J'ai la même amie !

FB : Vous avez la même amie ?

CP : Mais on ne peut pas tous avoir une amie à laquelle c'est arrivé. Et le truc de l'aspirateur... C'est une histoire britannique. Le Hoover Dustette... Dans les années 50, le Hoover Dustette, un aspirateur, a intégré une lame de rasoir tournante tout au bout du tuyau. Après ça, il paraît qu'un nombre record d'Anglais allaient aux urgences avec des blessures au pénis. C'est devenu une légende.

FB : Nabokov a dit : « Un écrivain doit penser en images. » C'est ce que vous faites, Chuck, non ? En écrivant, vous pensez à une image avant de penser à une phrase ?

CP : Les gens pensent en images et utilisent un langage. Mais il y a aussi le point de vue de Socrate. Qu'est-ce qui est le plus proche de la pensée ? Le mot écrit ou le mot prononcé ? Si je peux écrire en images, je peux peut-être me rapprocher de la pensée, plutôt que d'écrire juste un langage. Essayer d'enlever une abstraction. Vous voyez, je peux être intellectuel aussi !

FB : Je n'en ai jamais douté ! Bret Easton Ellis est votre grand fan. Je crois que dans ce livre, vous essayez de changer de direction. C'est plus burlesque, plus influencé peut-être par John Kennedy Toole ou John Irving, avec le héros et sa mère... C'est votre premier livre vraiment comique.

CP : Je voulais parler de la crise que tant de mes amis traversent. Des hommes qui ont eu des mères libérées, des mères qui ont divorcé. En un sens, ces fils sont devenus les hommes de la maison. Ces fils ont maintenant du mal à s'engager envers une autre femme, tant que personne d'autre ne s'occupe de leur mère. Alors je vois toute une génération d'hommes, coincés dans des mariages branlants, voire célibataires, car d'une certaine façon ils seront toujours mariés à leur mère. Je voulais juste tourner cela en dérision.

FB : Quand vous avez vu s'effondrer les deux tours du World Trade Center, avez-vous pensé que c'était déjà dans vos livres ? Car cela arrive à la fin du film, *Fight Club*.

CP : C'est vrai. C'est l'archétype de l'image terriblement séduisante. Vous vous rappelez le film où l'on voyait seulement un montage d'immeubles qui s'effondrent ? Fascinant. La destruction de nos plus grands efforts nous fascine.

Nous regardons les images des tours qui s'effondrent à la fin de *Fight Club*.

CP : Je vais toucher des droits d'auteur ! Merci ! C'est grâce à vous !

FB : Pensez-vous que, inconsciemment, nous espérons voir notre société détruite ?

CP : Inconsciemment, nous espérons être nous-mêmes détruits. Et en reconnaissant ça, nous sommes beaucoup plus libres d'avancer, si nous réalisons que nous n'avancerons pas toujours. Après un désastre, la civilisation se reconstruit plus efficacement. Après chaque tremblement de terre ! San Francisco serait encore en bois sans le tremblement de terre. Nous avons besoin de tels événements de temps en temps. Afin de pouvoir faire ces énormes bonds en avant. Ce qui sera reconstruit sera dix fois mieux que ce qui a été détruit. C'est la nature.

La musique s'arrête.

FB : Vous venez d'inventer le rap littéraire. Nous allons pouvoir vendre cette chanson. Et ça fera un clip génial sur MTV !

CP : Oh ! Est-ce que je peux dire « Fuck » ?

FB : Oui, il le faut ! Laissez-moi expliquer aux téléspectateurs... En Amérique, si Chuck dit le mot « Fuck », il doit payer 20 000 dollars. Donc il se défoule en France, puisqu'il a le droit de le dire ici. Vous pouvez dire « Fuck » autant que vous le souhaitez !

CP : Fuck ! Fuck ! Fuck ! Fuck ! Fuck ! Fuck ! Je l'ai écrit plus souvent dans mon bouquin !

FB : Ça vous aurait coûté 120 000 dollars en Amérique !

CP : Je pense à Yves Klein, l'artiste... Son art part à la dérive, voyons si le mien tiendra aussi longtemps. Son art est fait de choses fragiles. Ce devrait être la nature de l'art. Une fois que ça devient de l'art... Aahhh ! Une fois encadré, c'est de la pourriture ! Alors si vous jetez mon livre demain, j'en serais heureux. L'idée est d'exposer de grandes théories en utilisant de petits mots !

FB : Et « Big » est un petit mot parce qu'il n'y a que trois lettres !

CP : Très « Big », « Big », « Big » ! Les gens devraient attendre plus des livres ! Les gens devraient brûler les livres ! Comme ils le faisaient il y a soixante ans… On s'en fout trop pour les interdire, ils ne sont pas assez bons ! On est trop tolérant !

FB : On me souffle une question dans le public : la maman du héros dit à son fils que, à 30 ans, il sera son pire ennemi. Pourquoi à 30 ans ?

CP : Parce que quand vous aviez 10 ans, tout était possible pour vous. Vous pouviez vous imaginer tout faire. Vous pouviez concevoir un monde si différent et meilleur… A 20 ans, vous avez déjà éliminé bon nombre de carrières possibles. Vous vous êtes fait une opinion sur beaucoup de sujets. Et à 30 ans… Vous êtes fermé à tout, sauf au moment présent ou aux projets que vous avez pour le week-end. Les vacances, tous les étés, c'est le plus loin que vous regardez. Et vous voyez votre vie avancer graduellement vers la mort. Marilyn Manson est un de mes amis. Et la musique de Manson parle de s'autoflageller, avant que le monde ne le flagelle. Il a si peur que les gens disent : « Regardez ce mec à l'allure de bête de cirque », qu'il le dit lui-même avant que d'autres puissent le dire. Et nous le faisons aussi. A 30 ans, on part perdant, avant que le monde puisse vous battre.

Catherine Millet

– mai 2003 –

Depuis quelque temps, je traînais beaucoup à Montparnasse. Tiens ? Une fille qui ressemble à Amélie Nothomb. Non, ce ne doit pas être elle : elle se dirige vers le métro. On ne prend pas le métro quand on écrit un best-seller par an. Je la hèle : Amélie ! Elle se retourne : c'est bien elle, qui doit sortir de chez Albin. Elle est habillée en noir des pieds à la tête, avec un béret et de gros godillots post-atomiques. Je m'excuse de l'avoir ainsi alpaguée.

FB : Avec cet accoutrement, je me suis dit : soit c'est Amélie Nothomb, soit c'est un clone.

AN : Vous aussi, vous n'êtes pas trop mal imité sur vous-même. Alors vous écrivez ?

FB : Oui, nous allons encore publier ensemble, en septembre prochain.

AN : Mon Dieu, cela veut dire que je vais encore vous croiser dans des salons sordides.

FB : C'est malheureusement à craindre.

AN : Bon, à bientôt mon cher, j'ai froid.

Et elle disparaît dans la bouche du métro, et je me retrouve seul, debout comme un piquet devant La Coupole, où j'ai rendez-vous avec Catherine Millet pour un entretien destiné à la revue *Bordel*. Zut ! j'ai oublié de demander à Amélie si elle est pour ou contre la réouverture des maisons closes. Dans la grande brasserie, Catherine M. a retenu une table située à gauche au fond, dans un coin tranquille. Elle me montre le dernier numéro d'*Art Press* qui contient des photos de Bettina Rheims intitulées « Chambres closes », exposées à la galerie Jérôme de Noirmont. Ce sont des images de filles draguées dans la rue, que Bettina immortalise dans des chambres d'hôtel borgnes. Nous sommes donc d'emblée dans le vif du sujet.

FB : Nous lançons un ouvrage collectif intitulé *Bordel*, mais avant de parler de cela, j'aimerais vous demander un bilan de la vie sexuelle de Catherine M...

CM : Mince alors ! Un bilan de ma vie sexuelle ? Eh bien, le poche sort en Amérique et je vais y retourner pour la promotion.

FB : Comment expliquez-vous le succès du livre outre-Atlantique ?

CM : Il existe là-bas un fort mouvement féministe pro-sexe, une défense féminine de la pornographie. Le féminisme à l'américaine a beaucoup plus évolué que le féminisme français. Ici le mouvement a tendance à se scinder en deux : d'un côté, les traditionalistes et, de l'autre, les progressistes.

FB : Le Manifeste que vous avez signé dans *Le Monde* du 8 janvier 2003, intitulé : « Ni coupables, ni victimes : libres de se prostituer » et les réactions qu'il a suscitées semblent effectivement indiquer qu'un fossé se creuse au sein même du mouvement féministe.

CM : Oui, il est passionnant de compter les forces en place. Le texte initié par Marcela Iacub a été contresigné par Catherine Robbe-Grillet et moi-même, ainsi que Christine Angot, Agnès B., Orlan, Alina Reyes, Camille Laurens, Catherine Breillat...

FB : Ça fait trois Catherine !

CM : Oui, les Catherine c'est des bonnes !

FB : Il y avait aussi Arielle Dombasle, Régine Deforges et Claire Denis.

CM : Tout à fait, et aussi Sonia Rykiel et Annette Messager, mais nous avons eu leur signature trop tard pour les inclure dans le journal.

FB : Considérez-vous ce Manifeste comme un prolongement politique de votre livre ?

CM : Non, ce serait plutôt un prolongement du « Manifeste des 343 salopes » au moment des débats sur l'avortement. [A l'attention de nos plus jeunes lecteurs, une petite parenthèse historique : le 5 avril 1971, un texte fut publié dans *Le Nouvel Observateur*, qui était un magazine nettement plus libertaire qu'aujourd'hui, signé par des femmes qui indiquaient toutes avoir pratiqué une interruption volontaire de grossesse. Parmi les signataires figuraient Simone de Beauvoir, Marguerite Duras, Françoise Sagan, Michèle Manceaux, Gisèle

Halimi, Antoinette Fouque, mais aussi du people : Catherine Deneuve, Jeanne Moreau, Marie-France Pisier, Brigitte Fontaine...] Donc on était à Salzbourg avec Catherine Robbe-Grillet et on est allées se promener devant une maison close avec une petite lumière rouge. Il y avait une plaque avec cette inscription : « Ici de jeunes femmes aimables vous attendent. » C'est là que nous avons eu l'idée d'un texte uniquement signé par des femmes qui réagirait à l'oppression sarkozienne et au puritanisme d'un nombre croissant de femmes pourtant militantes.

FB : Vous vous attendiez à des réactions aussi violentes ?

CM : Oui, mais comme après mon livre, les réactions ont été surprenantes dans les deux sens : certes, il y a la folie de l'ordre moral qui étonne quand elle contamine des courants féministes et socialistes, mais aussi un esprit d'aventure inattendu de la part de nombreuses personnes de toutes les catégories sociales et politiques. Ce genre d'action est un bon moyen de sonder ce que pensent véritablement les gens et l'on s'aperçoit, malgré le discours des « nouveaux réacs », que Mai 68 a profondément changé les mentalités.

FB : Le débat sur la prostitution a donc permis de distinguer deux camps : les abolitionnistes (ou les prohibitionnistes) et les réglementaristes. *Bordel*, comme vous, soutient les réglementaristes, ceux qui veulent organiser ce métier plutôt que de prétendre le faire disparaître.

CM : Oui, c'est absurde : la loi Sarkozy vise à pénaliser la prostituée sans interdire la prostitution.

FB : Et la pénalisation des clients, qu'en pensez-vous ?

CM : J'ai vu l'autre jour Philippe Caubère sur ITV avouer qu'il était un client. Il faudrait un Manifeste des 343 salauds !

FB : Je m'inscris quand vous voulez. [NDA : Ce fut fait en 2013 et provoqua un nouveau scandale !]

CM : J'ai trouvé ça très courageux, d'oser le dire publiquement. L'idée de la pénalisation des clients est terrible : comme si, en supprimant la demande, on allait supprimer l'offre. Cela revient à vouloir supprimer le désir sexuel ! C'est tout simplement totalitaire.

FB : Pour les putes, j'ai fait mon « outing » dans *Marie Claire*. J'ai vu que j'étais le seul à assumer. Tous les autres intervenants étaient contre. *Marie Claire*, pourtant un magazine féministe, trouve que Sarkozy ne va pas assez loin.

CM : Oui, en ce moment, les magazines féminins connaissent une évolution extrêmement moralisatrice. Autrefois, *Elle* était très libertaire. Aujourd'hui on y lit des trucs invraisemblables : la pornographie, c'est la barbarie, etc. Autour d'un débat en apparence anodin, on arrive à quelque chose de central dans la société.

FB : Le sexe.

CM : Oui, la liberté sexuelle, la place de la sexualité dans notre époque. Il y a encore de très fortes réticences à considérer le sexe comme une activité normale.

FB : Dans ce cas, pourquoi êtes-vous hostile à la réouverture des maisons closes ?

CM : Parce que les bordels étaient des lieux où les prostituées étaient réduites en esclavage tout comme les filles de l'Est sur les boulevards extérieurs de Paris. Or nous pensons que la prostitution est un métier que l'on doit pouvoir exercer en toute liberté, ce qui signifie en premier lieu que la prostituée doit pouvoir refuser un client. Je suis plutôt favorable à des « espaces alternatifs » autogérés.

FB : Vous ne trouvez pas que votre Manifeste avait un côté « bobos qui s'encanaillent », c'est-à-dire qui ne connaissent pas les réseaux de proxénétisme, les dangers de la prostitution ?

CM : Les prostituées qui ont manifesté s'époumonaient à dire que la loi Sarkozy aggrave la situation. Ce qu'il leur faudrait, c'est un statut de profession libérale.

FB : Comme des médecins ou des psychanalystes ?

CM : Oui ! On n'a qu'à fermer les cabinets de psys et ouvrir des « cabinets prostitutionnels » à la place. [Rires.]

FB : Avez-vous une fille ?

CM : Non, mais Angot en a une.

FB : Vous pensez qu'elle aimerait que sa fille soit pute ?

CM : Il faudrait lui poser la question. Mais je vois où vous voulez en venir…

FB : C'est le grand argument de Patrick Besson et Jean-Marie Rouart. Je dois dire que j'aime les call-girls mais je serais emmerdé si ma fille faisait ce métier.

CM : Moi, si j'avais une fille, et qu'elle choisissait ce métier librement, je me dirais que c'est mieux pour elle que de balayer la rue.

FB : Le choix n'est peut-être pas aussi limité...

CM : Ce que je veux dire par là, c'est qu'il faut comprendre pourquoi des femmes choisissent ce travail : assez d'hypocrisie ! C'est un problème social avant d'être une question morale.

FB : Que répondez-vous à ceux qui accusent la prostitution d'être une « marchandisation du corps » ?

CM : Oui, j'ai lu cette objection dans *Marie Claire*. Mais dans le même numéro, il y avait une publicité montrant une fille à poil pour vendre des sacs à main. Ce n'est pas une « marchandisation du corps », peut-être ? La différence est purement quantitative mais c'est la même chose. Une immense majorité de l'humanité vend ses bras contre de l'argent. Alors les bras, on a le droit de les vendre, mais pas le sexe ? Pour moi, il n'y a aucune différence entre les muscles et les organes génitaux. Je ne fais pas de hiérarchie entre les deux.

FB : Derrière la critique de la marchandisation du sexe, il y a l'idée que le sexe est quelque chose de sacré.

CM : C'est ça. Avant, le mariage jouait ce rôle-là. Maintenant, c'est le rapport sexuel qui est une institution intouchable. C'est le même argument qui est utilisé contre la pornographie, laquelle donnerait une vision faussée de la sexualité. Comme s'il fallait idéaliser le rapport sexuel. Or je trouve la pornographie bien plus réaliste que les comédies romantiques, par exemple !

FB : Ne pensez-vous pas que tout travail est une forme de prostitution ?

CM : C'est même pire. Souvent on préférerait prostituer son corps plutôt que son esprit.

FB : Cette scission au sein du mouvement féministe me fait penser au débat sur les nouveaux réacs. Diriez-vous que vos adversaires sont des « féministes réacs » ?

CM : Marie Desplechin, Annie Ernaux, Geneviève Brisac ont en tout cas une conception assez midinette de la sexualité, considérée comme un acte indissociable de l'amour.

FB : Deux mille ans de lavage de cerveau ne s'effacent pas d'un seul coup !

CM : Oui. Néanmoins il est très important de penser l'amour et la sexualité comme deux choses complètement indépendantes. Ce qui ne veut pas dire les séparer à tout prix ! Le grand cliché est de dire que les femmes ont besoin de sentiments pour désirer. Mensonge ! Ça les arrange bien de faire croire qu'elles doivent être amoureuses pour faire l'amour.

FB : Si les femmes veulent être les égales des hommes, elles doivent l'être jusqu'au bout ?

CM : Elles ne veulent pas, elles sont les égales des hommes. On est comme vous ! Parfois on aime, parfois on veut juste baiser !

FB : C'était tout le message de votre livre. Je voulais vous montrer quelque chose. J'ai apporté le dernier Pierre Bourgeade...

CM : Il a accordé un entretien à *Art Press* ce mois-ci.

FB : Les grands esprits se rencontrent ! Son livre est intitulé *L'Objet humain* [Gallimard, collection « L'Infini », 2003]. Il explique que dans le SM, l'esclave est comme un objet humain.

CM : Tant qu'il est sain d'esprit et consentant, il fait ce qu'il veut. Le sens de notre Manifeste était surtout de dénoncer ceux qui veulent penser à la place des autres. Penser mieux que les prostituées ce qui est bon pour elles. Penser pour les femmes à leur place. En gros, les putes sont des connes, de pauvres victimes qu'il faudrait sauver malgré elles !

FB : En exergue de notre *Bordel* est inscrite une phrase de Friedrich Dürrenmatt : « Le monde a fait de moi une putain, je veux faire du monde un bordel. » Que pensez-vous de cette citation ?

CM : Je ne suis pas d'accord. On naît putain. Ce n'est pas le monde qui nous transforme. Vous savez, je suis catholique, donc je connais le péché originel. Je suis de la religion de Marie-Madeleine...

FB : Moi aussi et cela explique beaucoup de choses. Parlons un peu de style littéraire à présent. Peu de critiques ont relevé votre travail sur la langue, votre regard froid sur le sexe. J'aimerais vous lire une phrase de Sade tirée des *120 journées de Sodome* : « Il fait chier une fille A et une autre B. Puis il force B à manger l'étron de A et A à manger l'étron de B. Ensuite, elles chient toutes les deux et il mange leurs deux étrons. » Evidemment, en tant qu'ancien président du CACA's Club, elle m'émeut beaucoup. Bourgeade dit qu'elle a « l'austère beauté d'une formule mathématique ». Moi, elle m'a fait penser à vos énumérations de *La Vie sexuelle*.

CM : C'est gentil. S'il y a une seule chose à retenir de ce livre, c'est peut-être ce corps mécanique dissocié de l'être qui habite le corps. On peut aimer, souffrir, penser, mais le corps, lui, n'est qu'une machine. L'obsession arithmétique chez Sade, c'est un truc que je partage. J'aime comme lui la précision, les détails, les centimètres.

FB : Qu'allez-vous écrire maintenant ?

CM : Je pensais que ce livre serait une parenthèse mais je m'aperçois que je n'arrive pas à la refermer. J'envisage de raconter tout ce qui m'est arrivé depuis la sortie du livre, les lettres, les rencontres, les polémiques, etc.

FB : Comme *Quitter la ville* de Christine Angot ?

CM : Oui, en moins négatif. Cette expérience n'a pas été une souffrance pour moi. Au contraire, c'était amusant de déclencher autant de passions, pour ou contre. C'était comme mettre ma vie sexuelle sur la place publique, comme un objet...

FB : Un objet humain ?

CM : Oui. Catherine M. est un objet qui sait qu'elle est un objet. Et qui peut dire : « Pouce ! »

FB : Une dernière chose avant de nous quitter : à votre avis, pourquoi n'existe-t-il pas de prostitution masculine à destination des femmes ?

CM : Il y a les escort-boys mais ce n'est pas très répandu… Oui, il y a là une interrogation fondamentale sur l'espèce humaine.

FB : Il y a les Chippendales…

CM : Bof, ce n'est pas comparable à ce qui existe pour les hommes.

FB : S'il existait un bordel pour femmes, vous iriez ?

CM : J'ai assez peu d'initiatives mais un de mes fantasmes serait de glisser un billet dans le slip d'un garçon qui se déshabille… Pour moi, ce serait une transgression. Du coup, je peux en rêver…

FB : Il faut absolument que j'ouvre un tel endroit ! [NDA : Il existe désormais à Moscou : le club Marusya, Tverskoy boulevard.]

Jay McInerney I

– novembre 2003 –

Evidemment, je suis en retard. Pourquoi suis-je toujours en retard alors que j'ai un scooter BMW C1 ? Je devrais être toujours en avance, ou alors mort écrabouillé. Ce déjeuner avec Jay McInerney a été organisé au débotté car il est à Paris pour quelques jours. J'entre dans Ze Kitchen Galerie, un restaurant qui a dû être à la mode pendant une semaine il y a quatre ans, et retrouve Jay McInerney avec ses chemises propres, sa veste rayée de broker des lettres new-yorkaises, ses yeux bleus perçants et son attachée de presse qui se lève pour me serrer la main.

— *How are you today ?* me demande-t-il comme s'il en avait quelque chose à foutre.

Cela signifie « Comment allez-vous aujourd'hui ? », je le précise parce que dans mon dernier roman les phrases en anglais ne sont pas traduites et que cela m'a coûté le prix Goncourt 2003. Edmonde Charles-Roux trouve que j'aurais dû supprimer tous les passages en VO. Par exemple, au lieu de s'écrier :

« *Spare me the bullshit !* », les personnages du *Windows on the World* auraient dû dire : « *Epargne-moi la merde de taureau !* » La présidente de l'académie Goncourt a peut-être raison, mais j'aurais perdu en réalisme ce que j'aurais gagné en comique involontaire. McInerney pense au contraire que j'ai bien fait de garder le titre en anglais :

— C'est un endroit réel, vous ne pouviez pas le traduire, *Fenêtres sur le Monde* c'eût été ridicule.

Bref, nous voilà assis face à face dans cet endroit assez mal décoré.

— *It's an ugly place but it's supposed to be trendy.*

Inutile de vous traduire cette phrase, j'ai tendance à supposer que tous les lecteurs de *Bordel* sont de niveau bac + 12 (ou bien connaissent l'anglais à force de mater *Sex and the City*). Nous ouvrons le menu et grimaçons : encore une carte genre Costes, avec des trucs compliqués, inventifs, style « world food » à la con.

— Yuck ! fait Jay, pourquoi veut-on toujours m'emmener dans des restaurants comme il y en a des centaines à New York ? J'aimerais tellement une bonne bouffe française traditionnelle !

Ni une ni deux, je saisis mon portable et appelle Allard. Ils ont de la place pour nous deux (normal, avec tout ce que je leur laisse par mois comme notes de frais.) Prétextant un malentendu avec le secrétariat, nous nous excusons et sortons dans la rue des Grands-Augustins.

Au bout de quelques mètres, nous rigolons comme deux garnements ayant fait l'école buissonnière.

JMI : J'en peux plus de la nourriture internationale ! J'ai l'impression de faire du surplace ! Et puis quel nom idiot, Ze Kitchen Galerie !

FB : Oui, « La galerie de la cuisine ». C'est très années 80. Mais qui a envie de manger des œuvres d'art ?

Nous marchons dans les rues médiévales d'un des plus vieux quartiers de Paris. Je sens que McInerney s'ennuie poliment ; il observe les gens, les jolies adolescentes du lycée Fénelon, un vieux coursier à vélo. Il doit se sentir comme à l'intérieur d'une carte postale : un Américain à Paris, qui serait surtout un Ecrivain en Promo. Nous entrons chez Allard, et là tout de suite il se sent mieux : il y a une assiette de saucisse sèche d'Auvergne coupée en rondelles sur la table à nappe blanche, des maîtres d'hôtel en veste noire, une bouteille de givry rapidement versée dans les verres à pied. Comme quoi le bonheur est à portée de la main.

— Je préfère le bourgogne au bordeaux, dit Jay McInerney, c'est un vin plus bizarre, il ressemble à ces femmes latines un peu hystériques qui te baisent sauvagement un soir et le lendemain te flanquent une gifle en te traitant de salaud.

FB : Vous venez souvent à Paris ? Nous nous étions vus à Montparnasse avec Olivier Cohen à la sortie de *Glamour Attitude*. Or *La Fin de tout* commence par une nouvelle située à Paris by night... Vous l'avez écrite d'après cette soirée ?

JMI : Oui, je raconte une tournée insensée après le Salon du livre. Je me suis fait draguer par une groupie dingue, très sexy, qui me suivait partout (au Buddha-Bar, au Man Ray, puis au Costes et au Red Light). L'embêtant c'est qu'à présent, je ne sais plus ce qui est réel et ce que j'ai inventé.

FB : Simple déformation professionnelle. Les romanciers se souviennent mieux de ce qu'ils écrivent que de ce qu'ils vivent.

JMI : C'est un mélange à la *Afterhours*. Olivier Cohen m'a convaincu de l'écrire. Pour nous, ploucs d'Américains, Paris symbolise la romance et le bon goût. Je trouvais amusant de casser cette image, de montrer un Paris aussi pitoyable que New York !

FB : Etes-vous d'accord avec ma définition de la nouvelle : c'est un roman dont on a enlevé les cent premières pages et les cent dernières, et coupé deux phrases sur trois au milieu ?

Il se marre la bouche pleine.

JMI : Bonne définition, mais le plus dur dans la nouvelle c'est tout de même de trouver la chute. Dans ce recueil, j'ai dû trouver dix fins !

FB : Qu'ont en commun ces dix textes, à part leur auteur ?

JMI : Ce sont des histoires de paumés, de personnages en pleine crise d'identité. Connaissez-vous Frank O'Connor ?

FB : Jamais entendu parler.

JMI : Eh bien Frank O'Connor a dit : « Un roman c'est toujours l'histoire d'un individu qui tente de s'intégrer à la société, alors qu'une nouvelle c'est toujours l'histoire d'un individu qui n'arrive pas à s'intégrer à la société. »

FB : Ce n'est pas mal vu... De toute façon, j'adore les grandes généralités. Cela permet d'y voir plus clair et suscite des discussions. Moi je trouve que vos nouvelles s'inspirent de Carver.

JMI : *Waow ! I like you !* Carver était mon prof de « *creative writing* » à Syracuse. Mais connaissez-vous Cheever ? Aux Etats-Unis, la nouvelle est beaucoup plus respectée qu'en France. Beaucoup d'écrivains ont appris à écrire en rédigeant des nouvelles. C'est un genre très prestigieux, avec des revues spécialisées, et des auteurs phares, comme Carver ou Welty.

FB : Si c'est un genre si important, pourquoi avoir attendu si longtemps pour en publier ?

JMI : Je pense plus à des romans, je ne sais pas pourquoi. Souvent je voulais faire une nouvelle et je me suis retrouvé avec un roman sur les bras. C'est ce qui s'est passé avec *Trente ans et des poussières*. Mais j'adore écrire des nouvelles, c'est comme un « *one night stand* » (un coup d'un soir). Ce n'est pas aussi beau qu'un mariage réussi, mais enfin la vie serait sinistre sans les coups d'un soir.

Là-dessus le maître d'hôtel nous tend les cartes et Jay s'extasie comme s'il était au paradis.

JMI : Des grenouilles à l'ail ! Du foie gras et des escargots ! Enfin je suis en France !

FB : On vous compare souvent à Fitzgerald, et pas seulement pour vos origines communes d'Irlandais catholique.

JMI : C'est aussi parce que j'ai le même prénom que Gatsby !

FB : Certains trouvent que Bret Easton Ellis, c'est Hemingway et vous, vous seriez Scott Fitzgerald. Vous savez qu'ils se sont rencontrés ici, à Paris...

JMI : Oui, le côté Fitzgerald, cela doit venir de mon romantisme, de ma sensiblerie... J'aime la poésie des choses disparues. Le grand sujet de Fitzgerald, c'est la perte. En naissant, nous quittons le ventre de notre mère. Après, nous ne faisons plus que perdre des choses, et à la fin nous perdons la vie. Ellis est mon grand ami mais ce qu'il fait est nettement plus froid, risqué, courageux que moi. Il ne cherche jamais à séduire le lecteur. Il faut avoir drôlement confiance en soi pour se permettre d'écrire des livres aussi extrêmes, aussi radicaux.

FB : Votre image « mondaine » ne vous nuit pas ?

JMI : Oh que si ! En Amérique, les critiques littéraires pensent que les écrivains ne doivent pas être célèbres ou en photo dans *Vanity Fair*.

FB : C'est pareil en France...

JMI : Mais la célébrité n'est pas le pire handicap. Ce qui m'a disqualifié a été le succès trop précoce. *Bright Lights, Big City* a été un immense best-seller. Un premier roman qui se vend autant, voilà qui était impardonnable.

FB : Les critiques veulent la souffrance des écrivains.

JMI : Mais j'ai souffert ! Croyez-moi, j'ai eu mon lot de douleur. Seulement cela ne se voit pas sur ma gueule !

FB : Tout ça c'est la faute à Flaubert. Depuis qu'il s'est enfermé dans son ermitage de Croisset, les seuls écrivains sérieux sont ceux qui font mine de sacrifier tout confort, toute vie sociale, sur l'autel de la littérature. Il faut être misanthrope, enfermé, reclus, anachorète... sans quoi, on a l'air bidon.

JMI : Moi je préfère Balzac qui vivait à Paris ! Le plus important dans le roman, c'est le sens de l'observation. Je ne pourrais pas écrire les livres que j'écris en restant enfermé. J'ai besoin de cette vie sociale, puisque j'écris sur la société. Peut-être qu'un jour je serai suffisamment vieux pour que les critiques me pardonnent d'avoir posé dans les magazines avec des mannequins.

FB : Avez-vous vu *Elephant* ?

JMI : Oui et je n'ai pas aimé. Gus Van Sant stylise la tuerie. Il y a trop de beauté et pas assez d'émotion. L'image, la façon de filmer en plans-séquences, tout cela me paraît trop formaliste. Il se prend pour Kubrick qui rajoutait Beethoven sur les meurtres.

FB : Je vous demandais ça car ce film est une tentative pour s'emparer artistiquement d'une tragédie réelle. Or j'ai entendu dire que vous étiez en train d'écrire un roman sur le 11 Septembre.

JMI : Effectivement. Après la catastrophe, j'ai cessé d'écrire pendant de longs mois.

FB : Comme Paul Celan après Auschwitz ?

JMI : Je refuse de comparer les deux. Mais c'est vrai que je me suis demandé : « A quoi bon écrire ? » Le roman que j'avais entamé racontait les aventures d'un groupe d'amis dans les années 90. Tout d'un coup, il me paraissait totalement vain. J'ai dû prendre une décision par rapport au 11 Septembre. Pouvais-je continuer à situer mon histoire à New York comme si l'événement n'avait pas eu lieu ? Non, l'histoire de la ville a changé du tout au tout. J'ai donc tout balancé et recommencé à zéro. Mon prochain roman commence juste après la tragédie. En surface, la vie continue. Les personnages continuent de vouloir la richesse et la célébrité. Mais quelque chose a changé en profondeur. Les New-Yorkais sentent les effets secondaires de l'hécatombe. Au début du livre, ils aident les sauveteurs, leur apportent des sandwichs. C'est une chose que j'ai moi-même faite pendant trois mois.

FB : Donc vous avez choisi délibérément de ne pas décrire l'attentat lui-même, de rester en dehors du massacre. Pensez-vous qu'un roman comme *Windows on the World* est inadmissible ou obscène ? Qu'on n'a pas le droit d'imaginer une fiction dans le World Trade Center ce matin-là ?

JMI : Rien ne doit être interdit. Moi j'ai préféré commencer mon roman là où le vôtre se termine. Parce qu'en Amérique, tout le monde connaît cet événement. Ce qui m'intéresse davantage que l'horreur en elle-même, c'est en quoi elle a changé notre mentalité. Nous avons tous été obligés d'imaginer notre mort, donc de penser à qui nous voulions vraiment être. Quel métier nous voulions faire. Après le 11 Septembre, beaucoup de New-Yorkais ont divorcé, ou se sont mariés, certains ont même décidé de changer de sexe !

FB : Ne pensez-vous pas, comme cela a été écrit sur le mien, qu'un roman sur le 11 Septembre est une idée scandaleuse ?

JMI : Le scandale c'est très bien. Un événement pareil doit inspirer les romanciers. *Of course !*

FB : Norman Mailer a dit qu'il fallait attendre au moins dix ans pour s'en approcher...

JMI : Ah bon ? Il a dit ça ? Eh bien je ne suis pas d'accord avec lui : la fiction doit absorber la vie contemporaine. Ce qui rend la fiction américaine si vivante, c'est justement sa capacité à s'emparer de la réalité actuelle et à en faire de la littérature.

Nous devons tous nous emparer du 11 Septembre. Bien sûr que les romans doivent tenir compte des tragédies ! Toute l'histoire de la littérature américaine n'est faite que de cela ! D'ailleurs Norman Mailer en est l'illustration la plus parfaite : il a toujours mélangé le journalisme et la littérature.

Inutile de dire qu'en plus du givry, je bois du petit-lait.

JMI : Depuis que je suis à Paris, tout le monde me parle de votre livre. J'espère qu'à la fin de notre conversation, vous m'en donnerez un exemplaire dédicacé ! [Cela fut fait.] Vous n'avez qu'à dire à Norman Mailer que vous avez la distance géographique nécessaire pour transformer cette tragédie en art. Moi je ne pouvais pas l'écrire aussi vite que vous car j'étais trop ému. J'aurais fait un roman sirupeux, dégoulinant de pathos. Aujourd'hui, deux ans après, je sens que je peux m'y attaquer. J'avais besoin de distance temporelle là où vous vous êtes servi de distance kilométrique. L'essentiel est d'avoir le recul romanesque.

FB : Comment avez-vous vécu la tragédie ?

JMI : Je l'ai vue par la fenêtre de mon appartement. Je n'arrêtais pas de comparer ce que je voyais par ma fenêtre avec l'image dans la télévision. Je n'arrivais pas à y croire. Il était 8 h 40, je venais de me réveiller. J'ai soulevé les stores. Je me souviens que la chaînette était coincée. J'essayais de la réparer. Tout d'un coup, j'ai vu un flash éblouissant, comme une allumette qui s'enflamme. Je ne savais pas ce que c'était. Mon téléphone a sonné et ma petite amie m'a dit d'allumer la télé. En fait je n'étais plus avec elle depuis quatre mois. Et puis les téléphones ont cessé de fonctionner et on s'est cherchés toute la journée. Depuis, on s'est remis ensemble et on ne s'est plus quittés. Je me souviens être descendu dans la rue, complètement sonné. Après l'effondrement des deux tours, les gens étaient couverts de cendres blanches. Un homme est entré dans un coffee shop où je m'étais assis pour boire un verre d'eau. On aurait dit un fantôme. Il m'a reconnu : « *Are you Jay McInerney ?* » J'ai dit oui et, soudain, il a fondu en larmes. Il m'a expliqué qu'il venait de penser à la couverture de *Bright Lights, Big City* [sur l'édition originale, on voit un homme de dos qui contemple le World Trade Center, éclairé la nuit]. En me voyant, il a fait l'association d'idées. « Je viens d'en sortir, a-t-il ajouté. Et maintenant il n'y a plus rien, il n'y a plus de World Trade Center comme sur votre livre. » Je ne savais pas quoi lui dire.

FB : Vous auriez dû lui dire que le World Trade Center serait toujours sur la couverture de votre livre. Et qu'il n'en bougerait jamais.

Albert Cossery

– 4 février 2004 –

Mon passage aussi bref que pitoyable à la télévision française aura eu au moins une utilité : me permettre de rencontrer le mythique Albert Cossery. C'était au Milliardaire, un ancien bordel de la rue Pierre-Charron, en 2002. A quatre-vingt-neuf ans, Albert Cossery venait de se faire opérer de la gorge. Malheureusement, pour déloger un crabe qui squattait dans sa trachée, un chirurgien avait dû retirer ses cordes vocales : il ne s'exprimait plus que par borborygmes énigmatiques, haussements d'épaules lourds de signification, onomatopées consternées, sourires complices, pupilles dilatées par l'ironie… La divine Sophie Leys l'accompagnait et servait de truchement esthétique à ses épiphanies gutturales. Son débat avec Ismail Kadaré sur le plateau de « Des livres et moi » ressembla à un dialogue de sourds… ou plutôt un inédit combat de muets. Je crois que c'était une émission encore plus surréaliste que celle où nous étions à poil avec Guillaume Dustan et Noël Godin ! L'écrivain de la brièveté dénudée, le prince de la dérision élégante, l'apôtre de la paresse orgueilleuse plastronnait humblement devant le mystérieux démiurge albanais aux lunettes de verre fumé. Deux conceptions de la littérature exilée s'opposaient : Cossery l'Egyptien à-quoi-boniste, la momie nihiliste, le dandy désespéré, l'oisif fauché, contre Kadaré le dissident ambitieux, le romancier engagé, le majestueux lyrique, le créateur de fables aux climats délétères. Le mutisme de Cossery lui profita ce jour-là, même si la littérature est évidemment une guerre sans vainqueurs, où les univers se juxtaposent sans se concurrencer.

Or voici que deux ans ont passé, puisque nous sommes le 4 février 2004. Je retrouve Albert Cossery à l'hôtel La Louisiane, où il habite depuis 1953. Cinquante ans dans la même chambre, rue de Seine : Cossery est fier de son immobilité. Comme Henry Miller, j'admire Cossery parce qu'il est mon exact contraire. Ses héros sont tous des mendiants qui refusent le travail, des marginaux qui refusent de fonder une famille, des prostituées au grand cœur mais sans patrie. Il a vécu dans ses livres : une vie entière dédiée à la contemplation, la méditation, la déambulation, la liberté, la paix et le sommeil. Aujourd'hui qu'il fête ses quatre-vingt-onze ans, on visite Cossery comme un monument vivant, un souvenir germanopratin de l'époque de Sartre, Beauvoir, Camus (qui recommanda la publication de son premier livre, *Les Hommes oubliés de Dieu*, en 1945), Vian, Gréco et les autres (ses autres copains se nommaient Lawrence Durrell, Jean Genet ou Louis Guilloux). Dès que les beaux jours reviennent, on voit Cossery à la terrasse du Flore.

Dès qu'il réapparaît, c'est l'annonce du printemps. Normal : Cossery est une hirondelle.

AC : èèèèèèè in on !!

[Traduction : « Je viens d'enregistrer un entretien pour France Culture par téléphone ! »]

Il ricane en silence comme un collégien qui vient de faire une farce. Pour lui rien n'est plus comique que ces conversations muettes que des journalistes viennent régulièrement lui soutirer. Il n'est pas vraiment au centre de l'actualité. Il se prend pour un dinosaure, une espèce en voie d'extinction (de voix). Je proteste :

FB : Au contraire, vous êtes un modèle, une statue du Commandeur. Vous faites culpabiliser tous les schizophrènes débordés ! Vous êtes une leçon de détachement, un exemple de je-m'en-foutisme, un…

Il proteste en agitant les mains. Il n'a jamais cherché à être un modèle ni rien d'autre. Il se contente d'exister sans être prisonnier des biens matériels. Intérieurement, j'ai trouvé qui est Albert Cossery : c'est un sphinx, mais un sphinx existentialiste ! Un pharaon en veste de tweed bleue, avec une pochette jaune, un pull col V, une chemise assortie à sa cravate moutarde. Un bouddhiste mieux fringué que le dalaï-lama. Nous marchons avec Sophie Leys vers la brasserie Lipp où il avalera tout à l'heure sa douzaine d'huîtres quotidiennes sans boire de vin (certains soirs, parfois, il s'autorise une coupe de champagne).

FB : Quelle est la question la plus bête que les journalistes vous posent ?
AC : Tu dois me tutoyer !
FB : Quelle est la question la plus bête que les journalistes te posent ?
AC : « Pourquoi résidez-vous à La Louisiane depuis cinquante ans ? »
FB : Zut ! C'était ma prochaine question !

Il pétille sur sa banquette. Ce n'est pas parce qu'on est frappé de mutisme qu'on doit cesser d'engueuler les serveurs. Il passe son temps à se plaindre : le pain est rassis, le beurre rance, le service trop lent, etc. Il a raison d'être exigeant : quand on est né en 1913 au Caire, chaque minute est un luxe qui doit être parfait. Quelqu'un qui a fait de sa vie une œuvre d'art ne peut pas se permettre de rater un déjeuner.

FB : Vous écrivez en ce moment ?
AC : Je veux que tu me tutoies.
FB : Pardon, je suis tétanisé par le respect.

Haussement d'épaules. Albert ne peut pas comprendre que je hais le tutoiement qui me rappelle les agences de publicité, où l'on se dit « tu » par obligation, comme au Club Med.

FB : Est-ce que le fait de ne plus avoir de voix te pousse à écrire davantage ?

AC : (Long silence.) La seule chose dont je ne puisse me passer, c'est de marcher.

Sophie me rappelle qu'Albert a tout de même écrit *Les Couleurs de l'infamie*, en 1999.

— Maintenant, dit-elle, il se repose.

Sophie couve Albert. L'année dernière, elle a réalisé un court-métrage d'après une idée de lui (*Tournez la page*, avec Edouard Baer). Il la caresse des yeux. J'espère qu'à son âge je serai entouré de filles aussi belles et attentionnées.

FB : Où trouves-tu le courage de ne rien faire de la journée ?

Albert sourit. Son sourire suffit. Visiblement, il n'a pas besoin de beaucoup d'efforts pour n'en faire aucun. Cossery est l'anti-workaholic. Un détail me chiffonne tout de même : comment fait cet homme pour mépriser autant l'argent alors qu'il n'en a pas ? Joëlle Losfeld a beau être sa mécène, il ne roule pas sur l'or.

FB : Que conseillerais-tu à un jeune chômeur ? De mendier ou de voler comme le font les personnages de tes œuvres ?

Cette fois, il saisit mon stylo-feutre et écrit la phrase reproduite ici :

Personne n'avait
de l'argent
ils habitaient à
l'hôtel ou bien chez
leurs parents

Sa calligraphie appliquée évoque celle de Blondin. Ce sont deux stylistes. Je ne suis pas graphologue, mais il me semble que les vrais écrivains écrivent lentement, comme les bons élèves, parce qu'ils respectent tellement la langue qu'ils tirent la leur pour bien la dessiner.

FB : Tes clodos ont-ils un rapport avec ceux de Beckett ?

AC : (Grimace d'écœurement.) Je suis l'anti-Beckett. Mes personnages sont gais, ce sont des princes.

FB : Lis-tu des auteurs contemporains ?

AC : Je lis ceux qui m'envoient leurs livres.

FB : Qui ça ?

AC : Tous mes copains sont morts, et ceux qui survivent sont immortels.

Cet aphorisme elliptique semble induire qu'il a des amis à l'Académie française…

Profitons-en pour donner l'adresse : Albert Cossery, La Louisiane, 60, rue de Seine, 75006 Paris, tél : 01 44 32 17 17. Envoyez vos bouquins si vous voulez avoir une vague chance d'être feuilletés par l'un des plus grands écrivains actuels.

FB : Raconte-moi une journée d'Albert Cossery.

AC : Lever très tard. Déjeuner vers 14 h 30. Promenade puis sieste. Parfois je sors le soir vers 20 heures.

FB : Jusqu'à quelle heure ?

AC : Jusqu'à ce que je m'ennuie.

FB : En 1945, Miller a dit que vous étiez meilleur que Dostoïevski… et que vous alliez entraîner des révolutions. Ont-elles eu lieu ?

Il hausse les épaules. Il est fâché car je suis encore passé au vouvoiement. Puis sa réponse me tue :

AC : Ma révolution : depuis 2003 j'ai un frigo dans ma chambre. Il m'a sauvé de la canicule !

J'ai l'air d'un con avec mes questions de bobo révolté. Je finis la bouteille de pinard. Les romans de Cossery n'ont pas de « message » : Miller s'est trompé. Il décrit un monde immuable où des hommes provisoires s'agitent de façon ridicule. Ses livres se moquent des nantis, mais aussi de l'enthousiasme. Les aventures de ses parasites n'ont guère de sens, comme la vie. J'ai l'impression d'être face à un scribe sage. Je me sens comme un Beatle devant un gourou hindou ! Mais un gourou qui aurait l'humour pour seule drogue.

FB : Te considères-tu comme un dandy ?
AC : Je suis un prince sans argent.
FB : Es-tu un ascète ou un hédoniste ?
AC : C'est la même chose.

Sophie déchiffre à voix basse ses grognements laconiques. Je mendie fièrement les mots d'Albert. Il y a comme ça, dans la vie, des instants que l'on sait importants. Cet homme a changé la vie de tellement de gens. Il est aussi influent que Diogène ou Kerouac. Un jour, il a dit dans une interview : « J'écris pour que quelqu'un qui vient de me lire n'aille pas au bureau le lendemain. »

FB : Pourquoi tiens-tu à ce point à ne rien posséder ?

AC : Pour être libre.

FB : Mais tu as vécu toute ta vie dans la même chambre ! Ce n'est pas la liberté, c'est une prison !

AC : Non.

Bon, là, je me vante, car je ne lui ai pas dit cela. Je l'ai pensé, mais je n'ai pas osé le formuler : trop con. On peut être libre avec une vie monastique, à l'évidence, même si aucun écrivain de ma génération n'en est capable.

FB : Denis Wetterwald, dans *L'Atelier du roman* de juin 2000, a écrit que tu étais « le romancier de la dignité ». Qu'en penses-tu ?

AC : (Long silence de réflexion.) Je suis d'accord.

C'est fantastique d'être muet : on dit moins de conneries que les autres.

FB : Si tu devais conseiller un seul de tes romans à un lecteur aussi paresseux que toi, lequel choisirais-tu ?

AC : Je n'écris pas de romans. Mes personnages disent ce que je pense. Choisis n'importe lequel : c'est toujours le même livre !

Dans *La Piscine* de Jacques Deray (1969), on voit Albert Cossery à Saint-Tropez. Il va s'asseoir sur un canapé, dans un salon. Je pense souvent à cette image qui incarne un art de vivre, une beauté disparue.

FB : Tu ne vas plus à Saint-Tropez ? Pourquoi ? Quelque chose a changé ?

Il lève les yeux au ciel puis me reprend mon feutre et note sur mon cahier à spirales :

Il ne faut pas
braquer une banque
mais plutôt en ouvrir
une, comme cela vous
pouvez voler vos semblables
en toute impunité.

Albert Cossery

Je suis heureux d'avoir participé à la création de la revue *Bordel* rien que pour avoir offert ce haïku à quelques-uns de ses lecteurs. Bien sûr, c'est Flammarion qui a payé l'addition de notre déjeuner anarchiste. Tout le monde devrait vivre comme Cossery : nous mériterions d'être des rois fainéants. Mais nous sommes lâches. Cet après-midi-là, j'ai tout de même commis un attentat terroriste : je ne suis pas retourné au bureau.

Françoise Sagan (rendez-vous manqué)

– 25 septembre 2004 –

Edouard Baer venait de partir du Mathis Bar quand j'y suis entré. Depuis trois ans, chaque fois que j'arrive dans un endroit, Edouard vient de partir. Le ferait-il exprès ? Gérald Nanty a fait une drôle de mine quand je lui ai demandé des nouvelles de Sagan. C'était devenu un jeu entre nous : d'habitude il gloussait, me racontait sa dernière frasque (« Elle a donné des conseils conjugaux à Isabelle Adjani toute la nuit au téléphone », « Edouard l'a ramenée en voiture à Equemauville, au petit matin Bernard Frank ne comprenait pas ce que ce garçon foutait là », etc.). Mais ce soir Gérald ne gloussait pas.

— Son médecin dit que Françoise ne passera pas le week-end.

Le patron du Mathis était l'un des plus proches amis de Sagan, comme Florence Malraux, Charlotte Aillaud (la sœur de Juliette Gréco), Bernard Frank et Ingrid Mechoulan, chez qui elle habitait à Paris, avenue Foch. Une des rares personnes à s'occuper d'elle à la fin de sa vie, vraiment, et à lui tenir compagnie. A l'aimer comme elle était : insupportable, imprévisible, malade, ruinée, droguée, poursuivie par l'Etat français. La seule fois où j'ai dîné avec Sagan, c'était chez Gérald. Quand il nous présenta, je me souviens que j'eus soudain la même élocution qu'elle. J'avais bafouillé quelques phrases mélancoliques et désinvoltes. Elle m'avait demandé :

— C'est joli, c'est de qui ?

— De vous.

— Ah bon ?

Elle jouait les blasées mais elle était touchée qu'un grand nigaud sache par cœur des morceaux de ses livres, alors qu'elle n'écrivait plus depuis longtemps. Par exemple, ceci : « Je n'en saurai jamais assez. Jamais assez pour être parfaitement heureuse, jamais assez pour avoir une passion abstraite qui me nourrisse d'une manière définitive, jamais assez pour rien. Mais ces moments de bonheur, d'adhésion à la vie, si on se les rappelle bien, finissent par faire une sorte de couverture, de patchwork réconfortant qu'on pose sur le corps nu, efflanqué, tremblotant de notre solitude. » [*Des bleus à l'âme*, 1972.]

On a souvent comparé Sagan à Proust à cause de son pseudonyme, trouvé dans *Le Côté de Guermantes*. On a aussi (plus justement) évoqué Musset, Stendhal, Radiguet. Ce passage montre qu'elle est surtout la réincarnation de Colette. *Bonjour tristesse* est sorti l'année de sa mort (1954) : en littérature, le hasard n'existe pas. A l'évidence il s'agit d'un passage de témoin. Limpide comme celle de Colette, l'écriture de Sagan est une tentative pour éterniser ces instants fugaces où la vie a un sens. Sagan est une romantique contrariée qui se bat pour ôter au romantisme toute mièvrerie, une amoureuse qui sait que l'amour ne dure pas mais qui raffole de tomber dans le panneau. Son rêve ? Pouvoir dire « Je t'aime » sans être ridicule. Son cerveau lui dit que ce n'est pas possible, mais son cœur n'en fait qu'à sa tête. Aimer, c'est désobéir à son intelligence.

Lors de ce dîner chez Nanty, j'avais l'impression de rencontrer une adolescente du Couvent des Oiseaux coincée dans un corps de vieille dame en chaise roulante. Elle voulait boire de la vodka, se coucher tard, dire des conneries : « Je fume des Kool molles ! » Le secret de Sagan est là : toute sa vie elle est restée bloquée en 1954. La Cécile de *Bonjour tristesse*, 17 ans, assise sur la plage, qui compare les hommes au sable lui filant entre les doigts, c'est elle, bien sûr, et pour toujours elle restera accroupie devant la mer Méditerranée, en été, la tête penchée, amoureuse de types qui n'en valent pas la peine. « Je connaissais peu de chose de l'amour : des rendez-vous, des baisers et des lassitudes. » Mauriac l'a tout de suite compris : avant Sagan, on croyait au prince charmant ; à partir de Sagan, le prince charmant est une femme et c'est un « charmant monstre ».

Mais ce soir Gérald est vraiment pâle. On décide de faire circuler une feuille de papier dans le bar, afin que tout le monde écrive un petit mot à Sagan pour lui remonter le moral. Nicoletta, Arielle Dombasle, Régine, Amanda Lear et Julie Depardieu lui adressent des compliments. Je lui dédie ce poème :

« Où êtes-vous ? Vous me manquez.
J'en ai marre de m'ennuyer. »

Enfin, Pierre Palmade jette une de ces fulgurances dont il a le secret : « La mort ne vous arrive pas à la cheville. » Nous sommes tristes, comme dans un roman de Sagan, bourrés, paumés, un peu scintillants comme les yeux de quelqu'un qui pleure presque, et il est de plus en plus trois heures du matin. Les plus grands artistes sont ceux qui s'inspirent de nous jusqu'à ce que nous leur ressemblions. Ils déteignent. La société les imite parce que le monde est à eux. Si souvent dans ma vie, j'ai eu l'impression que Sagan dictait les dialogues et les situations.

Pour une fois le médecin ne mentait pas : Françoise est morte le vendredi à 19 h 30. Elle qui avait reçu deux fois l'extrême-onction (accident d'Aston Martin en 1957, overdose de produits locaux à Bogota en 1985), la « petite » increvable n'a pas passé le week-end. Elle n'a pas lu nos petits mots débiles et émus. Ce samedi matin, la mort avait les chevilles qui enflent.

Simon Liberati

– décembre 2004 –

Nous voilà dans le home studio de Simon Liberati. Ça a son petit côté abri antiatomique ici. Le reste de la planète a disparu. L'entretien peut commencer.

Nous sommes dans une cave. Mais ce n'est pas une cave comme les autres, il n'y a pas d'instruments de torture et, en plus, il fait jour.

FB : C'est une véranda, ce genre d'endroit ?

SL : C'est une verrière, en fait, un appentis aménagé en cave. En guise de mur, vous avez ce gros rocher, parce que nous sommes dans un coin rocheux de Paris. Et, en effet, il n'y a pas d'instrument de torture à part ce chevalet de peinture. Vous connaissez le roman de Kate Millett, *La Cave* ? Il est inspiré de l'histoire de cette femme, dans les années 60, qui torturait sa fille adoptive et la faisait violer par tous les garçons du quartier ; elle lui avait gravé sur la poitrine les mots « *Je suis une pute et j'aime ça* ». Le roman est époustouflant, bien meilleur que *Le Dahlia noir* d'Ellroy.

FB : Kate Millett, à ne pas confondre avec Catherine Millet, un tout autre auteur ! Cet épisode du cutter gravant la peau humaine me rappelle un livre que j'ai édité dernièrement, *Anthologie des apparitions*, qui est signé d'un certain… Simon Liberati, c'est bien cela ?

SL : Euh, oui, c'est ça…

FB : Oui, et dans ton livre, je me souviens de cette scène dans laquelle on prélève un bout de peau sur la cuisse d'une femme.

SL : Sur l'intérieur de la cuisse, oui. Un morceau de peau en forme de triangle – c'est un hommage au *Dahlia noir*, dans lequel la même mutilation est opérée sur Betty Short. Cette histoire de mutilation est une référence à un fait divers, l'histoire des narco-satanistes de Matamoros, qui est présente en sous-texte dans mon roman…

FB : On a beaucoup cité à propos de ton livre des références comme Proust ou Jean-Jacques Schuhl, mais on a oublié selon moi cette influence majeure : David Lynch. Tu aimes deviner, derrière des apparences assez « glamour », des épisodes très sombres, qui se laissent entrevoir comme des flashes, à la façon de certaines scènes de *Mulholland Drive* ou de *Lost Highway* : à des images de gens très chic succède une série d'images violentes en noir et blanc, accompagnées d'une musique stridente, on imagine alors des scènes stroboscopiques… Je dis n'importe quoi, là ?

SL : Non, au contraire, il y a effectivement un rapport mais je ne parlerais pas d'influence à proprement parler, ne serait-ce que parce que je n'aime pas du tout le cinéma de Lynch. Je n'ai d'ailleurs pas vu les deux films dont tu parles et dont on m'a dit le plus grand bien. Mais il y a bien un rapport de structure. Les deux modes artistiques dont je me suis servi, en termes structurels, sont la musique et le cinéma. J'ai construit certains chapitres, non pas comme des scripts, mais plutôt comme des « novélisations », ces textes qui servent à décrire les films, des genres de story-boards.

FB : Il me faut tout de même décrire l'endroit où nous nous trouvons : il y a des murs de briques, des livres de peinture empilés. C'est un atelier ?

SL : Oui, j'ai commencé par faire de la peinture. J'ai tout fait sauf de la chanson avant de venir à l'écriture, ma dernière planche de salut !

FB : Entre autres, rédactrice en chef de *Cosmo*...

SL: Et d'autres activités moins avouables ! J'ai cumulé les deux métiers, la presse féminine et la peinture. J'ai tout de même vendu quelques toiles ! Je peignais des corps... J'étais chez un monsieur assez curieux, Raphaël Doueb, un personnage haut en couleur, très extravagant, qui est malheureusement décédé aujourd'hui. C'était le protégé de Danielle Mitterrand, on disait que c'était son amant mais c'était faux. Elle le mentionne d'ailleurs dans son livre. C'était le roi du name-dropping invraisemblable. Il me disait, un jour que je l'invitais à la campagne : « Simon, je vous ai déjà dit que je ne peux pas venir à Noël, je réveillonne chez les Clinton », ou bien il commençait une phrase en disant : « Le pape me disait l'autre jour : Raphaël... » Etrangement, quand j'ai lu le passage concernant Raphaël dans le livre de Danielle Mitterrand, je l'ai bien reconnu, à travers des phrases du type : « Raphaël dit à Fidel Castro : Fidel, il faut faire un geste. Il faut libérer les prisonniers politiques ! » A l'origine, c'était un agent immobilier qui avait participé à la création d'*Actuel* avec Jean-François Bizot et qui s'était reconverti dans l'art, dans les années 80. Il avait créé ce bâtiment incroyable, dans le IXe arrondissement, « Le monde de l'art », un ancien musée de la publicité. Il y a englouti une fortune colossale, puis a racheté la galerie Isy Brachot. C'est chez lui que j'avais fait quelques expositions. Je n'abandonne pas l'idée de revenir à la peinture. J'aime bien les peintres écrivains. J'ai rencontré Pierre Klossowski en 86, il m'avait appris à peindre en me disant : « C'est facile, quand on ne sait pas dessiner, il faut dessiner très grand, comme ça, cela se remarque moins. » J'avais donc tout fait en taille L !

FB : Moi, je n'ai pas de carrière de peintre à déclarer. J'ai essayé pas mal de métiers mais pas celui-là. Les tableaux, tu as raison, il faudrait que j'y pense...

SL : Oui, mais attention, il ne faut pas commencer à peindre trop vieux, ça fait vite Mick Micheyl ou Jean-Edern Hallier ! Et encore, Hallier a commencé au moment où il devenait aveugle, ça passe encore !

FB : Et Victor Hugo ? Il a réalisé des dessins extraordinaires, gothiques, échevelés, des montagnes noires... C'est amusant de constater qu'aujourd'hui tous les écrivains veulent plutôt être cinéastes que peintres.

SL : Tous les directeurs artistiques veulent être photographes. Tous les photographes veulent être réalisateurs ou peintres, comme Cartier-Bresson, par exemple, qui n'était pourtant pas particulièrement doué. Pour l'instant, le cinéma représente l'apogée dans le domaine artistique. Cela va sans doute s'inverser bientôt... Il faut dire qu'on y gagne de l'argent.

FB : Le cinéma représente l'art de masse. Les gens veulent s'exprimer sur grand écran pour être certains de toucher le maximum de monde. Si Alexandre Dumas vivait aujourd'hui, ne ferait-il pas du cinéma ? En comparaison, la littérature est un art quasi moribond.

SL : Le souci avec cet art collectif qu'est le cinéma, c'est que, pendant un tournage, tout le monde se met à avoir des idées : le décorateur sort d'un tiroir des horreurs qu'il va falloir cacher à l'écran, la maquilleuse se met à confectionner un fard délirant qui n'était pas du tout prévu et il faut passer son temps à courir après chaque membre de l'équipe pour rappeler qui est le réalisateur !

FB : Les acteurs ont, aujourd'hui, le pouvoir de décider si un film se fait ou non, de sorte qu'ils ont tendance à se prendre pour le producteur ou le réalisateur.

SL : Les acteurs ont toujours eu du pouvoir. C'était déjà le cas en 1910-1920. On se rappelle la fameuse histoire de Gloria Swanson qui couchait avec le père de Kennedy et qui a détruit la carrière de von Stroheim parce qu'elle trouvait qu'il n'était pas le bon réalisateur pour elle. A l'époque, le réalisateur était considéré comme un vague tâcheron destiné à actionner la caméra. Et puis il y a eu l'avènement de l'auteur à cause de la Nouvelle Vague et du goût que les auteurs réalisateurs avaient pour les Américains : le réalisateur est devenu une sorte de poète inspiré dans le genre d'Abel Ferrara. Quand ils faisaient la promotion de *The Blackout*, Abel Ferrara et Béatrice Dalle se donnaient l'air d'être Francis Bacon et Serge Gainsbourg ! C'est le désir d'être des poètes maudits. La poésie ne rapportant rien, les gens veulent être des poètes au cinéma.

FB : Avant, les gens n'étaient pas nombreux à vouloir être artistes, c'était synonyme de souffrance, de solitude, de pauvreté. Aujourd'hui, tout le monde veut le devenir, de l'ado qui passe les castings d'Endemol à celui qui envoie un manuscrit aux éditeurs. Les gens veulent exister, être exceptionnels. On leur vend cette « artistocratie » comme une idéologie dans les médias, dans les émissions culturelles où les artistes sont célébrés comme s'ils étaient les seules personnes dignes et intéressantes de notre société.

SL : Du coup, les détails de la vie des auteurs reviennent sur le devant de la scène. C'est ce que Barthes, je crois, appelait des biographèmes : les détails qui constituent la légende d'un écrivain, à l'exemple de Sade qui réclamait un gros oreiller quand il était en prison à la Bastille... Tout cela fait rêver. C'est comme la légende d'Errol Flynn qui, avant d'être acteur, était un genre de flibustier qui se battait à coups de lames de rasoir – il était d'ailleurs une des rares personnes à avoir lu les œuvres complètes de Marx lorsqu'il était en Tasmanie.

FB : Quand on regarde la biographie d'Oscar Wilde, on a le sentiment que cet aspect flamboyant lui manquait, et que pour cette raison précisément il a essayé d'ajouter du biographème à la fin de sa vie, avec l'affaire de Lord Alfred Douglas, la prison, etc. Une manière de finir en beauté. Aujourd'hui, les personnages, si l'on pense à Sagan, sont déterminés par des motifs comme l'accident de voiture, le whisky, Saint-Tropez, Deauville, plusieurs divorces... Ces nouveaux aristocrates ont investi la scène médiatique, mais comme la naissance ne légitime plus leur position, il faut qu'ils aient fait quelque chose de différent, qu'ils aient souffert ou encore qu'ils soient extravagants... Amélie Nothomb, c'est le chapeau et les fruits pourris. Toi, Simon, tu as envoyé ton manuscrit à plusieurs éditeurs, qui l'ont tous refusé – bien à tort. Et je découvre aujourd'hui que tu étais peintre, en plus ! Qu'est-ce que tu peignais ?

SL : Des nus. C'étaient des nus. J'ai commencé en faisant des dessins au fusain ou à la pierre noire sur du papier kraft. J'étais très inspiré par Klossowski, c'était assez érotique. Ensuite, j'ai dessiné des corps, purement et simplement. Je faisais, comme lui, des esquisses à la terre de Sienne. Mon modèle, autant le dire tout de suite, c'était Léonard de Vinci. [Rires.] J'ai presque réussi à faire des choses qui tenaient debout, j'étais parfois très heureux, et parfois pas du tout. Je regrette seulement cette espèce de montée d'adrénaline, un peu orgiaque, qui accompagne le moment où, en peinture, on arrive enfin à quelque chose.

FB : Tu faisais dans le genre *Belle Noiseuse* ?

SL : Oui, un peu. J'allais à la campagne, dans un très bel endroit, un pigeonnier du XVIIe siècle, immense et très froid.

FB : Il y a un point commun entre le roman et les tableaux. Les « apparitions » dont tu fais l'anthologie sont des images de grâce. Ton livre est un livre visuel.

Simon me tend un catalogue de ses peintures.

FB : Ah, mais il y a du monde sur ces toiles ! Ce sont des duos – je croyais que tu peignais des corps esseulés, des corps de jeunes filles, façon Balthus, ce qui aurait été une manière de te référer au frère de Klossowski, précisément...

SL : Eh bien voilà... Ça payait les réparations de ma voiture, une vieille Volvo, une coupée Bertone, dont le moteur était très gros, et donc très gourmand. Tiens, écoute le texte que j'ai écrit quand j'ai exposé mes toiles en 1995 : « Comme je m'interdisais, pour des raisons personnelles, de représenter le visage de mon ancien modèle, j'ai eu recours à un vieux subterfuge pictural : le clair-obscur. Le propre de l'obscurité étant de susciter le mystère, ma manière de dessiner s'en trouva modifiée. Au lieu d'aller du clair à l'obscur, je me mis à faire l'inverse. Privilégiant la pénombre, je délaissais le trait, ou du moins je le soumettais à une interprétation de taches hasardeuses – du "crachat". Cette technique me permettait en outre de progresser dans l'anatomie de mes personnages, puisque en quelque sorte les corps m'apparaissaient sans être préconçus. D'ailleurs, toute la part de maladresse qui rend mon dessin "emprunté" représente la part de volonté consciente dont il est encore la trace. C'est que l'autre, l'apparition, "celle qu'on n'attend pas", ne s'est pas montrée franchement, soit que mon effort d'aller du clair vers le sombre puis de revenir du sombre vers le clair-obscur n'ait pas été accompli complètement, soit tout simplement que, se sentant attendue, l'autre n'ait pas voulu faire signe. »

FB : En somme, ton premier roman poursuit ce que tu cherchais à travers la peinture. Les chapitres sont des tableaux, les apparitions défilent comme dans une galerie d'art. Tu navigues de l'obscurité vers la lumière.

SL : Il y a des points communs dans ces deux recherches. Niki, mon ancien modèle, a inspiré un personnage secondaire dans l'intrigue mais important dans la construction du roman. C'est un travail de réapparition que j'ai entrepris, dans les deux cas : j'essayais de remettre en place visuellement une personne que j'avais perdue. Une recherche très intime, en fait. J'ai repris des scènes qui m'avaient marqué, et je les ai réorchestrées. Toutes les scènes qui se passent à Majorque, dans le roman, sont très visuelles.

FB : En regardant tes tableaux, on voit surgir du religieux. Par exemple dans la façon dont la femme, là, tient son nourrisson...

SL : Tout à fait, j'utilisais les sujets de la peinture de la Renaissance, cela me permettait de ne pas être dans l'expression pure d'une douleur, ou dans je ne sais quel autre sentiment autofictionnel. Il faut s'en méfier, parce qu'il y a dans la peinture une jouissance du barbouillis. Je voulais me tenir du côté apollinien plutôt que du côté dionysiaque.

FB : Journaliste ou éditeur, ce ne sont pas des métiers très risqués physiquement, mais c'est vrai que l'on s'engage à chaque fois. J'ai mis un certain temps à lire ton roman, mais j'ai su immédiatement, une fois le livre commencé, que je voudrais l'éditer…

SL : Tu m'as d'ailleurs appelé au bout de dix pages ! C'est toujours comme ça que tu procèdes ?

FB : Quand c'est très mauvais, on s'en rend compte au bout d'un paragraphe. On ne peut pas rattraper un paragraphe vraiment raté. D'un autre côté, ce n'est pas parce qu'un début de roman est réussi que le roman le sera en intégralité, certaines personnes soignent particulièrement les deux premières pages, mais sont incapables de tenir le livre entier. Ton début est celui d'un écrivain, cela ne faisait aucun doute. C'est un pouvoir épouvantable d'être éditeur, c'est honteux. J'ai parfois des gens au téléphone, j'ai l'impression de les entendre trembler alors qu'ils attendent mon verdict, c'est terrifiant. C'est un métier d'une grande violence. Quand on dit « non », certains se mettent à sangloter, ou à vous harceler, à vous calomnier… Moi, je suis très lâche. Je me réfugie, comme tous les éditeurs, derrière les comités de lecture, ces organismes mystérieux. Les gens laissent des messages, on ne les rappelle pas. Etre éditeur rend mal élevé, on devient impoli par couardise. Mais je reviens à ton roman. J'ai eu le sentiment que, dès que tu t'ennuyais, tu passais au chapitre suivant. C'est un sentiment que je connais. Le lecteur a l'impression d'ellipses très étudiées, alors que pour l'auteur il s'agit peut-être simplement, une fois qu'il a installé une atmosphère, de zapper. Certains lecteurs m'ont dit qu'*Anthologie des apparitions* était un roman un peu frustrant parce qu'il laissait des choses en suspens au moment même où elles étaient mises en place, mais c'est selon moi une des grandes forces du roman. Rien n'est pire qu'un livre qui épuise toutes les possibilités de la narration. Il est plus élégant, comme le disait Hemingway, de considérer le roman comme la partie émergée d'un iceberg. Ce qu'il y a sur la page du livre n'est qu'une très petite partie de tout un univers secret, caché, qui sous-tend la narration. Pareil chez Modiano. Je sais que toi et Modiano, vous vous êtes véritablement rencontrés autour de points communs.

SL : Des points communs, il y en avait ! L'un commençait la phrase, l'autre la finissait. Sur les souvenirs, certaines choses précises, c'était assez incroyable. Moi, je n'avais rien du tout au départ. J'avais des morceaux de livres que j'ai essayé de faire tenir, mais je n'ai jamais travaillé avec une structure préalable, de sorte que certains morceaux se baladent toujours, ils n'ont pas trouvé preneur. Les pires jours que j'ai vécus ont été les trois derniers, juste avant de terminer le roman, parce que je n'avais toujours pas l'histoire. Je me disais que tel passage était dix fois trop long, que tel personnage risquait d'être confondu avec un autre étant donné la façon dont il entrait dans le roman et dont il en sortait… J'ai travaillé en premier lieu sur des thèmes, ensuite la structure s'est greffée. Ce que j'aime en tant que lecteur, c'est quand un auteur se met à évoquer quelque chose sans que je puisse comprendre pourquoi il parle de ça précisément. C'est quelque chose que j'ai essayé de préserver à mon tour en écrivant. Je voulais faire naître dans la tête du lecteur cette interrogation : pourquoi est-ce qu'il nous raconte ça ? A priori, dans *Anthologie des apparitions*, j'ai parlé de tout sauf du sujet, c'était une sorte de principe romanesque. Dans la promotion que je fais du livre, c'est la même chose : je parle de tout sauf du roman. C'est parler de la chose sans le faire véritablement, je cherche un effet biaisé.

FB : Oui, mais si le lecteur ne sait pas où tu veux en venir, il faut qu'il puisse quand même s'accrocher à quelque chose : le style, la musique, les références très précises, l'humour, les dialogues… Il y a aussi tous ces écrivains dont on ignore où ils veulent en venir, mais qui suscitent purement et simplement l'ennui !

SL : Bien sûr. J'aime beaucoup cette phrase de la préface d'*Au-dessous du volcan*, de Malcolm Lowry, qui fait référence à Julien Green : « Dans le magistral *Minuit*, Julien Green dit que, jusqu'au bout, ses intentions lui sont restées obscures. » Lowry s'est réapproprié cette définition. *Au-dessous du volcan*, c'est l'histoire d'un homme qui essaie de remettre le couvert avec une femme qu'il a perdue, mais c'est aussi beaucoup d'autres choses, cette invocation d'un spectre qui, quelquefois, surgit.

FB : Si *Anthologie des apparitions* n'était que l'histoire d'un homme qui a perdu sa sœur violée, prostituée à l'âge de quatorze ans, ça ne m'aurait pas intéressé. Mais j'ai ri sans arrêt, je n'ai pas arrêté de glousser en me disant : ce type est encore plus snob que moi, il raconte l'anecdote du baron Empain giflant Elli Medeiros au Club 78 ! Les gens, eux, ont pu penser : tiens, c'est Beigbeder qui publie ça, c'est bourré de références à des boîtes de nuit des années 70, cela va être du sous-Bret Easton Ellis. L'aspect mondain du livre, qui a peut-être nui à sa réception, m'a plu à moi, je n'ai pas honte de le dire.

SL : Une phrase comme « Une bonniche qui monte sur un yacht à vingt millions doit quand même savoir ce qui l'attend », je l'ai entendue dans une agence de mannequins où l'on parlait des filles comme du bétail. J'ai développé cet aspect humoristique à l'époque où je travaillais dans la presse féminine, au journal *20 ans* ; je crois qu'avec la rédactrice en chef, Isabelle Chazot, nous avons vraiment fait des choses amusantes. Les sujets que nous imaginions pour les lectrices de quatorze ans étaient souvent assez trash : « Mon père me dégoûte », « Ma grand-mère vole dans les supermarchés », « Vivre avec un génie » – c'était un sujet, ça ! Le sujet s'ouvrait sur la phrase : « Heidegger est un con. » Je me souviens que, pour obtenir ce genre de phrases, Isabelle se débrouillait pour s'engueuler avec ses amis ! Houellebecq a d'ailleurs travaillé pour *20 ans*, à un certain moment.

FB : C'est un mélange de gravité et de légèreté qui fait la force d'*Anthologie des apparitions*. Il ne verse jamais dans le pathétique.

SL : Montée du lyrisme et, soudain, chute brutale. C'est ce que fait merveilleusement Balzac lorsqu'il décrit une femme magnifique, un peu moustachue comme il les aimait, pour achever son paragraphe en déclarant : « D'autres personnes auraient dit que c'était une grosse dondon. »

Tom Wolfe

– 25 mars 2006 –

Né en 1931 à Richmond, l'un des plus grands chroniqueurs américains s'est aperçu dans les années 60 qu'en portant un costume blanc, il fournissait aux journalistes un angle d'attaque. Cela évitait à Tom Wolfe de leur expliquer trop longuement pourquoi il avait écrit certains de ses livres. Le costume blanc servait à la fois de sujet de conversation, d'épouvantail, de brise-glace et de leurre.

Je suis assis en face de l'Eddie Barclay de la littérature et je m'aperçois que son stratagème fonctionne à la perfection. Cela fait un quart d'heure que nous ne parlons que de son armure. Lorsque j'ai l'impudence de lui rappeler qu'il s'habille comme Mark Twain, il m'affirme qu'à l'époque où il a opté pour le costard blanc (c'était en plein hiver new-yorkais, donc encore plus ridicule qu'en ce jour de ciel bleu parisien), il ignorait la boutade de l'auteur de *Huckleberry Finn* : « Je ne voudrais pas avoir l'air d'un prétentieux, mais cela ne me dérange pas qu'on me remarque. » Depuis, il en a naturellement fait sa devise.

TW : La phrase que j'aime entendre le plus souvent est : « Mais pour qui se prend-il ? » J'ai récemment fait repeindre ma voiture en blanc. Les sièges sont en cuir blanc, le sol en vinyle blanc, les poignées de porte et les pneus assortis. On dirait un service en porcelaine à roulettes.

FB : Vous devez ressembler à un vieux maquereau qui se rend à son mariage !

Il me regarde, interloqué, se demande sans doute : « Mais pour qui se prend-il ? », puis éclate de rire quand il comprend que je me prends pour lui. Hé hé ! Je suis heureux d'avoir fait marrer mon maître. Bien, voilà pour le costume, passons au contenu.

Son dernier roman s'intitule *Moi, Charlotte Simmons*. C'est l'histoire d'une jeune fille propre sur elle, bonne élève provinciale un peu coincée, qui intègre le campus d'une prestigieuse université américaine nommée Dupont dans le roman (mais qui fait penser à Harvard ou Stanford). Charlotte va tomber de haut, comme tous les personnages des romans de Wolfe (le golden boy du *Bûcher des vanités*, le riche promoteur immobilier d'*Un homme, un vrai*). La petite étudiante va découvrir la réalité des hautes études de la future élite mondialisée : concours de sexe, beuveries permanentes, fuck les intellos, priorité au foot, aux turluttes et au vomi. Quand on lui cite *Les Lois de l'attraction*, le deuxième roman de Bret Easton Ellis, qui dressait le même tableau décadent, Wolfe nie l'avoir lu, mais reconnaît s'inscrire dans la tradition des campus novels anglais, qui va de Kingsley Amis à David Lodge. *Moi, Charlotte Simmons* met le doigt sur une situation assez hallucinante, et je suis heureux de pouvoir l'écrire dans *Le Figaro Magazine* car je suis sûr d'être lu sur les campus de HEC (Jouy-en-Josas) ou de l'Essec (Cergy-Pontoise) : les jeunes qui dirigeront les grandes entreprises passent l'essentiel de leurs études à se bourrer la gueule et à forniquer, c'est-à-dire à fuir, durant leurs quelques années de formation, le monde qu'ils contribueront ensuite à faire fonctionner. C'est cette période de vacances préalables, ce temps de défoulement libertaire, quasiment révolutionnaire, que décrivent les 600 pages du nouveau Tom Wolfe.

L'élégant dandy de 75 ans a eu une idée géniale : après s'être attaqué à la Bourse et aux conflits raciaux, s'en prendre aux fondements mêmes de la société américaine, à savoir cette machine à fabriquer les PDG cravatés du capitalisme global. Quand je le traite de dangereux altermondialiste, Tom Wolfe se gausse : « J'ai tout de même voté pour George Bush aux dernières élections. » Oui, dis-je, parce que c'est un ancien alcoolique drogué, comme vos héros !

TW : Ne cherchez pas à donner un sens subversif à ce roman. Je ne prends jamais position dans mes livres. Je viens du journalisme : mon rôle est de livrer des informations.

J'insiste sur la mission de l'artiste : « Que pensez-vous de la phrase de Fassbinder : "Ce qu'on est incapable de changer, il faut au moins le décrire" ? »

TW : C'est joliment tourné, je suis tout à fait d'accord avec ça. Je ne pense pas comme George Orwell que l'art serve à changer le monde, mais seulement à le voir.

L'initiateur du « nouveau journalisme » des sixties, l'auteur de reportages aussi fous qu'*Acid Test* (sur les hippies) et *L'Etoffe des héros* (sur les astronautes), a-t-il vu le film qui vient de sortir sur Truman Capote, le père du non fiction novel ?

TW : Non, mais je peux vous dire que Capote était un grand mythomane. Une fois, alors que j'étais chez lui, il a passé vingt minutes à m'expliquer qu'il détenait une œuvre qui avait appartenu à la reine d'Angleterre. Puis je suis sorti dans la rue et j'ai vu le même objet en vente à quarante exemplaires dans un magasin ! Il n'arrêtait pas de frimer sur les gens célèbres qu'il connaissait. C'était un romancier génial, mais pas du tout un journaliste fiable.

C'est la controverse du moment aux Etats-Unis : James Frey, qui a menti sur son passé de taulard, JT LeRoy, jeune auteur de 20 ans qui est en réalité une femme de 40 ans... Qu'en pense Tom Wolfe ?

TW : L'autobiographie est une forme de fiction.

Il n'a jamais écrit la sienne. Le monde l'intéresse plus que son nombril. Tom Wolfe n'a jamais dévié de ce principe : la littérature n'est qu'un moyen de dire la vérité sur son temps. En exergue de *Windows on the World*, je citais une phrase de lui : « Un romancier qui n'écrit pas des romans réalistes ne comprend rien aux enjeux de l'époque où nous vivons. » Il me remercie de lui donner l'impression d'être mort. Je réponds : « Non, vous n'avez pas eu besoin de mourir pour devenir important. »

Je commande un verre de puligny-montrachet et lui une bouteille d'Evian. Je lui demande pourquoi il fait toute cette tournée promotionnelle, pourquoi il ne se cache pas comme Salinger, et il me raconte une anecdote sur l'ermite de Cornish : « En 1965, j'ai écrit un texte dans le *Herald Tribune* à propos du *New Yorker*. J.D. Salinger s'est senti agressé, il a envoyé un télégramme au journal : "Ce Tom Wolfe est bon à jeter aux ordures." C'est, je crois, son dernier texte publié ! »

Inutile de se planquer, il faut juste faire son travail, regarder autour de soi, écouter les voix, observer les détails, avec ou sans chaussures blanches.

FB : Mister Wolfe dernière question si je puis me permettre, pourquoi n'avez-vous pas écrit de roman sur le 11 Septembre ?

TW : J'étais en train d'écrire *Charlotte Simmons* quand c'est arrivé. Indirectement, ces jeunes qui s'habillent comme des enfants, qui ne pensent qu'à leur statut social et à leur confort... C'est peut-être un livre qui explique l'opinion que les autres ont de nous.

Tom Wolfe n'est pas un écrivain engagé, ni moral, mais un grand romancier ancré dans son époque, intransigeant et tranchant. Tom Wolfe descend de Balzac. Tom Wolfe est un grand écrivain français !

Jean-Jacques Schuhl II

– décembre 2006 –

Longtemps, comme dirait Marcel Proust, je me suis demandé comment parler des livres à la télévision. Et il m'a semblé, car j'ai beaucoup réfléchi à la question, qu'une solution serait de prendre son temps et de converser avec quelqu'un qui s'y connaît, en littérature et en existence. C'est pourquoi Jean-Jacques Schuhl est assis sur un sofa, au Pershing Hall, car il aime les grands hôtels, surtout quand ils sont petits.

FB : Bonjour, Jean-Jacques Schuhl.
JJS : Bonjour, Frédéric Beigbeder.
FB : En 1972, vous avez publié *Rose poussière*, un poème en prose qui a influencé beaucoup d'auteurs contemporains, de Yves Adrien jusqu'à... moi-même, les meilleurs donc. En l'an 2000, l'année où j'ai publié *99 francs*, vous avez eu le prix Goncourt pour *Ingrid Caven*. Et ça, je tiens à vous le dire, je ne l'aurais accepté de personne d'autre. Cette année, vous avez publié deux articles dans un journal qui ne va pas très bien, qui s'appelle *Libération* : un article sur Jean-Luc Godard, un

autre sur Jean Eustache. Il s'agit de deux textes très beaux. En avez-vous marre de publier des romans ?

JJS : Non. Je pense qu'il n'y a pas fondamentalement de différences entre toutes les formes d'écriture. On peut faire un journalisme très romancé et des romans, ce que j'essaie de faire, où il y a toute une part très factuelle. J'aime beaucoup le journal, par ailleurs. C'est un objet qui me plaît. Les rubriques y sont mélangées. Les faits divers, l'art, etc., sont au même niveau. Et puis tout ça peut s'envoler.

FB : Est-ce que je peux lire un extrait de votre prose ? L'article sur Eustache, paru le 13 décembre, où vous dites ceci : « J'ai peine à imaginer deux personnes aussi passives et capables de ne rien faire si longtemps, strictement rien, une longue torpeur dans les bars, que Jean Eustache et moi, du moins en Occident. (...) Et il a fini par faire un ou deux films. Moi, très longtemps, j'ai continué à ne rien faire. Là-dessus, c'était quand même moi le plus fort, qui ai tenu le plus longtemps. (...) Et puis j'ai cédé à mon tour : il a bien fallu que je commence à vaguement m'y mettre, moi aussi... Il n'était plus là, quelques autres non plus, j'étais un peu seul alors à ne rien faire, c'est difficile, je ne suis pas un héros quand même ! [Là, vous copiez sur Daniel Balavoine !] Je n'avais plus personne avec qui ne rien dire, ou alors parler pour ne rien dire ! Alors autant un peu travailler, comme les autres. » Eh bien, je crois que vous vous trompez, cher Jean-Jacques, car nous allons essayer de parler pour ne rien dire.

JJS : C'est ce qu'il y a de mieux à faire. C'est ainsi parfois qu'on arrive à dire des choses pas mal. Si on se fixe un objectif, c'est raté.

FB : Je voudrais vous remercier, parce que vos apparitions publiques sont très rares, d'avoir accepté de venir parler avec moi pour ne rien dire sur cette année 2006 qui s'achève. D'autant que vous n'avez aucun livre à vendre. Et ça nous allège tous les deux d'un poids terrible.

A une serveuse : Pourrais-je avoir *Journal de Trêve* de Frédéric Berthet, mademoiselle ?

FB : Je sais, cher Jean-Jacques, que vous aimez beaucoup *Journal de Trêve*, que c'est un des livres qui vous a paru important cette année.

JJS : Oui. J'aime beaucoup *Journal de Trêve*. Il y a une intrication de la vie de Frédéric Berthet et d'un livre qui est en train de s'écrire.

FB : Il parle de sa vie, justement.

JJS : Il parle de sa vie, mais d'une façon très distancée. Ce qui est intéressant, encore une fois, c'est qu'il parle de sa vie et, en même temps, du roman qu'il va écrire, vraisemblablement à partir de sa vie. Et quand il parle de sa vie, ce n'est pas un récit brut. Il y a des aphorismes. C'est extrêmement mosaïque. Le dernier livre d'Hemingway, qui est un livre posthume…

FB : *Paris est une fête* ?

JJS : Non. Ça s'appelle *Le Jardin d'Eden*. C'est l'histoire d'un écrivain en train d'écrire un livre, deux livres même, et qui vit avec deux jeunes filles, deux très belles jeunes filles dont une est en train de perdre la raison et met le feu à un de ses manuscrits. C'est un roman bizarrement assez fitzgeraldien d'Hemingway, comme l'est Berthet. Berthet, en effet, c'est aussi les blondes, les décapotables, le monde cruel et en même temps tendre de Fitzgerald. Ce n'est pas noir ; c'est bleu nuit plutôt. Et tendre également, comme la nuit, comme l'est tout l'univers de Berthet.

FB : Il y a une phrase de Fitzgerald, dans *Journal de Trêve* : « *Men get to be a mixture of the charming mannerisms of the women they have known.* » Nous sommes un mélange des femmes que nous avons connues et de leurs manières charmantes.

JJS : Moi j'ai une phrase de Berthet, si vous voulez...

FB : Ah ! Concours de citations !

JJS : « J'ai des souvenirs comme un défilé de mode, une mémoire comme un soir de cocktail, je n'évolue jamais dans ma chronologie sans avoir un verre à la main. Se souvenir, c'est comme sortir. » Frédéric Berthet est mort le jour de Noël 2003. Il n'est plus là pour m'y autoriser, mais tant pis. Cette phrase, je la signe et non seulement je la signe, mais je la vole. J'aime bien construire mes livres avec les phrases des autres. Je pense qu'il ne devrait pas y avoir de copyright. Un livre peut aussi se faire avec ceux des autres. Donc cette phrase de Berthet, je me la réserve et je la mettrai sûrement dans mon prochain roman.

FB : Vous aimez les fragments ?

JJS : Pas plus que ça. J'aime bien la ligne également. Vous avez parlé de poème avec *Rose poussière*. Il y a aussi un récit. Donc les fragments, oui, mais pas le pot-pourri. J'aime les choses fragmentées, tout en tenant à la ligne et au récit.

FB : Je regarde votre dédicace sur cette page de *Rose poussière*. Il me semble y voir un dessin avec ce serpent, ce dollar et ces skis. N'ai-je rien compris ?

JJS : Je ne sais pas si vous avez compris. Peut-être n'avez-vous rien compris... C'est mon paraphe. Ce sont mes initiales, JJS, avec un S entrelacé autour de ces deux barres. C'est aussi un dollar, si vous voulez, oui...

FB : On dirait *Les Cigares du pharaon*, aussi...

JJS : D'accord. Hergé, Tintin, un dollar et, pour Baudelaire, un thyrse, qui était un emblème sacerdotal, deux bâtons autour desquels s'enroulent des fleurs et des pampres en arabesques, c'était l'image du baroque, c'est-à-dire d'un art poétique où on avait à la fois les méandres et les courbes qu'il aimait tant. Et en même temps, quand même, la droite.

FB : Il faut arriver à mélanger la courbe et la ligne droite pour être un écrivain ? Pouvoir faire des digressions et en même temps être structuré ?

JJS : Oui. Avoir une musique, un motif, une sorte de basse continue, qui tienne pendant tout le livre, autour de laquelle on ferait des digressions. Dans les livres parus récemment, j'aime beaucoup celui d'Echenoz, qui est un livre musical, pas seulement parce qu'il s'agit de Ravel. Echenoz est un écrivain qui écrit à l'oreille. Je pense très souvent à la phrase d'Hemingway qui disait qu'« un écrivain sans oreille, c'est comme un boxeur sans poing gauche ». J'aime aussi ce livre parce qu'il a pris un personnage réel qu'il a un petit peu fictionnalisé. Il en a fait quelque chose de fantaisiste. Je me méfie de l'imagination pure. Il y a ce livre, *Ingrid Caven*, que j'ai écrit il y a quelques années. Je suis également parti de quelqu'un de réel et j'ai essayé de le rendre un peu romanesque. Faire du romanesque à partir de choses qui existent. Comme dans les journaux, où nous avons un très fort romanesque. Avec, uniquement, des faits bruts. C'est ce que j'aime beaucoup, plus que la volonté absolue d'écrire un roman à tout prix.

FB : Justement, à propos de la volonté absolue d'écrire un roman à tout prix, *Les Bienveillantes* de Jonathan Littell a obtenu le prix Goncourt 2006. Vous étiez allé chercher votre prix Goncourt, ou vous vous étiez caché, comme Littell, je ne m'en souviens plus ?

JJS : Je suis allé le chercher. Souvent les extrêmes se rencontrent. Je ne supportais pas la moindre photo avant et là, tout d'un coup, j'étais sous les flashes. Ce n'était pas désagréable. Ça avait un côté miss France.

FB : *Les Bienveillantes* a souvent été critiqué comme un roman du XIXe siècle, très classique, charpenté et documenté, sur la Seconde Guerre mondiale. *Ingrid Caven*, six ans plus tôt, était aussi d'une certaine façon un roman sur la Seconde Guerre mondiale, mais à votre manière, c'est-à-dire : pop.

JJS : A un moment donné, je me suis amusé à chercher dans l'Histoire, j'ai essayé de répertorier les chanteuses, puisqu'il s'agit d'une chanteuse, qu'il y a dans les livres ou dans la culture en général, dans l'art, dans la peinture... J'en ai sélectionné quelques-unes. Il y avait bien entendu les sirènes de Homère, dans l'*Odyssée*, quand Ulysse attaché à son mât se met des boules Quies dans les oreilles pour ne plus les entendre. Tout de suite après, j'ai télescopé cette image – ces choses-là m'amusent beaucoup – avec la Castafiore de Tintin. La grande poésie et la bande dessinée. Les grands écrivains du XXe siècle sont toujours un peu comiques. Ils sont toujours sérieux, plus sérieux que tout. Mais ils sont souvent en même temps très drôles, que l'on prenne Kafka bien sûr, mais aussi Proust ou Céline. Je pense qu'il faut les deux : le sérieux et la drôlerie. Je me souviens avoir vu Raymond Queneau un jour dans son tout petit bureau, lui qui avait une grande carcasse. Il m'avait dit : « Il y a l'art mais attention : il y a la rigolade aussi ! Oui, il y a la rigolade mais attention : il y a l'art aussi ! » Donc pas l'un sans l'autre. Philip Roth est drôle. Saul Bellow est drôle. De même que Nietzsche disait : « Je ne croirais pas à un Dieu qui ne saurait pas danser », je ne crois pas à un romancier qui ne saurait pas, au moins un peu, faire rire.

FB : Il y a des tentatives chez Littell de rire. Mais on s'esclaffe assez peu, c'est vrai. Deux livres paraissent ces jours-ci. L'un s'appelle *La Littérature en péril*, de Tzvetan Todorov, et un autre : *Devenir du roman*. Ils annoncent que le roman est menacé de mort par le nombrilisme, on en a parlé, mais aussi par l'expérimentation excessive. Là, Jean-Jacques Schuhl, vous pourriez vous sentir visé. François Bégaudeau, lui, a inventé un mot : « engageophobie ». Etes-vous un « engageophobe », comme Kafka quand il écrit dans son journal : « La guerre est déclarée. Après-midi, piscine » ?

JJS : « Après-midi, piscine » : très bien. On revient à cette histoire de l'écrivain qui fait un pas à côté de la société. A mon avis, du fait même d'écrire, l'écrivain sérieux – on parle d'un écrivain ! – fait à la fois un pas à côté du cercle et un acte asocial automatiquement, dès qu'il prend un papier et un crayon.

FB : Bégaudeau trouve que c'est très grave ! Ce n'est pas bien !

JJS : C'est vrai, c'est pas bien, c'est très grave... Et alors ? Je vais prendre des témoins à décharge. Pas n'importe lesquels. Vous avez cité Kafka, c'est parfait. Je peux vous en citer d'autres. On parlait des écrivains du passé qu'il ne faut pas oublier. C'est vrai, y compris dans l'*unpolitically correct*. Raymond Roussel, le génial auteur d'*Impressions d'Afrique*, qui bizarrement a été engagé dans la guerre 14-18, requis par l'armée. Il n'était pas fait pour ça, c'était un milliardaire qui vivait reclus en esthète et après quelques jours il a été renvoyé dans son foyer, en l'occurrence un magnifique hôtel particulier où il se faisait servir par quatre serviteurs. En revenant de la guerre il a dit : « Je n'ai jamais vu autant de monde. » Il y a Céline aussi si vous voulez, si on parle de l'engagement. Céline parlant de la guerre, toujours la guerre de 14, après ça change un peu, c'est assez drôle également : « J'ai horreur de la guerre parce que la guerre se déroule à la campagne et je déteste la campagne. » On peut continuer avec Proust qui disait qu'une robe de chez Worth, qui était le grand couturier de l'époque, le Galliano ou le Yves Saint Laurent d'alors, était aussi importante que la guerre de 1870 et qui dans la guerre de 14-18 s'est intéressé surtout à la couleur du ciel de Paris sous les bombes et aux modes de guerre (un bracelet fait avec des douilles). Le romancier est quelqu'un d'incorrect, de socialement incorrect.

FB : Sartre était un apôtre du roman engagé. Il disait à Bernard Frank : « Vous devriez travailler, mais c'est impossible, parce que vous écrivez pour ne pas travailler. » Vous, Jean-Jacques Schuhl, vous dites : je pioche, je grappille des éléments du monde que je remets à ma sauce personnelle et j'en fais de l'art. Russell Banks, le romancier américain, dit pour sa part : « Le roman, c'est entrer dans le cerveau d'un être humain. » Il y a une dernière conception, celle de Jean Cocteau, quand il entre à l'Académie française, le 3 mars 1955 : « Je sais que la poésie est indispensable mais je ne sais pas à quoi. » Si on adapte cette phrase au roman, ça donne : le roman est indispensable, mais je me demande à quoi. C'est ma question !

JJS : Le roman est de plus en plus indispensable sans doute, mais on sait de moins en moins à quoi. Du moins un certain type de roman, celui dont on a parlé ensemble. Il ne faut pas se couper des modes de notre époque et faire un roman vestige, qui serait purement un roman à l'ancienne. Je pense que c'est très bien tout ce qui se fait, même la télévision, les séries, les nouvelles façons de parler, qui ont été introduites par Internet ou les SMS. Tout ceci doit être réutilisé, recyclé par les écrivains. Il est important de tenir compte de ce que les technologies apportent. Pour ma part, j'écris avec un crayon et du papier, parce qu'il y a un côté physique, alors que dans l'ordinateur, il y a une platitude liquide de la machine. J'ai besoin du bruit du crayon, d'une certaine position. Selon la façon dont on est placé sur une chaise, selon la taille et la qualité du papier, comme pour un peintre, on ne va pas écrire la même chose. Même le contenu va changer.

FB : La manière dont on est habillé est importante aussi.

JJS : Oui. Machiavel, lorsqu'il rentrait de je ne sais où pour travailler, s'habillait comme s'il sortait en soirée. Il se parait de manière très élégante et il était seul devant sa page, prêt pour écrire.

FB : Philip Roth, paraît-il, écrit debout. Il a une sorte d'écritoire…

JJS : Il a l'ordinateur d'un côté et la feuille de papier, sur un lutrin, un peu plus loin. Il y a un va-et-vient chez Roth entre la technologie moderne de l'ordinateur et le papier crayon.

FB : A propos de la question principale, qui est « Pourquoi écrire ? », Orhan Pamuk a dit des choses sublimes dans son discours à Stockholm, lorsqu'il a reçu le prix Nobel : « Pourquoi j'écris ? J'écris parce que j'en ai envie. J'écris parce que je suis très fâché. J'écris pour rester enfermé dans une chambre. J'écris parce que j'aime l'odeur du papier et de l'encre. J'écris parce que j'ai peur d'être oublié. J'écris pour être heureux. » Je propose que vous répondiez à cette question et, après, on ira se coucher.

JJS : Pourquoi écrire ? Lorsqu'on est vraiment dans l'écriture, la réponse arrive comme ça, dans le bureau, entre un coin qui est un peu chiffonnier/agence de presse et un autre où je m'enfonce dans la plume et l'encrier ; dans ce noir-là, quelqu'un d'autre surgit, qui nous est à peu près inconnu, mais qui est nous pourtant. C'est ça, je crois, le mystère de l'écriture.

Jay McInerney II

– mars 2007 –

J'ai fini *La Belle Vie*, de Jay McInerney, dans l'avion Paris-New York. Si mon Boeing s'était écrasé, je n'aurais pas été surpris.

C'est un roman sur la vulnérabilité des New-Yorkais. Le livre le plus émouvant et humain de cet auteur qui nous avait jusqu'ici habitués à des personnages plus arrogants, futiles, frivoles (ce qui n'est nullement un reproche, bien au contraire). De toute façon, j'ai toujours pensé que les frimeurs étaient les êtres les moins sûrs d'eux ; sinon, pourquoi frimeraient-ils ? Mais dans ce nouveau texte, les snobinards des romans de McInerney ont du plomb dans l'aile (si j'ose dire, s'agissant de victimes collatérales d'un attentat aérien).

Quand j'écrivais *Windows on the World*, je me suis souvent demandé ce que Francis Scott Fitzgerald aurait écrit sur le World Trade Center s'il avait vécu cette expérience fondatrice de notre siècle. Eh bien, *La Belle Vie*, c'est ce livre. C'est comme si tout d'un coup toutes les têtes à claques de Wall Street se giflaient elles-mêmes avant de déclarer la guerre à l'Irak ou à George Bush. Un exercice salutaire ! C'est le roman le plus défoulant de l'année (en plus d'être un grand roman d'amour, avec des morceaux de bravoure comme McInerney sait les trousser : réceptions mondaines, dîners alambiqués, enfants défoncés, riches paumés...). Une lecture troublante, qui repose sur une idée formelle d'une exceptionnelle simplicité (empruntée aux publicités pour les lotions anti-calvitie) : avant/après. Parce que dans toutes les épreuves de nos vies, il y a un avant et un après. Un bon romancier n'a qu'à comparer les deux pour faire pleurer son lecteur. Cette méthode infaillible a plutôt réussi à Dostoïevski, Proust, Patrick Modiano, etc.

Nous avons réalisé cet entretien grâce à la patience de Fabrice Lardreau, dans ma chambre du Gramercy Park Hotel, en mangeant des croque-monsieur et en buvant du Coca light. La veille, j'avais visité le Beatrice (la succursale du Baron ouverte par André sur la 12e Rue ouest), c'est dire si j'avais la gueule de bois. J'espère que cela ne se voit pas dans notre entretien. Jay McInerney a beaucoup changé depuis la dernière fois que j'ai bouffé avec lui (c'était à Paris, chez Allard, en novembre 2003). Il s'est remarié à une riche héritière, il a écrit un essai sur le vin, il a consacré les cinq dernières années de sa vie à ce roman qui lui a (enfin) redonné sa place sur l'échiquier littéraire américain, celle d'un enfant terrible qui s'est bonifié avec l'âge, lui qui a apporté des sandwichs aux sauveteurs sur Ground Zero, tous les jours pendant trois mois. Plus nous parlions, plus je me disais : normal que ce type-là porte le même prénom que Gatsby le magnifique.

FB : Comment avez-vous été conduit à écrire sur les attentats du 11 Septembre ?

JMI : Avant ces événements, j'essayais d'écrire quelque chose ayant trait aux années 90, à New York : le boom de la haute technologie, des télécommunications, le phénomène Internet... J'étais sur le point d'abandonner, je me démenais pour comprendre cette décennie, quand le 11 Septembre est arrivé et a tout bouleversé. Pendant six mois environ – comme beaucoup d'autres romanciers – je ne voyais plus quoi écrire. Construire une histoire, imaginer des personnages, ici même, à New York, me semblait frivole.

FB : Vous utilisez le mot « frivole ». Or, vos personnages, au début de *La Belle Vie* – le 10 septembre –, donnent cette impression. Le roman, comme un clin d'œil à *Trente ans et des poussières*, s'ouvre sur la préparation d'un dîner auquel doit venir Salman Rushdie...

JMI : Oui, ils parlent des stars de cinéma, de recettes de cuisine, ils vivent le paradis de la belle vie. C'est à l'image de ce que j'écrivais auparavant. J'étais sans doute parti pour écrire un roman de 300 pages dans cette veine, et au fond de moi, je voulais passer à la suite... D'une certaine manière, le 11 Septembre – je déteste dire ça – a été une « bonne chose » d'un point de vue romanesque, littéraire ; la tragédie m'a aidé à évoluer. Pourtant, pendant des mois, je ne voyais plus quoi écrire, surtout pas de la fiction. C'est seulement quand il m'est apparu que les romanciers devaient aider à comprendre cet événement, à en saisir la texture émotionnelle – de manière différente des journalistes – que je me suis décidé. On a écrit des millions de mots à propos de ces attentats, de la géopolitique et du terrorisme international. Néanmoins, une des meilleures choses que le roman peut accomplir, c'est restituer l'expérience intérieure, comprendre les conséquences des grands événements sur notre vie de tous les jours… C'est l'angle que j'ai choisi dans *La Belle Vie* : l'impact du 11 Septembre sur la vie de ces couples habitant un quartier chic de New York, Tribeca. Je voulais étudier cette situation de guerre du point de vue individuel, les effets qu'elle a sur la cellule familiale, les relations amoureuses, parentales… Cette démarche a été particulièrement réussie par Hemingway dans *L'Adieu aux armes* : le livre évoque la Première Guerre mondiale à travers le prisme d'une histoire d'amour. C'est ce que j'ai essayé de réaliser, à ma manière.

FB : Vous avez choisi de ne pas raconter les attentats eux-mêmes : on passe directement du 10 au 12 septembre…

JMI : Je trouvais intéressant de faire une ellipse, en effet. Il y a un vide au milieu du livre. Les gens, pour autant, pensent tout le temps à ces attentats, ne cessent d'en parler… On pourrait insérer votre propre roman, *Windows on the World*, qui raconte la matinée du 11, dans le mien…

FB : Vous a-t-on accusé – comme ce fut mon cas en France – d'exploiter ce drame, d'être un « détourneur de cadavres », un croque-mort ?

JMI : Oui, j'ai eu à subir ce genre de reproches – de même que Jonathan Safran Foer, qui parle des attentats dans *Extrêmement fort et incroyablement près*. Cela n'a pas empêché nos romans de plutôt bien marcher. Les romanciers doivent traiter les grands événements de leur époque, quelle que soit la distance ou l'angle qu'ils choisissent. Je ne comprends pas ces critiques qui affirment de manière péremptoire que nous ne pouvons pas écrire sur ces sujets, qu'il faut laisser cela tranquille… C'est insensé ! Je ne vois pas comment un écrivain comme moi, qui évoque New York dans ses romans, dont les personnages déambulent dans les rues de la ville, peut faire comme si rien ne s'était passé ! C'est inimaginable – à moins de situer mon histoire dans le passé.

FB : Norman Mailer a dit qu'il fallait attendre dix ans avant d'écrire sur un événement de cette ampleur…

JMI : Dix ans donneront en effet une perspective intéressante, différente, mais ce sera seulement un peu plus de temps… J'ai voulu écrire assez rapidement sur le 11 Septembre – cela m'a demandé trois ans de travail – car les semaines qui ont suivi les attentats constituent une période stupéfiante, exceptionnelle. Aussi horrible que cela paraisse, les derniers mois de 2001 comptent parmi les plus intéressants de mon existence. Nous vivons tous des drames dans notre vie – la disparition de nos parents, un accident de voiture, etc. – qui nous plongent dans un état émotionnel plus intense : soudain, nous avons une conscience hyper développée de nous-mêmes, de tout ce qui se déroule autour de nous, des autres… C'est un état auquel le roman devrait toujours nous conduire, mais ça n'arrive pas aussi souvent que ça… Brutalement, à New York, sept millions de gens vivaient le même drame, ils marchaient avec cette même conscience éveillée, exacerbée. Nous étions choqués, meurtris, mais ce choc avait des aspects positifs : même si nous buvions plus, si nous dormions peu, nous étions d'une certaine façon bien plus conscients de beaucoup de choses, du monde autour de nous… Des individus d'un autre monde avaient fait une intrusion brutale dans le nôtre et nous réfléchissions tous très sérieusement au sens de la vie : est-ce que je veux continuer à vivre de cette façon ? C'est une chose merveilleuse de se trouver dans cet état, même s'il est douloureux. Ça ne pouvait pas durer, mais je dois dire que c'était extraordinaire à vivre. Chaque matin on se levait, vraiment ouvert, éveillé – parfois on vit une journée, ou même une vie entière encore endormi, somnolent. Durant cette période très particulière, nous étions en alerte, effrayés, mais nous pensions à autre chose qu'au cours de la Bourse… Dix ans c'est une perspective intéressante, mais en ce qui me concerne, je voulais saisir l'émotion de cette période avant qu'elle ne s'évanouisse. Déjà aujourd'hui, ce que nous avons dit et ressenti alors semble un peu ridicule – cette idée que rien ne serait comme avant, ces gens pleurant et s'interpellant dans la rue, cela semble un peu fou aujourd'hui, lointain, difficile même à croire… Je voulais tout cela, saisir cette texture émotionnelle avant qu'elle ne s'éloigne dans le temps…

FB : D'où vient votre titre, *La Belle Vie* ? Est-ce une référence au film de Capra, *La vie est belle*, ou à la chanson de Sacha Distel ?

JMI : Aucun des deux. C'est un cliché, d'une certaine manière. Cela décrit l'existence que les personnages, de grands bourgeois privilégiés, vivent dans la première partie du livre, avant les attentats… Dans la deuxième partie, beaucoup d'entre eux vont se demander ce qu'est « la belle vie » et si, comme ils le croyaient, l'existence qu'ils menaient jusqu'alors était aussi « belle » qu'ils le pensaient. Ce titre est pour moi assez ironique, on peut l'interpréter de manière différente selon la partie du roman qu'on examine.

FB : Le 11 Septembre provoque une totale remise en cause du mode de vie et de pensée des protagonistes…

JMI : Beaucoup de gens ont totalement remis en cause leur vie durant cette période… J'en connais qui ont brisé leur mariage, quitté leur emploi, décidé d'arrêter de se droguer… Parfois, les bonnes intentions ne duraient que quelques semaines, mais quelle que soit l'ampleur du changement, les attentats ont eu un impact émotionnel sensible. Nous avions le sentiment qu'un autre avion pouvait s'écraser à nouveau sur la ville, à tout moment, et dans ce cas on se demande vraiment avec qui on veut se trouver au lit, ce que l'on veut réellement faire de sa vie... Nous étions tous très anxieux à New York alors, et encore aujourd'hui, il suffit du bruit d'une explosion pour nous ramener six ans en arrière... Les New-Yorkais sont réputés cyniques et mauvais, mais à présent ils ont davantage le sens de la communauté. Les gens sont fiers de la façon dont ils ont réagi à ces événements, ils sont heureux de savoir qu'ils peuvent s'unir, se parler. Quelque chose de tout ça demeure.

FB : Si je devais résumer *La Belle Vie*, je dirais que c'est un roman sur des victimes qui se sentent coupables. Ils cherchent obstinément, sans la trouver, une explication à cette souffrance...

JMI : C'est intéressant... Il est assez impopulaire, ici, de dire que ce qui s'est passé à New York est la conséquence de la politique étrangère américaine, de notre arrogance... C'est très difficile pour les protagonistes du roman de ressentir cela, comme ça l'est pour tout New-Yorkais : comment comprendre, comment accepter que ces attentats soient – d'une certaine manière – la conséquence de vos actes, qu'ils relèvent de votre propre responsabilité ? Nous nous demandons par moments s'il y a une forme de justice, quand ce drame nous tombe dessus. C'est une interprétation possible... Métaphoriquement, on peut voir dans ces attentats une punition pour l'aveuglement matérialiste américain – le pays a été châtié pour son orgueil... Je voulais toutefois éviter dans mon roman une analyse géopolitique globale.

FB : Vous décrivez avec beaucoup de précision l'action des bénévoles autour de Ground Zero, au lendemain de l'attentat : y avez-vous participé ?

JMI : Tout à fait. Cette partie du livre est basée sur ma propre expérience. Quelques jours après l'attentat, j'ai aidé à la préparation des repas, du café et des sandwichs pour les pompiers, les sauveteurs. Ce n'était pas un acte héroïque, mais personne alors ne pouvait se concentrer sur son travail, nous voulions tous faire quelque chose. J'étais à l'aise parce que je me sentais au centre du monde, faisant quelque chose d'utile – et quand je quittais ce lieu, c'est là qu'arrivait l'angoisse... Durant ces jours, personne ne savait quoi faire, sauf marcher, regarder les informations à la télévision toute la journée, parler à ses amis. Nous pensions aux autres attentats qui pourraient se produire.

FB : Dans *La Belle Vie*, on retrouve Corrine et Russell, les protagonistes de *Brightness Falls* (*Trente ans et des poussières*)... Vous avez voulu décrire la crise de la trentaine puis celle de la quarantaine ?

JMI : Oui, c'est juste. Mais je vais reprendre ces personnages auxquels je suis attaché dans un autre livre. Je ne crois pas en avoir terminé avec eux. Je ne sais pas ce qui va se passer... Pour moi, c'est complètement ouvert. Russell vit un véritable tremblement de terre, et je ne sais pas s'il pourra s'en tirer... Je n'aime pas les livres qui se ferment brutalement, définitivement. Je ne sais pas ce qui arrivera au personnage à la fin du mien, et c'est pour cela que je vais en écrire un autre...

FB : J'ai un autre titre pour votre roman : *Brightness Falls 2* ou *This time, brightness really falls...*

JMI : Ça pourrait être effectivement un bon titre !

FB : Tout en étant sincère, êtes-vous allé à Ground Zero comme Truman Capote dans le Kansas, lorsqu'il préparait *De sang-froid*, dans le but plus ou moins conscient d'écrire un roman, de recueillir le matériau d'un futur livre ?

JMI : Peut-être... Cependant, je n'ai pas totalement agi en romancier : je n'ai pas pris de notes – ce que je fais habituellement. Plus tard, d'ailleurs, je m'en suis voulu à propos de détails particuliers que je n'avais pas notés. On ne peut pas se souvenir de tout ; je me suis dit : « Pourquoi est-ce que je n'ai pas pris de notes ? » Honnêtement, je ne pensais pas vraiment écrire sur tout ça, excepté ces articles pour *The Guardian*, à propos de l'atmosphère new-yorkaise après le 11 Septembre – l'un d'entre eux est d'ailleurs consacré à mon expérience de bénévole autour de Ground Zero.

FB : Quel regard portez-vous sur le travail de Jonathan Safran Foer ou d'Oliver Stone, qui ont eux aussi écrit sur le 11 Septembre ?

JMI : J'ai beaucoup aimé le premier livre de Safran Foer, *Tout est illuminé*. Le deuxième est intéressant... Par contre, de manière délibérée, je n'ai pas encore vu le film d'Oliver Stone. Même si les attentats sont déjà loin, je ne suis pas encore prêt à voir ce film – de la même façon que certaines personnes ne sont pas encore prêtes à lire mon livre ou le vôtre. Mais je le verrai tôt ou tard : un ami m'a envoyé le DVD...

FB : Oliver Stone essaie de faire de ses personnages des héros : ce qui n'est pas votre cas...

JMI : Voilà un aspect sordide de ces attentats... Il y a eu un héroïsme collectif dans la façon dont les gens ont réagi à ce drame à New York, c'était une belle chose à voir. Les pompiers qui se sont précipités dans les tours étaient des héros, mais cette idée que toute personne morte dans les tours était héroïque est ridicule ! J'aurais pu y mourir, ça n'aurait pas fait de moi pour autant un héros ! J'aurais juste été au mauvais endroit au mauvais moment. Une certaine version « officielle » du 11 Septembre relève purement de la propagande ! Le rôle du roman est justement de déconstruire ce discours de propagande... Certains critiques, à propos de mon livre, se sont demandé comment les personnages pouvaient parler de sexe autour de Ground Zero... Cette remarque relève tout à fait de l'histoire officielle, aussi mensongère que la propagande soviétique : tous les citoyens américains, à cette époque, auraient été des héros qui ne pensaient qu'au bien de la Nation... alors que nous pensions au sexe ! C'est ce que les hommes font dans l'ombre de la mort... Le sexe devient plus important que jamais... Les gens baisaient, ils avaient besoin de ça parce qu'ils avaient peur ! Ils se rencontraient dans un bar et disaient :

« Allons-y... » C'est un comportement typique des temps de guerre. J'en ai parlé à des personnes plus âgées qui ont connu la Seconde Guerre mondiale – des Américains, des Anglais – et ils m'ont décrit la même chose...

FB : Graham Greene, dont Corrine, votre personnage, veut mettre en scénario *Le Fond du problème*, est-il un auteur important à vos yeux ?

JMI : Je suis un grand admirateur de cet auteur. *La Fin d'une liaison*, qui aborde la Seconde Guerre mondiale à travers la relation entre un écrivain, Maurice Bendrix, et Sarah Miles, une femme dont le mari occupe un poste important à Londres, est l'exemple type de ce que j'aimerais écrire...

FB : On vous compare souvent à Fitzgerald...

JMI : J'ai toujours été un grand admirateur de Francis Scott Fitzgerald, mais le problème, c'est qu'à mon âge, Fitzgerald était déjà mort ! Ce n'est plus un bon modèle pour moi... Quand j'avais 20 ans, le fait de mourir jeune ou de durer était une question importante à mes yeux... Si vous disparaissez après avoir écrit un chef-d'œuvre, l'affaire est réglée, mais si vous survivez, vous devez penser à écrire quelque chose de nouveau, à vous régénérer... Fitzgerald n'a pas connu de deuxième acte dans son existence. Après avoir écrit *Tendre est la nuit*, il aurait mérité une seconde chance...

FB : Votre écriture, contrairement à celle de votre ami Bret Easton Ellis, est assez classique. Vous êtes plus proche de Balzac que de la déconstruction ou de l'avant-garde...

JMI : C'est peut-être pour ça que les Français apprécient mes livres ! [Rires.] Cette clarté, cette fluidité, n'est pas un choix conscient ; je me tourne apparemment de manière naturelle vers ce type d'écriture... Bret est beaucoup plus influencé que moi par le cinéma ou la culture pop. Le rock'n roll était très important pour moi lorsque j'étais adolescent mais je ne savais pas jouer de la guitare, et j'ai pris une autre direction...

FB : Quels sont les auteurs qui comptent pour vous ?

JMI : Au-delà de certains contemporains comme William T. Vollmann et David Foster Wallace, dont j'apprécie le travail, j'ai beaucoup d'admiration pour les écrivains russes comme Tolstoï, Dostoïevski. Parmi les écrivains américains d'après-guerre, j'entretiens une affection particulière pour Raymond Carver et Hunter S. Thompson. J'ai été beaucoup influencé par Raymond Carver, dont le premier recueil de nouvelles, *Will you please be quiet, please ?* (*Tais-toi, je t'en prie*), paru en 1976, a été une révélation pour moi – c'était comparable à ce que les gens avaient ressenti dans les années 20 en lisant pour la première fois Hemingway. En 1976, le réalisme semblait mort. Barth, Coover et John Hawkes écrivaient des livres baroques ayant pour sujet le roman lui-même ou le lecteur – nous étions en pleine métafiction. Lorsque Carver et Ann Beattie sont apparus, ils ont en quelque sorte réinventé le réalisme. J'ai eu la chance de rencontrer Carver en 1980, lorsqu'il est venu à New York pour une lecture. Il m'a encouragé à quitter New York pour aller étudier à l'université de Syracuse avec lui. J'y suis resté trois ans et demi... J'apprécie par-dessus tout la capacité de Carver à rester dans le non-dit ; il vous laisse au sommet de la falaise, à la frange des choses – c'est un tour de force.

FB : Et Hunter S. Thompson ?

JMI : Il a inventé le « journalisme gonzo », cette enquête ultrasubjective faite de récits à la première personne, de rencontres et de prise de drogues, tout cela combiné à une plume féroce et hallucinée, et à un fort engagement politique. Il a été le premier à faire du rock un genre littéraire avec, il est vrai, les écrivains de la Beat Generation comme Ginsberg et Kerouac.

FB : Depuis *Le Dernier des Savage* – qui débute en 1966 –, on a le sentiment que vous dessinez à travers vos livres l'histoire contemporaine de New York, des années 60 jusqu'à nos jours...

JMI : C'est un projet assez conscient. J'essaie en effet de retracer une histoire de New York à mon époque : James Joyce disait que l'on pourrait rebâtir Dublin, si la ville brûlait, rien qu'en lisant *Ulysse*. C'est sans doute vrai. J'aime cette idée... Même si mes livres sont de la « fiction », au sens classique du terme, le New York contemporain est présent dans chacun d'entre eux, avec de vrais restaurants, des gens authentiques, la langue qu'ils parlent, des chansons, des bars, des boîtes de nuit. *Trente ans et des poussières*, particulièrement, pourrait permettre de dresser une carte assez précise de la ville, juste en suivant les déambulations des personnages. On pourrait aussi apprendre ce qu'étaient les années 80 ici : cela fait partie de mes ambitions...

FB : En quoi les années 60, dont *Le Dernier des Savage* dresse un portrait, vous intéressent-elles ?

JMI : J'ai toujours voulu vivre cette période, elle me fascine... Mais lorsque j'ai obtenu mon permis de conduire, tout était déjà terminé, c'était trop tard ! J'ai suivi les événements à la télévision et à la radio... Pour autant, les combats menés durant cette période – contre-culture, révolution sexuelle, lutte pour les droits civiques – sont toujours d'actualité... Surtout depuis la révolution ultralibérale engagée en 1984 par le Parti républicain... Le personnage de mon roman, Will Savage, un producteur de musique, parvient à survivre à ces années, à les traverser – contrairement à beaucoup de figures de l'époque tels Jim Morrison, Jimi Hendrix ou Janis Joplin. C'est ce que l'on attend d'un rocker : qu'il reste beau, meure jeune, et mène une vie autodestructrice. Cette flamme dionysiaque a grandement contribué à ma fascination pour les sixties.

FB : Ce roman, comme *Trente ans et des poussières*, traite notamment de l'amitié...

JMI : C'est juste... L'amitié de Russell et Jeff, dans *Trente ans et des poussières*, procède de la même dynamique que celle de Patrick Keane et de l'extravagant Will Savage dans *Le Dernier des Savage* : elle oppose un caractère dionysiaque et un caractère apollonien...

FB : Quel changement s'est opéré dans les années 90, que vous décrivez dans *Glamour Attitude* en 1998 ?

JMI : On a souvent parlé de « décadence » et d'« excès » à propos des années 80, mais je crois qu'en fait une certaine innocence régna durant cette décennie : les excès et la décadence se sont commis à une relative petite échelle, comparé à ce qui s'est fait depuis. Les gens avaient réellement l'impression d'inventer quelque chose, une nouvelle forme d'excès et de décadence, dans les années 80. Les années 90 étaient puantes : beaucoup plus d'argent circulait, beaucoup plus de drogue, mais on n'en parlait pas, on le faisait. Au lieu de conduire leur limousine dans New York, les gens conduisaient leur 4 × 4 et leur Jeep dans la région. Ils se comportaient de manière bien plus conservatrice. Durant les années 80, les gens inventaient de nouvelles façons de faire de l'argent et de mal se comporter, de se défouler – et ça leur plaisait. Même s'il n'y avait rien de réellement nouveau sous le soleil...

FB : Quand vous êtes-vous le plus amusé ?

JMI : Je me suis le plus amusé dans les années 80 ; je ne me souviens pas si j'étais heureux, parce que j'étais si occupé, je n'avais pas le temps de me poser la question du bonheur. Je suis probablement plus heureux aujourd'hui, heureux d'avoir survécu. [Rires.] Plus heureux, mais je regarde cette période des années 80 avec affection, j'y ai pris du bon temps. Les années 90 sont encore difficiles à analyser, elles sont proches de nous...

Je suis devenu un adulte dans les années 80, et cette période demeurera toujours excitante dans mon esprit, intéressante : c'est l'époque où j'ai eu 20 ans ; j'ai publié mon premier livre et suis devenu célèbre.

FB : Vous avez obtenu le succès dès votre premier livre, *Bright Lights, Big City*, paru en 1984 ?

JMI : Du jour au lendemain, je suis devenu, à 26 ans, l'écrivain le plus connu en Amérique ! Je déteste dire ça, mais *Bright Lights, Big City* a remporté un énorme succès... C'était incroyable de se réveiller un jour et d'être l'auteur d'un best-seller dont tout le monde parlait. C'était drôle, je dois l'admettre. D'un autre côté, c'était assez destructeur parce que soudainement j'était le centre de l'attention, ce qui n'est jamais bon pour un romancier, car un romancier observe le monde autour de soi. J'aurais pu mener une carrière pendant cinq ans, jouer ce personnage de jeune premier, avoir ma photo dans les journaux et partir en tournée de promotion pour mes livres... D'une certaine façon, c'était un piège. Ces nombreuses photos forgent de vous une image auprès du public qu'il est très difficile de changer – un type entouré de top models fréquentant les boîtes de nuit, comme mon personnage. C'est drôle d'avoir cette image pendant un an ou deux, même trois, mais à la longue cela devient un piège. Les gens vous rencontrent vingt ans après la publication de votre premier livre et ils s'attendent à vous voir vous enfiler des rails de coke à longueur de journée... Cela éloigne du travail... Je ne sais pas si j'ai bien appréhendé tout cela, ni même, si j'avais à le revivre, ce que je ferais…

FB : *La Belle Vie* est sans doute votre roman le plus profond : à votre avis, est-ce qu'il parviendra à effacer votre image de night-clubber des années 80 ? Donnez-moi de l'espoir, car j'ai le même problème dans mon pays !

JMI : Il y a encore des gens pour dire que je me suis trop amusé. Il est très difficile de modifier une image publique, particulièrement quand elle est si marquée, vivante… Ce personnage de jeune noceur était plus vendeur, plus facile à gérer que ce que je suis aujourd'hui, à 50 ans.

FB : Devrions-nous disparaître, comme l'ont fait Salinger et Pynchon ?

JMI : Pourquoi pas… Je l'ai fait durant certaines périodes : je suis allé vivre dans le Tennessee pendant plusieurs années (je n'y restais pas toute l'année). La meilleure chose à faire pour régler cette question aurait été de mourir jeune, mais c'est trop tard ! Nous devons maintenant finir le deuxième acte et préparer le troisième.

Charles Bukowski

– 2008 –

Le téléphone sonnait depuis au moins une heure en enfer. Ce devait être l'après-midi, mais là où j'étais, le temps n'existait pas. La mort est un seau de vomi abandonné au bord d'une autoroute de merde. J'ai fini par répondre, qu'avais-je d'autre à faire ? Pisser, baiser, écrire, tout m'était interdit.

— Bonjour, je m'appelle Frédéric Beigbeder.

— Dommage pour toi, j'ai répondu. Mais merci pour l'info.

— Euh… je vous dérange, là ?

Mon interlocuteur parlait l'anglais avec un accent français.

— T'es sûr que t'es pas Maurice Chevalier ?

— Non, je suis un écrivain français…

— Mon pauvre, ça doit pas être facile. Désolé pour toi. J'enlèverais mon chapeau si j'en portais un.

— Euh, voilà : nous voudrions vous remettre le prix littéraire du Festival de Deauville. Gore Vidal l'a eu, et Norman Mailer, Jim Harrison,

William Styron, Edmund White, Jay McInerney, Budd Schulberg...

— Hep hep hep ! Pas si vite, mon ami. Il y a un problème. Je suis décédé.

— Ah bon ? Attendez, je vais vérifier sur Wikipédia. [Silence.] Effectivement, votre décès date du 9 mars 1994. Je suis confus... Ce sont les membres du jury qui ont voulu me faire une blague. Ce sont des parasites mondains, des paumés ringards, de sales imposteurs, des raclures aigries ! Je vais les tuer ou, pire, dire à Dominique Desseigne d'annuler leur réservation au Normandy !

— Wow, wow wow ! Ne t'énerve pas, Freddy, c'est mauvais pour ton estomac. Et d'abord, qui sont ces farceurs ?

— D'autres écrivains français, bien moins doués que moi... Leurs noms ne vous diront rien : André Halimi, Jean-Claude Lamy, Gilles Martin-Chauffier, Eric Neuhoff, Gonzague Saint Bris...

— T'as raison, mec. Je connais Baudelaire, Camus et Céline mais ceux-là, à part se foutre de ta gueule en te faisant téléphoner à un macchabée, je ne vois pas à quoi ils te servent.

— Je les briserai ! Bon, au secours, pardon pour le dérangement, je vais vous laisser, mister Bukowski, faut que je trouve un autre lauréat... Dites, Philip Roth est toujours vivant ?

— Cliniquement, oui. Littérairement, c'est un autre problème.

— OK.

— Hey hey hey ! Ne raccroche pas, petit. Pour une raison qui m'échappe, la connexion fonctionne entre un vivant et un mort, ce serait dommage de la couper, pas vrai Fred ?

— Peut-être.

— Alors parle-moi de ce festival. Deauville, c'est en Normandie ? Tu veux dire, là où nous avons débarqué en 1944 ?

— Oui, et ça continue en 2008. C'est un festival qui ne passe que des films américains. C'est moins jet-set que Cannes, mais les films sont plus drôles.

— Tu veux dire : moins chiants. J'ai écrit un bouquin pas mal sur le cinéma : *Hollywood*, il s'appelle. Quel cirque !

— Je sais, j'adore ce livre. C'est le récit romancé du tournage de *Barfly*. Pauvre Mickey Rourke, qu'est-ce que vous lui mettez !

— Je préférais Sean Penn.

— Dommage que vous soyez décédé, vous auriez aimé Deauville : on boit du vin blanc, on bouffe des huîtres, on regarde des petits films indépendants avec des seconds rôles bizarres et des dialogues pompés sur Wes Anderson. Même quand le film est mauvais, il y a toujours une ou deux bonnes chansons dans la BO, et ça se termine au casino à 4 heures du matin, ou bien au bar d'un palace, à chanter ces chansons autour du piano avec Nicole Kidman. Cette année, il y aura Uma Thurman... Peut-être que si je la fais boire, elle acceptera un concours de twist avec moi...

Je ne comprenais plus rien à ce qu'il disait mais j'ai laissé parler le petit Frenchy dans mon oreille pendant toute la nuit. Sa voix berçait ma solitude, comme le juke-box de l'éternité. Son baratin me donnait soif, mais le diable est un putain de barman : lorsque j'ai ouvert une canette de bière, elle était remplie de sable. Du sable de Normandie. Franchement, je vous déconseille la mort.

Alain Finkielkraut

– mars 2008 –

J'ai emmené Alain Finkielkraut à L'Arpège, une « maison de cuisine » de la rue de Varenne (Paris VIIe) qui a trois étoiles au *Guide Michelin.* Nous venions de nous asseoir quand soudain des gardes du corps à oreillettes sont entrés : François Fillon et Michèle Alliot-Marie s'installaient pour déjeuner à quelques mètres. Avec le penseur « mécontemporain », nous avons bu un peu, parlé beaucoup, et je pense qu'à la fin, l'auteur de *L'Imparfait du présent* était d'accord avec moi pour reconnaître qu'un pays où l'on mange de cette façon n'était pas encore complètement foutu.

AF : Rassurez-moi, je ne serai pas sur la couverture de *GQ* ?

FB : Non, non, c'est Jean Dujardin.

AF : Tant mieux ! J'aurais été très flatté. Mais j'aurais refusé avec véhémence. En plus, c'est très... posé. Sur la couverture du numéro 2, Edouard Baer était un véritable mannequin !

FB : Il est très tendance, en effet.

AF : J'aimerais bien porter de beaux vêtements à la mode, avoir une coiffure dernier cri mais...

FB : Cela ferait un petit peu Bernard-Henri Lévy, non ?

AF : J'avais pensé une fois à...

FB : Faire le top model ? Je l'ai fait, moi, pour des affiches des Galeries Lafayette.

AF : Oui, je sais. Je n'ai jamais franchi ce cap. Mais j'ai eu, à une période de ma vie, un succès énorme, au moment de *La Défaite de la pensée*. Le magazine *Elle* m'avait interviewé. Ils ne m'avaient pas spécialement habillé, mais un coiffeur m'avait coupé les cheveux très très bien. La photo était parfaite. Je n'enseignais pas encore à l'époque. C'était en 1987 ou 1989.

FB : Si vous apparaissez trop dans des mises en scène un peu légères, vous avez peur que vos élèves de l'Ecole polytechnique se foutent de vous ?

AF : Mes collègues, surtout. Avec Internet tout circule. Mon interview horrible, par exemple, dans *Haaretz*, le journal israélien.

FB : Il a été repris sur Internet ?

AF : Oui. Il n'y a vraiment plus de frontières. Il faut que je fasse un peu attention. Mais c'est assez normal de ne pas mélanger les genres. Les comportements de BHL ont des répercussions sur tous les autres intellectuels. On nous voit un peu à son image. Il y a une espèce d'ironie généralisée.

FB : Oui, c'est vrai. Comme vous le disiez, c'est une question de système pileux. Votre coiffure, ma coiffure, celle de Bernard, celle de Glucksmann aussi. On a un excès de chevelure !

AF : Absolument !

FB : Il y a une explication à ça ?

AF : Je ne sais pas. Vous êtes déjà en train de faire l'interview ?!

FB : Oui.

Le serveur : Un petit vin de Loire léger ?

AF : Je préférerais un bordeaux. C'est embêtant ?

FB : Non. Un bordeaux, c'est parfait. Je vois que vous êtes un hédoniste, comme Michel Onfray.

AF : Je ne bois pas à midi, d'habitude. Mais cet après-midi, je n'ai pas trop de travail.

FB : Ça me fait très plaisir. On est près des cuisines. J'ai choisi ce petit coin tranquille pour pouvoir enregistrer. Résultat... on déjeune à côté du Premier ministre et de la ministre de l'Intérieur ! Cela aurait été drôle d'être à côté d'eux et d'entendre ce qu'ils se disent.

La serveuse apporte les menus...

AF : Oh, là là !

FB : Le chef s'appelle Alain Passard, il a 3 étoiles Michelin.

AF : 3 étoiles Michelin, carrément... C'est trop bien pour moi. Je vous laisse.

FB : Non, restez ! Je me suis dit que cette opulence allait vous persuader de venir et j'ai eu raison.

AF : Ah ben oui.

FB : C'est de la corruption par la luxure. Mais Passard, parfois, choisit pour nous. Si vous voulez, on lui demande, ce qui nous évite de réfléchir et même de lire la carte.

AF : Je n'aime pas tout ce qui est crémeux.

FB : Bon, d'accord.

AF : Mais je ne comprends rien, c'est tellement beau.

FB : Il y a des plats aux noms absurdes. « Couleurs, saveurs, parfums et dessins du jardin » : on ne sait pas ce que ça signifie.

AF : Ce qui est assez beau, c'est : « Les robes des champs multicolores arlequins. » Ça me fait rêver.

FB : Passard est spécialisé dans les légumes. Il a un potager, qu'il cultive lui-même.

AF : « Fines ravioles potagères, parfum légumes oubliés. »

FB : Ça ne veut rien dire mais c'est joli. Moi je vais prendre des oignons à la truffe noire. Et après des Saint-Jacques.

AF : Vous savez être raisonnable.

FB : Peut-être que je serai le plus raisonnable des deux. Ce sera le scoop de cet entretien. Tout d'un coup, nous allons voir une nouvelle facette de Finkielkraut buvant du vin à déjeuner et se gobergeant aux frais de la princesse.

AF : Je trinque.

FB : Je vous avais prévenu que je vous emmenais dans un bon resto.

AF : Il y a bon et bon...

FB : Effectivement, c'est un des meilleurs restaurants de France, donc du monde. Et comme vous écrivez beaucoup sur la nation menacée, je trouvais amusant de vous amener là. Tiens, voici M. Passard, M. Finkielkraut. Ce grand penseur n'arrive pas à choisir...

Alain Passard : Mais laissez-vous faire.

AF : Je veux bien me laisser faire, mais je ne veux rien de crémeux.

Passard : Il n'y a pas un gramme de crème dans la cuisine de L'Arpège.

AF : Alors vous allez faire de moi un client très assidu. C'est déjà ma maison.

FB : Tout ce qu'on veut, c'est manger la même chose que le Premier ministre et la ministre de l'Intérieur.

AF : Nous sommes là pour les espionner. Nous sommes mal placés d'ailleurs.

[Rires.]

FB : Vous n'avez pas de portable ?

AF : Non.

FB : Et pas d'ordinateur, non plus. D'ailleurs ce matin, j'ai paniqué. Je ne pouvais pas vous appeler pour confirmer votre venue, ni vous envoyer un mail.

AF : Si, si, je possède une adresse mail, mais au bureau de mon épouse. C'est comme la poste puisqu'elle me ramène le courrier le soir. Je lis donc mes mails avec retard, et je ne réponds pas puisque je n'ai pas d'ordinateur.

Le serveur : On commence avec une raviole potagère, chou grillé, oignons, moutarde, châtaignes, dans un consommé de betteraves et d'asperges.

FB : Ça semble délicieux mais je vais vous demander de prendre une photo de nous.

AF : Est-ce qu'il faut qu'on soit en train de manger ? Je mets ma serviette pour ne pas tacher ma cravate. Non, je la mettrai après.

FB : Levons nos verres. On n'a pas l'air cons du tout...

AF : Si, c'est une catastrophe.

FB : C'est un contre-jour complet. Il y a un côté pathétique. Mais c'est cela qui est beau. Il faut accepter notre destin stoïquement.

AF : Je suis d'accord avec vous.

FB : On est superbes.

AF : Je ne veux pas regarder. Ah, vous mettez mes lunettes.

FB : Mais prenez un air moins sérieux, quand même.

AF : Vous trouvez vraiment que je suis coincé ?!

FB : Au contraire, je suis persuadé, comme le disait Houellebecq, qu'aujourd'hui « le seul moyen d'être intelligent, c'est d'être réactionnaire ». Il n'y a pas de doute là-dessus. Puisque l'ensemble de la société est une machine qui fonce dans le mur.

AF : Je me pose sans cesse la question du rire. Qu'est-il arrivé au rire ? On rit tout le temps.

FB : C'est la dictature du comique.

AF : Des amuseurs. En France, le rire est en train de tuer l'humour. C'est pour cela que ma réputation d'homme coincé ne me dérange pas particulièrement, même si elle me semble injuste. Non pas que je puisse dire : « J'ai de l'humour », ce serait absurde, mais j'aime la gaieté, le vagabondage, la légèreté, le scepticisme, la délicatesse, l'autodérision de l'humour. Or que voit-on ? Des émissions de télévision où les gens se marrent cruellement, animateurs et invités, quand ils évoquent le destin de Chantal Sébire [NDA : Atteinte d'une tumeur nasale très douloureuse qui déformait son visage, elle a mis fin à ses jours en 2008 après avoir réclamé le droit à être euthanasiée]. Mais qu'est-ce qui se passe ? Je suis bien obligé de me souvenir, avec une certaine emphase, que les nazis riaient beaucoup. Ils entouraient leurs victimes, les barbus comme vous, les Juifs à papillotes, et ils leur coupaient la barbe en riant. Le rire, c'est aussi cela. De ce rire-là, en effet, je suis l'ennemi. Mais cette inimitié ne fait pas de moi un esprit compassé et sérieux. Elle me définit comme un orphelin de l'humour.

FB : Charles Péguy a cette phrase : « Faire blague de tout. » Un monde qui fait blague de tout, c'est le nôtre. Ça n'empêche pas de s'en amuser ?

AF : Je n'y arrive pas.

FB : Humblement, dans mon travail de romancier, j'essaie de m'amuser avec ce totalitarisme du rire.

AF : Moi, cela me transperce. Cela ne m'amuse pas. C'est peut-être une question de tempérament.

Je vois les « Guignols de l'info ». Je ne me l'inflige pas tous les jours. Mais je suis horrifié. L'hilarité barbare.

FB : Il y a parfois des sketchs salutaires.

AF : Rarement. Dans la caricature peut-être, bien que ce ne soit pas la forme la plus digne du rire. Mais une caricature qui vous inflige jour après jour tous les stéréotypes de la bien-pensance, c'est l'hilarité du politiquement correct. Non : soyez honnêtes, originaux, inattendus.

FB : Le président de la République a fourni assez de matière pour les cinq prochaines années. L'humour permanent c'est sinistre, mais là les humoristes ont du pain bénit.

AF : Sauf quand ils disent que Sarkozy est un nain. C'est extraordinaire. Notre société est soumise à une propagande antiraciste diluvienne. Il vaut mieux cette propagande-là que la propagande inverse. Mais elle peut être mensongère quand elle oublie que notre société multiraciale est aussi multiraciste. Il y a des multiracismes de toutes sortes et de toutes origines. Il y a le dénigrement physique. On va rire de quelqu'un parce qu'il est petit. On va l'affubler d'un nez crochu alors que le nez de Sarkozy ne l'est absolument pas. On va rire de Giscard d'Estaing parce qu'il est vieux. Ça en dit long sur notre société. Le racisme acceptable est le racisme antivieux. Nous n'avons pas mis le prolétariat au pouvoir mais la jeunesse au firmament. Il n'y a plus d'adultes, seulement des jeunes. « Professeur, vous êtes vieux et votre culture aussi », lisait-on en 68 sur les murs de Nanterre. Le message a été entendu : tout le monde aujourd'hui, quel que soit son âge, est jeune et fier de l'être.

FB : A ce propos, vous avez dit une phrase que j'aime beaucoup : « L'enfant gâté a remplacé l'homme cultivé. » Revenons à votre itinéraire. Vous êtes normalien, agrégé de lettres et pas de philo. Toute votre vie, vous avez écrit des essais philosophiques, enseigné la philosophie à l'Ecole polytechnique, alors qu'au fond vous auriez pu avoir envie d'être romancier puisque vous avez une formation littéraire. D'ailleurs l'émission que vous animez sur France Culture est très littéraire. Vous parlez de romans. Vous êtes fasciné par les écrivains : Kundera, les deux Roth (Joseph et Philip), les deux Camus (Albert et Renaud), Philippe Muray, Henry James, Michel Houellebecq et James Salter... Pourquoi n'avez-vous pas choisi d'être romancier ? Vous auriez eu beaucoup moins de problèmes pour dire tout ce que vous dites. Vous auriez pu déraper autant que vous le vouliez ! On ne vous aurait pas emmerdé. Dans un roman, on peut dire ce que vous avez dit sur l'équipe de France de foot, sur le film de Kusturica. Quand on est un essayiste ou un philosophe, on a beaucoup plus de comptes à rendre que quand on fait parler des personnages de fiction.

AF : Je connais mes limites. Si j'ai un talent, c'est celui de mêler, dans les essais que j'écris, autant que je peux, l'exercice de l'intelligence et l'exercice de la sensibilité. Je ne saurais pas raconter des histoires. Je n'ai pas l'imagination, ni la capacité descriptive.

FB : Si seulement tous les romanciers actuels avaient autant de scrupules !

AF : J'ai d'autant plus de scrupules que, précisément, un certain nombre de romanciers comptent beaucoup pour moi. Autant que des philosophes. Il y a des livres que l'on a lus et il y a des livres que l'on lit tout le temps. Parmi ces derniers, il y a ceux de Levinas, de Hannah Arendt, de Heidegger. Il y a aussi les romans de Kundera, *La Tache* de Philip Roth, *Pastorale américaine*, *Le Premier Homme*... J'aimerais donner encore plus de place dans mon écriture à ces romans, à leur lecture, à une méditation qui naîtrait d'eux. Mais vous avez raison. On est moins exposé. On est plus libre. La parole est plus expérimentale. On a le droit à l'exagération, à l'erreur, au tâtonnement. Pour ce qui est des erreurs qui me sont reprochées, je ne plaiderai pas coupable. L'entretien de *Haaretz*...

FB : *Haaretz* est ce journal israélien dans lequel vous avez dit que « l'équipe de France n'était pas black-blanc-beur, mais black-black-black ». C'est un constat. Ce n'est pas un problème de dire ça. C'est surtout la phrase d'après qui est gênante...

AF : « L'Europe nous montre du doigt en souriant. » De quoi s'agit-il ? Je donne un entretien à des journalistes israéliens. Je crois que je suis en confiance. Je leur parle dans un café et...

FB : Un peu comme maintenant, méfiez-vous, attention !

AF : J'ai été endormi par les journalistes qui m'ont dit : « L'entretien est formidable, nous cherchons une photo car nous voulons vous mettre en première page. » Et en première page, ma tête était mise à prix : on me présentait comme un Le Pen juif. J'étais tombé dans un traquenard idéologique. Il y a des gens en Israël qui pensent dans les termes de la guerre entre dominants et dominés. Ils ne connaissent pas d'autres ennemis que l'ennemi intérieur : pour eux, j'étais l'équivalent diasporique du colon. Donc, il fallait me fusiller. Ma remarque sur l'équipe de France n'aurait en aucun cas figuré dans l'article si je l'avais relu. J'essayais de leur démontrer quelque chose. Je leur disais : « On ne doit pas excuser ces émeutes de 2005. » Le meilleur service à rendre aux émeutiers, c'est peut-être de leur faire honte. On nous dit qu'ils manquent de repères, alors autant leur en donner et ne pas trouver une sorte de signification victimaire, voire héroïsante, à l'incendie des écoles, des autobus ou des bibliothèques. L'un des arguments consiste à dire : « Ce sont des déçus de la République. Ils aiment la République mais celle-ci, en les confinant dans des ghettos, en ne leur offrant pas d'autres perspectives que le chômage, les a trompés. » Et j'ai rappelé le match France-Algérie. C'est-à-dire : voici une équipe black-blanc-beur, qui est multicolore, sifflée et conspuée, au point même que Thierry Henry a cette réaction humoristique à l'issue du match qui a été interrompu lorsque la France menait 4-1 : « C'est pas mal pour un match joué à l'extérieur. »

Le phénomène s'est reproduit récemment lors du match France-Maroc et la bien-pensance, prise de panique, l'a zappé.

FB : Les gens ne savent pas trop que vous êtes un amateur de sport.

AF : Oui, de foot. Donc, *La Marseillaise* est conspuée, je dis que la France multiraciale est en train de se prendre les pieds dans ses propres critères, parce que cette équipe est black-black-black, et j'ai ajouté que l'Europe s'étonne. Notamment, les pays de l'Est, qui sont ethniquement homogènes puisqu'ils n'ont été dans aucune aventure coloniale, se disent : « C'est curieux. » Quand j'ai vu que cette phrase était parue, je l'ai regrettée et je me suis senti trahi. Il y a de véritables déformations dans l'article. Il est paru sous le titre : « Ils ne sont pas malheureux, ils sont musulmans », une phrase que jamais de ma vie je n'ai prononcée.

FB : Le vrai problème, c'est le dérapage dans la presse à l'étranger. J'ai déjà donné des interviews en Russie, par exemple, dans une langue étrangère. Quand on est loin de chez soi, on ne se rend pas compte que ça peut être repris sur Internet. Il faut relire. Pourquoi Kundera ne donne-t-il plus d'interviews depuis trente ans ? Parce qu'il sait qu'on va retenir une phrase sortie de son contexte et qu'on la lui ressortira à vie. Ça me gêne d'ailleurs qu'on en parle si longuement. Je trouve plus intéressant que vous évoquiez ce que vous écrivez.

AF : C'est grave quand on voit les dégâts causés. J'ai essayé de m'expliquer, j'ai dit que je ne reconnaissais pas le personnage construit par le montage paru dans le journal. C'est une plaisanterie, au sens kunderien du terme. Il faut la replacer dans mon contexte personnel. J'ai été initié au football par mon père. Il n'attendait qu'une chose : que je sois assez grand pour m'emmener voir les matchs du Racing. Et il avait un sourire ironique quand on énonçait la composition de l'équipe de France.

FB : Autrefois il y avait beaucoup de Polonais, de Hongrois, d'Italiens...

AF : Il se demandait où étaient les Français dans l'équipe de France. Ma plaisanterie est un écho au sourire de mon père, il ne faut pas y voir je ne sais quel refus. Je rappelais que j'étais venu dans les tribunes assister au Stade de France à la demi-finale de la Coupe du monde 98 France/Croatie. Avant le début du match, j'étais partagé. Pourquoi ? J'étais le seul Français à défendre la cause croate que tout le monde nazifiait à tire-larigot. Peut-être aurais-je été content que la Croatie gagne. D'autant plus que Pascal Boniface avait déclaré sur France Info : « C'est le match de la démocratie contre la dictature. » Evidemment, mon patriotisme a repris le dessus. Quand les Croates ont mené 1-0, j'ai senti mon cœur se serrer. Quand Thuram a égalisé, j'ai été heureux. Quand je l'ai vu marquer le deuxième but et prendre cette pose incroyable, j'étais fou de joie et je l'ai dit. Figurez-vous qu'aujourd'hui, l'un de mes persécuteurs principaux, c'est Thuram. Il ne rate pas une occasion de dire et de redire que je suis raciste. Le problème de cet antiracisme-là, ce n'est pas ce qu'il veut combattre. Il faut prendre SOS Racisme au sens strict : on veut sauver le racisme. On veut trouver des racistes qui aient de l'allure. Un intellectuel, c'est un ennemi qui justifie la bataille.

FB : Vous êtes tombé dans le panneau dénoncé par Kundera, la presse, les entretiens, qui font plus de bruit que trente bouquins. C'est terrible !

AF : Kundera a raison, il a su s'isoler.

FB : Mais on ne va pas tous devenir des Salinger. C'est mon rêve, je l'admire, mais je serais incapable de me cacher dans une ferme du New Hampshire.

AF : Il est vrai aussi que j'ai besoin d'adversité, de polémiques, de discussions, pour que les idées émergent. Il faut une énorme confiance et un grand réservoir intellectuel pour vivre en s'isolant.

FB : Vous n'êtes pas un ermite. Quand on regarde votre itinéraire, ça commence par *Le Nouveau Désordre amoureux*, coécrit avec Pascal Bruckner, encore un auteur à la chevelure flamboyante.

AF : J'ai un fils qui se coupe les cheveux et à chaque fois qu'il va chez le coiffeur, je lui dis : « Mais pourquoi ? » Il n'a pas les cheveux très longs d'ailleurs. Je détesterais ça. Quand je revois mes photos de l'époque, il y a un côté démodé terrible. Mais mon fils, lui, a de très jolies boucles.

FB : Par rapport à ce premier essai qui défend l'amour, vous avez évolué vers ce que Daniel Lindenberg a appelé « les nouveaux réactionnaires ». C'est marrant parce que Bruckner, lui, est devenu l'auteur de *Lunes de fiel*. Il n'a pas eu le même trajet (quoique !). Comment regardez-vous le Finkielkraut de l'époque, avec ses cheveux longs et son côté baba cool ?

AF : Je le regarde avec nostalgie parce que je suis plus proche de la mort aujourd'hui. Je pense à Bruckner avec nostalgie et gratitude parce que notre amitié avait quelque chose de gémellaire. Nos voix étaient confondues par nos interlocuteurs au téléphone. Une amitié gémellaire ne peut pas durer toute la vie.

FB : Et pourquoi pas une reformation, comme NTM ?

AF : Notre référence, c'était Lennon et McCartney.

FB : En toute simplicité.

AF : Pour la première fois, je me disais que, peut-être, mon destin allait être situé à la droite de la bien-pensance parce que j'ai toujours eu une préférence pour Paul McCartney. J'ai toujours adoré sa voix extraordinaire, ses mélodies magiques et refusé le politiquement correct qui consistait à dire que les Rolling Stones étaient quand même mieux que les Beatles et que s'il s'agissait des Beatles alors, bien sûr, c'était Lennon le meilleur. Je m'identifiais à McCartney alors que je n'avais aucun génie musical. Je le répète, j'ai eu besoin de Bruckner pour me mettre le pied à l'étrier. Il avait une facilité d'écriture, à l'époque, que je n'avais pas. J'étais inhibé, contracté. J'avais la tentation de n'écrire que pour mes professeurs, pour les universitaires. Il m'a libéré. J'ai pu acquérir un style moins allusif. *Le Nouveau Désordre amoureux* est un livre que je revendique absolument, qui représentait un effort pour nous arracher à ce que nous vivions déjà comme les poncifs de 68. On ne parlait que de libération sexuelle, du désir sous toutes ses formes, les plus libidinales bien sûr, face au pouvoir, au système, à la domination. Nous avons voulu réintroduire l'amour et sortir du « tout est politique ».

FB : Vous êtes un grand romantique, finalement.

AF : Et nous avons introduit une dimension, oubliée par la pensée ultrapolitique, qui était le personnage même de l'aimé. Nous avons quitté le terrain du discours de dénonciation pour emprunter la voie plus lyrique de la célébration de la jouissance féminine, de la passion amoureuse comme une sujétion à un être qui nous échappe. C'est une dimension que j'ai continué à explorer ensuite. Je ne vois pas de rupture, je vois un approfondissement.

FB : Vous pensez que cette révolution sexuelle, si elle a vraiment eu lieu, est positive ou négative ? Vous allez encore dire négative, je le sais...

AF : Non.

FB : Vous êtes marié avec une femme avocate. Vous êtes très sage. Vous n'êtes pas Onfray.

AF : Encore Onfray ? J'ai beaucoup d'adversaires idéologiques et philosophiques qui ne veulent plus me parler et avec lesquels, si je pouvais parler, le débat serait très tendu. Mais je ne peux pas sous-estimer leur érudition. Onfray, c'est de la blague. Non, pas lui.

FB : Vous dites cela parce que vous enseignez à Polytechnique et lui dans une université libre.

AF : « Libre et populaire ». Avec tout ce que cela peut représenter de manipulateur et démagogique. C'est un chef de secte. Un jour, j'ai débattu avec lui à la télévision. Il parlait du christianisme et de la philosophie matérialiste en opposant ceux qui aiment la vie et ceux qui aiment la souffrance. Que pouvez-vous répondre à un philosophe qui barbote dans ce genre de manichéisme ?

FB : Restons sur votre romantisme. Vous avez eu beaucoup de chance en amour.

AF : C'est un miracle, j'y crois à peine. Et voilà pourquoi je ne théorise pas, je ne dogmatise pas. Je voudrais que l'on cesse de penser la réalité en termes de progrès. Aujourd'hui, il y a davantage de liberté, nous sommes plus décontractés. En même temps, nous n'avons rien résolu et chacun fait comme il peut. Et la vie fait des dégâts. Je ne dirais pas, parce que j'ai la chance d'être encore amoureux de ma femme, que mon comportement est exemplaire. J'ai eu d'autres relations avant, sans être un don Juan comme l'était mon ami Pascal Bruckner. Mais, évidemment, l'amour s'est usé. Lorsque je me suis marié avec ma femme, je me suis posé la question. Quand cela va s'arrêter, comment je vais faire ? Tout le monde y pense.

FB : Un immense auteur a dit que « l'amour dure trois ans »...

AF : Oui je sais. Les Américains eux parlent de la démangeaison de la septième année.

FB : Et vous, vous en êtes à combien ?

AF : Nous sommes mariés depuis 1985, et on se connaît depuis 1982.

FB : L'amour dure vingt-six ans ?!

AF : J'ai de la chance. Je ne peux pas en parler. Je n'ai obéi à aucune règle même si je crois que les serments ont du sens, que la promesse qu'on fait est celle de maintenir sa parole, la promesse de maintien de soi.

FB : Vous n'êtes pas libres comme Sartre et Beauvoir ?

AF : Non. Sur ces questions-là, je hais la modernité arrogante, l'idée que tous les problèmes ont été surmontés et résolus avec la libération sexuelle. Mais je plaide pour une attitude modeste. C'est là que la littérature réintervient. Je crois que la vie amoureuse s'est beaucoup modifiée ces dernières années avec la libération des mœurs, mais cela relève de la littérature, non du militantisme ou, pire encore, de la sociologie.

FB : Je reste sur le romantisme parce que j'ai une question un peu débile. Mais je me lance. Cette obsession pour le passé, est-ce qu'elle vient de la disparition de votre père ?

AF : Non.

FB : Parce que vous citez parfois une phrase de Proust qui est lourde de sens : « Les idées sont les succédanés du chagrin. »

AF : J'ai dû la lire dans le livre magnifique que Deleuze a écrit sur Proust. Proust fait partie des rares romanciers que l'on consulte tout au long de sa vie. J'ai commencé à prendre mes distances avec l'idéologie soixante-huitarde sans doute du fait de ma généalogie particulière. Il y a un slogan que je n'ai jamais pu supporter : « Cours camarade, le vieux monde est derrière toi. » Il est vrai que mes parents étaient porteurs d'un vieux monde non pas pesant, mais précaire. Quelque chose qui allait disparaître et qui a disparu. Je ne suis pas un enfant de la *yiddishkeit*, du monde juif, non. Ce n'est pas ma langue. L'idée que le passé est nécessairement oppressant, et que pour être entièrement libre il faut s'en affranchir, est étrangère à l'expérience dont je suis issu. Et il se trouve que je vois aujourd'hui la culture dont je suis très partiellement dépositaire, la culture française, menacée à son tour. Les choses ne s'enchaînent plus comme elles le faisaient autrefois. Nous avons changé d'univers technologique.

FB : A ce propos, j'aime beaucoup quand je vous vois à la télévision. Vous prenez des notes. Je trouve ça très bien de réhabiliter l'écrit à l'écran. C'est assez rare. Vous êtes le seul. On vous voit toujours sur des plateaux avec des gens qui éructent et vous, vous prenez des notes, tranquillement. Comme un hommage à l'écrit en direct.

AF : J'essaie de réfléchir, de préparer ma réponse car on dispose de peu de temps à la télévision. Je me dis qu'il faut que je prépare un discours très articulé de façon à utiliser pleinement le temps qui m'est imparti. Et si on conçoit la télévision sur un mode rhétorique, on peut aider à en redresser le niveau. Mais on vit dans un monde où la communication prend le pas sur la transmission. Une communication horizontale. Tous les gens de ma génération perçoivent que la culture qui nous a façonnés se transmet mal.

FB : Une société de l'instantané est en train de se créer et vous défendez une société du temps. C'est un changement radical de l'être humain.

AF : C'est une mutation anthropologique. Nous mutons. Toutes les médiations sont en cause. Voyez à cet égard le rapport Attali. On réunit des experts, Attali arrive sur le perron de l'Elysée, il se tourne vers les journalistes et il brandit... une clé USB. Un mutant parle aux mutants et dit aux autres que leurs jours sont comptés. Sur l'école, les recommandations du rapport sont à faire frémir. C'est vraiment la barbarie heureuse. En sixième, il faut que l'élève connaisse le français, l'anglais, l'informatique, des rudiments d'économie et qu'il sache travailler en groupe, bref qu'il soit un robot coopératif.

FB : Vous êtes lancé dans votre discours habituel.

AF : Donc vous m'interrompez.

FB : Non, parce que vous savez que je sais que nous savons qu'il y a du vrai là-dedans ! Moi, j'ai une théorie sur la Shoah. Je pense qu'on ne peut pas tuer 6 millions de personnes sans qu'il y ait des conséquences. La disparition de l'humour vient d'où ? Tous ces gens avaient une forme d'humour noir. On sent cette disparition tous les jours. Je suis né vingt ans après la Seconde Guerre mondiale. Et on doit grandir dans un monde où on vient de supprimer 6 millions de gens ?! Je crois que tout ce qu'on décrit sur la disparition du passé vient de là. On ne peut pas vivre aujourd'hui comme si cette tragédie n'avait pas eu lieu.

AF : Il y a des liens indéniables. Une richesse humaine a disparu pour toujours. D'un autre côté, certains affirment que la culture européenne s'est discréditée puisqu'elle a débouché sur le massacre. On dit donc : « On va vivre autrement, sur de nouvelles bases et c'est pas la peine de pleurer une culture qui a pu produire ça. » Moi, je dis : on ne doit pas faire le cadeau de Dante ou de Racine à Hitler. Non, surtout pas. Il faut résister et Kundera a écrit sur Theresienstadt, un camp de transit allemand qui servait d'appât pour la Croix-Rouge. Les prisonniers bénéficiaient d'une liberté relative et il ont usé de cette liberté en créant des pièces de théâtre, en organisant des concerts et des conférences, en faisant en sorte que les enfants qui n'avaient pas d'avenir aillent à l'école. Ce fut un moment d'intense efflorescence culturelle. Il faut être fidèles au souvenir de Theresienstadt. Mais un dernier mot sur Attali et sa clé USB, sur cette idée que l'on va adapter les enfants au monde tel qu'il est. Pour les élèves du secondaire, Internet est une catastrophe parce qu'ils ne font que du copier-coller. On ne peut plus leur donner un devoir, ils cliquent ! Wikipédia m'a valu des mésaventures très drôles.

FB : Les gens y modifient votre portrait ?

AF : J'ai une biographie, je l'ai vue. Je suis un philosophe né « en 1949, fils d'un maroquinier juif déporté à Auschwitz ». Mesure-t-on la grossièreté, la muflerie de cette présentation ? Mon père, laissez-le tranquille ! Si j'ai envie d'en parler, j'en parlerai…

La serveuse : Messieurs voici le céleri-rave en tagliatelles avec une écume d'oignons doux et quelques éclats de truffes.

Alain Finkielkraut lève les yeux au ciel, ébahi.

FB : Pardon mademoiselle… Il plane !

La serveuse : Vous voudriez qu'on vous fasse un petit inventaire ?

AF : Oui, que je puisse le montrer à ma femme. Je vais la bluffer et lui dire que je veux ça tous les jours.

FB : Vous comprenez, c'est parce qu'il est le fils d'un maroquinier juif déporté… C'est horrible, zut zut, vous comprenez ?!

[Rires.]

AF : Internet est une utopie réalisée et c'est pour cela que c'est atroce. L'utopie de l'abolition de ce que Michel Foucault appelait « l'ordre du discours ». C'est-à-dire : aucun principe de contrôle, aucun principe de raréfaction, tous les discours peuvent se déployer. Les distinctions élémentaires du vrai et du faux, du permis et du défendu, sont obsolètes. On me dit : « Oui, mais Internet se règlera. » Non, parce que c'est son avantage différentiel. On n'a pas besoin de plus d'informations, on en a déjà trop. On a besoin d'Internet précisément parce qu'il est interdit d'interdire et Internet permet à chacun de se lâcher.

FB : Sur vous, j'ai lu des choses impubliables sur du papier. Ça tomberait sous le coup de la loi, mais on a la flemme d'intenter des procès, du coup ce qui est interdit devient légal : la calomnie, l'injure, la diffamation, la délation.

AF : Ah bon, ça continue ?

FB : Vous êtes sur des sites un peu bizarres probablement à cause de vos propos sur Dieudonné.

AF : Il m'avait poursuivi en justice, mais il s'est dessaisi.

FB : Autre changement de société que Foucault, je crois, appelait la biopolitique. Cet hygiénisme : interdiction de fumer dans des bars, bientôt le foie gras va être interdit, on sera obligé de manger cinq fruits et légumes par jour. L'idée de protéger les gens contre eux-mêmes, de façon presque facho. C'était une grande préoccupation de Philippe Muray.

AF : Je prendrai les problèmes un à un. Je suis horrifié et attristé par la croisade antitabac d'aujourd'hui. Il fallait établir un modus vivendi. Il existait plus ou moins entre fumeurs et non-fumeurs. Bientôt, on ne pourra plus fumer dans la rue. Mais cette façon de croire que l'on peut isoler et externaliser le mal me semble relever de la superstition et non de je ne sais quelle sagesse médicale. D'autant plus que s'il y a de l'asthme, ce n'est pas à cause da la cigarette, mais à cause de la population.

FB : Il paraît que cette mesure a beaucoup fait baisser les infarctus.

AF : Il vaut mieux fumer moins. Mais je reste sceptique devant ce qu'on appelle le tabagisme passif. Il y a une arrogance toute récente chez les non-fumeurs qui me terrifie.

FB : Vous fumez ?

AF : Non, mais je n'aime pas la malléabilité de l'opinion. On est de la pâte à modeler. Tout ça doit relever des mœurs et non de la loi. Quand vous voyez des associations qui dénoncent les cafés qui ont continué à permettre à leurs clients de fumer en avertissant leurs clients non-fumeurs qu'ils n'étaient pas les bienvenus, c'est atroce. La docilité est bizarre. Mais je suis obligé de faire des distinctions. Quand je mange du foie gras, je le fais avec un certain sentiment de honte, non pas pour ma santé, mais parce que j'imagine une seconde ce qu'il y a dans l'expression « gavage d'une oie ». C'est abominable. Il y a une phrase de McCartney que j'aime beaucoup.

FB : C'est vraiment votre philosophe préféré !

AF : Il a dit : « Si les murs des abattoirs étaient en verre, nous serions tous végétariens. » Nous avons besoin de ne pas voir ce que nous faisons aux bêtes parce que c'est indigne. L'élevage en batterie. Gaver des oies pour le simple plaisir des restaurants gastronomiques, ce n'est pas à notre honneur. Je ne vais pas en tirer des conclusions draconiennes, je reste un amateur de viande. Mais nous aurions intérêt à réfléchir aux rapports que nous entretenons avec les animaux et à ne pas penser que tout est permis sous prétexte que nous sommes plus forts qu'eux. Il faudrait être capable d'établir des limites. Le foie gras, c'est mauvais pour nous. Et le foie gras, c'est mauvais pour les oies.

François Fillon : Tu vas bien ?

AF : Bonjour...

FB : Je signale au lecteur que le Premier ministre est venu serrer la main d'Alain Finkielkraut, puis la mienne, et M. Fillon lui a dit : « Tu vas bien ? », en le tutoyant, ça confirme son soutien à l'actuel gouvernement. Vous pouvez le publier sur Internet, vite, vite, vite !

AF : Maintenant qu'il m'a tutoyé, mon soutien devient illimité.

FB : Incroyable. Vous vous connaissez d'où ?

AF : De nulle part.

FB : Tout de même, il vous tutoie. Moi, je vous connais bien, je suis venu parler du roman contemporain à votre cours à Polytechnique, vous m'avez invité à votre émission sur France Culture, et pourtant je vous vouvoie.

AF : J'ai rencontré Fillon deux fois dans ma vie. Une fois, il m'a reçu quand il était ministre de l'Education. J'étais très heureux de cette réception parce que ce n'était pas un déjeuner, et on était seuls.

FB : Vous n'aimez pas les déjeuners, je suis très triste.

AF : Non, mais avec les ministres, ce n'est pas très drôle. Ils reçoivent avec leur directeur de cabinet qui est le flic de la maison. Là, on était seuls. Et puis on s'est retrouvés à côté lors d'une émission sur l'éducation.

FB : Il doit y avoir une ivresse de devenir un peu copain avec quelqu'un de très puissant ? Vous ne pensez pas que c'est un danger pour un intellectuel ?

AF : Non, ça ne rime à rien. Il m'a tutoyé mais je ne le vois jamais. Je suis arrivé à un âge où ça se clarifie dans ma tête. J'aimerais avoir la chance d'échanger avec des hommes au pouvoir.

FB : Vous pourriez accepter d'être ministre de la Culture ?

AF : Certainement pas.

FB : Mais vous avez accepté la Légion d'honneur.

AF : Attendez, prenons les choses une à une.

FB : Conseiller du prince ?

AF : Pas du tout ! Non, j'apprécie simplement l'idée qu'un homme politique puisse prendre une heure pour parler avec quelqu'un dont il dit qu'il estime l'œuvre. Là, il me tutoie ? C'est très gentil, c'est un bon Premier ministre mais j'aurais préféré qu'il me dise : « J'aimerais bien te parler. » Ministre de la Culture, je refuserais évidemment cette proposition qui ne m'a jamais été faite, par incompétence...

FB : Et la Villa Médicis, vous auriez accepté ?

AF : Je me serais posé la question. Au ministère de la Culture, vous êtes confrontés aux intermittents du spectacle. C'est un cauchemar. Le spectacle vivant est grotesque. Un spectacle sur cent est bon.

FB : On soutient beaucoup le spectacle vivant et très peu les écrivains. Moi, j'aimerais bien qu'on nous donne des subventions plus souvent. Il n'y a pas d'intermittents du livre.

AF : Tant mieux, car cette façon d'esquiver la question de la valeur, de la qualité, dans un discours de défense généralisé de la culture est absurde. La culture n'est pas un domaine où règne l'égalité. La culture, au contraire, c'est l'inégalité, un espace atrocement aristocratique. Quand le président de la République, je me fous de savoir si c'est une lubie ou non, propose la suppression de la publicité à la télévision, la gauche prend la mouche. Ségolène Royal demande le retrait du projet. Même Dominique de Villepin, homme tellement cultivé qu'il ne peut pas écrire une page sans citer trois poètes, fait l'éloge de la compétition entre TF1 et France 2, et défend la publicité. Catherine Tasca, elle, a les larmes aux yeux quand elle parle des merveilles dont nous gratifie le service public. L'occasion est donnée de libérer, par cette suppression, nos programmes de l'emprise de la débâcle. Et que fait la gauche ? Elle s'affole. La même gauche qui célèbre 68 en se prosternant, alors que l'un des rares mérites de 68 a été de proclamer : « Nous ne sommes pas seulement des consommateurs. Pour nous, la peinture de Vermeer n'est pas un pot de yaourt. » Mais il faudrait que la peinture de Vermeer reste un pot de yaourt en prime time.

FB : Vous le disiez déjà dans *La Défaite de la pensée*.

AF : Merci, vous avez une manière de m'envoyer chier, vous, avec une ténacité, une obstination…

FB : Non, je reconnais vos thématiques, il y a une cohérence.

AF : Une cohérence du radoteur. C'est un très bon titre pour cet entretien.

FB : Pourquoi n'êtes-vous pas à l'Académie française ? Il y a sept fauteuils à pourvoir. Vous êtes parfait pour l'Académie française. Je militerai pour vous. Je vais téléphoner à Angelo Rinaldi.

AF : C'est très gentil mais, en fait, ça ne l'est pas vraiment. Avec votre voix, tout paraît gentil, alors que vous vous moquez.

FB : Mais je suis très très gentil. Je vous pose très sérieusement la question. Vous avez accepté la Légion d'honneur. Pourquoi n'êtes-vous pas à l'Académie française ?

AF : Là, vous m'énervez. Je n'ai rien contre l'Académie française mais dire que j'y aurais ma place parce que je suis un auteur académique et réactionnaire…

FB : Ah ! non, je n'ai pas dit ça.

AF : Le politiquement correct est aussi présent à l'Académie française qu'ailleurs, mais ça n'a jamais fait partie de mes plans, de mes objectifs. La Légion d'honneur, là, oui. Premièrement, il circule une légende abominable, selon laquelle on la demande. Dès qu'on la reçoit, on a l'air d'un quémandeur, d'un mendiant. On vous dit : « Mais alors vous avez intrigué ! »… C'est un grand risque aujourd'hui que d'avoir la Légion d'honneur. Bien sûr, les choses ne se passent pas ainsi. J'ai été proposé à la Légion d'honneur par François Bayrou alors qu'il était ministre de l'Education. Je l'avais invité à mon émission pour son livre *La Décennie des mal-appris*. Il me téléphone un jour : « Je vais vous proposer à la Légion d'honneur, est-ce que vous acceptez ? » Et je me suis dit, au nom de quoi le petit Juif d'origine polonaise que je suis, fils de maroquinier comme l'écrit Wikipédia, va-t-il répondre : « Non, je méprise la Légion d'honneur » ? La République décide de m'honorer. La moindre des humilités consiste à dire merci. Il y a des moments dans la vie où il faut savoir dire merci. Même quand ce merci s'adresse à l'Etat. L'anarchisme qui consiste à proclamer : « Je suis au-dessus de ça », relève d'une arrogance qui n'est vraiment pas la mienne.

FB : C'est fini. Trois dernières questions et après, dessert !

AF : Après je vous pose des questions d'ordre intime.

FB : Lesquelles ?

AF : Est-ce que vraiment l'amour continue à durer trois ans pour vous ?

FB : J'espère que non. Là, ça fait bientôt deux ans.

AF : Forcément, on a été amené à suivre une aventure qui a été médiatisée. [NDA : Allusion à ma relation avec Laura Smet...]

FB : Elle a duré un an.

AF : Quand vous l'avez rencontrée, vous pensiez que ça durerait un peu, beaucoup ? Comme elle était médiatisée, le public s'est dit : « Ça a l'air sérieux. »

FB : Ça n'a pas duré mais c'était très intense. Le problème que j'ai, qu'ont beaucoup de jeunes gens – même si je suis vieux ! –, c'est de renoncer à la passion dans ce qu'elle a de plus puéril. A partir du moment où ça se stabilise, où ça devient de la complicité, de la tendresse, je m'en vais. Je n'aime pas la tendresse. C'est idiot, je sais. C'est profondément immature mais comme vous l'avez dit : « L'enfant gâté a remplacé l'homme cultivé. » Bon, on continue. Les lieux que vous préférez. Quelles sont vos adresses ? A part L'Arpège, bien sûr, qui sera désormais votre cantine !

AF : Je viens très régulièrement, avec François Fillon, pour déjeuner sur le pouce. Dès que j'ai envie d'un sandwich, je viens. [Rires.]

FB : Vous n'avez pas un bistrot, un endroit, une boîte de nuit où vous allez régulièrement ?

AF : Je n'ai jamais aimé les boîtes parce que j'ai toujours été très timide. J'ai du mal à aborder les filles. J'ai toujours eu peur de la rebuffade.

FB : Mais là, maintenant, avec votre célébrité, les filles viendraient à vous directement. Vous n'auriez qu'à vous accouder au bar et attendre !

AF : Peut-être. Ce n'est pas certain, hélas ! Je me souviens de ces années de trentenaire, où de temps en temps, parce qu'il le fallait, j'allais aux Bains Douches, au Palace. J'y suis allé trois ou quatre fois sans compter celles où j'ai dû me faire refouler à l'entrée. Je n'aimais pas fréquenter les boîtes.

FB : Vous ne dansiez pas ?

AF : J'aimais bien danser le rock, mais je n'aime pas danser seul. Ce n'est pas une posture, c'est une réalité personnelle qui procède davantage d'un handicap que d'une décision.

FB : On pourrait l'analyser comme ça : c'est normal, il n'aime pas l'individualisme donc il ne veut pas danser seul. Il veut danser en touchant les mains de quelqu'un.

AF : Nicolas Sarkozy serait alors le moins individualiste de tous les présidents de l'Histoire, parce qu'il touche beaucoup. C'est presque émouvant. C'est le président le plus tactile de l'Histoire.

FB : Donc vous n'avez pas d'adresses ?

AF : Juste pour finir sur les boîtes. Je ne m'oublie pas. Je ne bois pas d'alcool.

FB : Sauf aujourd'hui !

AF : Je déteste regarder des films où il y a des alcooliques. Dès que le type se met à boire beaucoup, je m'en vais, je ne peux pas.

FB : Vous n'avez aucune addiction ?

AF : Peut-être, mais pas celle-là.

FB : Lesquelles alors ? Le football ?

AF : La télé con. Ça peut durer des heures. Je n'arrive pas à travailler le soir, alors je me mets devant la télé pour me détendre et m'éviter l'insomnie. L'alcool, organiquement, je ne peux pas.

FB : L'ivresse ?

AF : J'avais des problèmes avec le hasch parce que je n'avalais pas bien.

FB : C'est pareil, je tousse.

AF : Les piqûres d'héroïne, c'est pas possible. La cocaïne, la première fois que j'en ai pris, j'ai éternué ! La seule addiction qui aurait pu me tenter à un moment de ma vie, et à laquelle je n'ai pas succombé, c'était l'acide. C'est tout à fait étrange. Il y a des petites hallucinations. Mais c'est surtout une période de fou rire long, long, long, continuel, absurde. Et en plus, c'est juste comme prendre un médicament. Tout le monde sait le faire, c'est formidable.

FB : Je n'en ai jamais pris. Si vous voulez, on en prend ensemble ! J'aimerais bien voir Finkielkraut sous LSD !

AF : Une fois... enfin bref.

FB : Vous ne voulez pas me donner vos adresses ?

AF : J'aime bien donner mes rendez-vous dans un café banal, Le Rostand. Dans les années 80, j'aimais beaucoup Le Cluny. C'est devenu un Pizza Hut, ou je ne sais quoi. Il était légèrement dégling', un peu sale et, au premier étage, l'atmosphère était très cosmopolite, très Joseph Roth. Mais ça a complètement disparu. Donc l'ultime endroit que j'aime, c'est Le Rostand.

FB : Et un voyage que vous aimeriez faire ?

AF : Il y a un voyage que j'aimerais refaire intelligemment, parce que je l'ai fait en auto-stop à 16 ans. Mes parents m'ont laissé partir alors qu'ils étaient fébrilement protecteurs ! C'était en Ecosse. J'aimerais connaître le pays de Galles, la Norvège. Malheureusement je suis marié avec une femme qui aime beaucoup le soleil.

FB : C'est un désir de Nord, de vert, de coteaux verdoyants !

AF : Oui, et aussi un désir d'Europe. J'aimerais mieux connaître des villes européennes que je n'ai fait qu'effleurer, comme Berlin et les villes italiennes. Ça se rétracte un peu en moi. Je m'européanise. J'ai été tenté par l'Afrique. Je suis allé une fois au Kenya, mais c'est trop difficile maintenant, avec le télescopage entre la misère urbaine et le tourisme organisé. On ne peut plus aller en Afrique sur les traces de Karen Blixen, ce n'est plus possible. Je voudrais mais je n'y arrive pas.

FB : Ma dernière question : Alain Finkielkraut, êtes-vous un démocrate ?

AF : Je suis évidemment un démocrate, qu'est-ce que vous voulez que je sois d'autre ? Un royaliste ?

FB : Le défenseur d'un élitisme ? Vous avez parlé d'aristocratie pour la culture.

AF : Je pense que la démocratie est le meilleur des régimes parce qu'il est toujours inachevé. Il intègre son propre questionnement, sa propre critique. Mais j'essaye simultanément de défendre la démocratie comme régime, d'en désirer l'expansion, et de critiquer la démocratie comme processus, qui nous emporte vers l'indétermination, l'échangeabilité, l'équivalence générale. Nous sommes égaux en tant que citoyens. Cette égalité doit être défendue, mais je crois que si la démocratie sort de son lit et se met à tout inonder, la société démocratique elle-même devient invivable.

FB : Donc vous êtes un démocrate churchillien. Vous pensez que c'est le pire régime à l'exception de tous les autres.

AF : Non, c'est le meilleur des régimes. Ce que j'ai de commun avec Churchill, si je puis me permettre, c'est l'insistance sur le mot « régime ». Il faut aimer la démocratie comme régime politique et ne pas demander que tout soit soumis aux normes de la démocratie. Une école réglée par la démocratie n'est plus une école. Il faut qu'il y ait une place dans la démocratie pour la distinction, le discernement. Il faut des différences, il faut penser ces différences, accepter les hiérarchies, le respect mutuel.

FB : Hey ! Mais moi si tu me respectes, je te respecte.

AF : C'est la meilleure des conclusions.

Michel Houellebecq I

– 3 juillet 2008 –

Dromoland Castle, près de Shannon (Irlande). Il pleut sur le crépuscule quand j'atterris avec trois heures de retard (à cause d'une histoire débile de passeport périmé...). Sous l'arc-en-ciel, les vaches broutent le vert comestible. Les nuages sont orange et les maisons blanches, j'ai l'impression d'être dans une nouvelle d'Edna O'Brien. Michel Houellebecq a le sens de l'hospitalité, c'est-à-dire la folie des grandeurs. Il a choisi de me recevoir dans un château médiéval entouré d'un golf avec la lune qui se reflète dans le lac. J'ai vu quelques grands hôtels dans ma vie : aucun ne m'a donné l'impression d'être dans *Barry Lyndon* comme cet immense château de Dromoland aux tours crénelées, aux galeries encombrées d'armures et de tableaux effrayants. Juste avant la sortie de son film *La Possibilité d'une île*, le grand romancier français se prépare à subir un siège. Il fait chauffer l'huile bouillante, le plomb fondu. Rencontre avec un chevalier dans la « Smoker's Area », de minuit à 4 heures du matin.

MH : Comme j'en ai totalement marre que l'on me pose des questions, je vais peut-être faire intervieweur, moi aussi.

FB : Oui, c'est très reposant. Tu devrais essayer.

MH : C'est vrai ? C'est drôle, à la réception quand j'ai donné nos noms ça ne leur disait rien, mais quand j'ai dit : « Condé Nast », ils étaient épatés. Ils doivent croire qu'on est des critiques d'hôtels à *Condé Nast Traveller*... Tout d'un coup, ils étaient tout sourires. Il y a des journaux qui me proposent de collaborer avec eux. J'ai répondu à *Vanity Fair*, qui est une autre publication Condé Nast d'ailleurs. Je pourrais peut-être faire des interviews.

FB : L'avantage de poser les questions, c'est que l'on contrôle un peu plus la conversation. Alors qu'en position d'invité, on ne contrôle rien du tout et c'est très angoissant. Parlons un peu des deux jeunes femmes qui sont en train de rigoler devant nous en buvant des piña coladas.

MH : Mais non...

FB : Est-ce que ce sont des Irlandaises typiques ? Une est en tongs, ce qui est étonnant quand même parce qu'il fait assez froid, et l'autre est en baskets blanches. Je crois que l'Irlande s'est beaucoup modernisée depuis la construction du Dromoland Castle. Je peux même te dire en quelle année ce château a été construit : 1475.

MH : C'est authentiquement ancien mais ça ressemble quand même à Disneyland.

FB : Veux-tu que je commence à poser des questions ?

MH : Non. Avant de commencer, je vais dire des trucs intéressants et généraux. Les journalistes, quand ils écrivent des romans, c'est généralement assez mauvais. On se dit pourtant que c'est intéressant, journaliste, pour connaître le monde. Moi par exemple, si j'étais employé par *Vanity Fair*, je pourrais faire l'interview de Ronaldinho ou de gens que je n'aurais pas l'occasion de rencontrer par ailleurs. Potentiellement, c'est intéressant.

FB : Je suis d'accord, mais il y a des exceptions.

MH : Qui ?

FB : Hemingway était un peu journaliste.

MH : Je n'aime pas tellement Hemingway. Tu aimes bien, toi ?

FB : Oui, les nouvelles. Et *Paris est une fête* bien sûr, obligé.

MH : Ça m'a toujours un peu gonflé.

FB : Qui était journaliste avant d'être romancier ? Il y a des baroudeurs, du genre Bodard et Kessel. Hunter Thompson, Tom Wolfe... Tu n'as pas travaillé pour *Paris Match* ? Tu m'as dit que tu avais écrit un texte sur Carla Bruni. Tu l'as interviewée ?

MH : Pas du tout. J'ai juste raconté mes visites à Concarneau.

FB : Pour l'enregistrement de ton poème ?

MH : Oui, pour écouter. Enfin je ne l'ai vue que deux fois dans ma vie. Et je n'ai jamais vu Sarkozy.

FB : Tu n'as jamais vu son mari ?

MH : Non, tu le connais ?

FB : Je l'ai croisé sur un plateau de télévision. Et à l'Elysée parce qu'il a remis la Légion d'honneur à mon frère aîné. J'ai un grand frère qui est dans les affaires.

MH : Et il a eu la Légion d'honneur pour quoi ?

FB : Parce qu'il est un exemple de réussite entrepreneuriale.

MH : Ah bon ?

FB : Tu n'as pas eu la Légion d'honneur, toi ?

MH : Non. Il y a beaucoup de gens qui ont la Légion d'honneur quand même.

FB : Patrick Poivre d'Arvor a la Légion d'honneur.

MH : Oui, c'est un exemple. Mais il est plus connu que ton frère. C'est un exemple de réussite du journal de TF1.

FB : Alors ma première question, c'était : est-ce que ça va ?

MH : Bon, pas génial...

FB : Toute la journée, les gens se disent : « Salut, ça va ? », et en fait c'est une question assez indiscrète.

MH : Mais je suis surpris que toi tu ailles aussi bien.

FB : C'est ton deuxième divorce, là ?

MH : Ah non, il ne faut pas que j'en parle.

FB : On n'en parle pas alors.

MH : C'est dramatique, je ne peux parler de rien.

FB : J'ai fait la même chose, j'ai divorcé deux fois. Je peux te donner un conseil : il ne faut plus se marier. [NDA : Je n'ai pas suivi ce conseil !]

MH : Je crois que c'est le plus simple.

FB : Comment va Clément ? Parce qu'il était malade, il avait un problème de disque. Il a dû être hospitalisé ?

MH : Il a dû être hospitalisé et je suis ravi de rassurer les lecteurs de *GQ* : Clément va un peu mieux. Mais il reste convalescent, donc les lecteurs sont invités à prier pour lui.

FB : Voilà une bonne nouvelle. Est-ce que tu dors toujours sur un matelas pneumatique ?

MH : Pour l'instant, oui. Mais c'est bien pire que ça.

FB : C'est-à-dire ?

MH : Le plombier n'est pas venu aujourd'hui.

FB : Tu as attendu le plombier ?

MH : Toute la journée.

FB : Et quel est le problème ?

MH : Je ne peux pas prendre de douche.

FB : Il n'y a pas d'eau chaude ?

MH : Si, mais au robinet seulement. La douche ne marche pas. Je pense que si je me suicide un jour, ce sera pour un problème de tuyauterie. Quand je n'arrive pas à monter un meuble que j'ai acheté « self assembly », je suis désespéré.

FB : Pourquoi le plombier ne vient toujours pas, il est en retard ?

MH : Là, par exemple, depuis deux semaines, je me bats comme un lion pour obtenir des poubelles pour mettre mes ordures. J'ai téléphoné de nombreuses fois, sans résultat. Et avant-hier, j'avais commandé une imprimante, et le livreur m'a appelé : « Je ne comprends pas, je suis en face de chez vous. – Non, vous n'êtes pas en face de chez moi, je ne vous vois pas, lui dis-je. – Si, je suis en face de poubelles à votre nom. » Elles avaient été apportées ailleurs, relativement loin. Et j'ai trouvé cet homme admirable parce qu'il avait utilisé son intelligence. Il avait regardé s'il était à la bonne adresse et il avait vu des poubelles à mon nom.

FB : Tu as eu envie de te suicider à ce moment-là ?

MH : Non, au contraire. J'ai retrouvé mes poubelles, autant te dire que je suis heureux. D'ailleurs, c'était un livreur Apple, ça montre bien la supériorité de cette marque.

FB : Si un être humain n'a pas de poubelle, il devient vite envahi par les déchets, recouvert de choses inutiles et sales.

MH : Ça se met à sentir mauvais.

FB : S'il n'y a pas d'évacuation des déchets, c'est très déprimant. Certaines personnes finissent par renoncer et vivre avec leurs déchets comme dans un dépotoir.

MH : J'ai connu quelqu'un comme ça quand j'étais jeune, qui vivait au milieu de ses déchets.

FB : Ça devait puer.

MH : Après c'est pire, il y a des insectes.

FB : Les insectes arrivent rapidement et après on se nourrit de ses propres excréments. Mais ne rentrons pas dans les détails. Commençons cet entretien. A la fin des *Particules élémentaires*, il y a un personnage qui s'appelle Michel Djerzinski. Il meurt ici, en Irlande. Ce n'est pas un peu bizarre, dix ans après avoir écrit et publié ce grand livre, d'avoir eu envie de revenir en Irlande. Tu en as eu marre de l'Espagne ?

MH : Je n'ai jamais vécu en Espagne.

FB : Mais si, tu vivais dans le sud de l'Espagne.

MH : Non, c'était un appartement de vacances.

FB : Ma question reste valable. Ton personnage meurt en Irlande. Tu ne vas quand même pas mourir, Michel ? Tu viens de me parler de suicide, tu m'inquiètes.

MH : Si, je vais mourir, évidemment, c'est pas un scoop.

FB : Oui, bien sûr, mais l'Irlande est associée dans ton œuvre à quelque chose de funeste.

MH : Ça se défend de mourir ici. Il faut dire que l'on entend un vague chant irlandais.

FB : En fond sonore. Précisons que nous sommes dans le bar du Dromoland Castle et que, juste à côté, il y a un orchestre qui joue des chansons traditionnelles déprimantes.

MH : Le folk, c'est toujours un peu triste.

FB : C'est chaque fois l'histoire d'un chevalier qui est parti rejoindre sa belle mais, quand il arrive, elle est en cloque de quelqu'un d'autre. Je disais ça pour que tu défendes l'Irlande, les paysages verdoyants recouverts de vaches qui font « meuh »...

MH : Il y a surtout des moutons qui font « beh », en réalité. Mais on s'intéresse aux paysages quand on vieillit. Donc oui, c'est un bon pays pour les retraités.

FB : Michel Déon va être content. Pourquoi on s'intéresse aux paysages quand on vieillit ?

MH : Ça dépend des gens. Tu as vécu ton enfance où, toi ?

FB : Je ne me souviens pas de mon enfance mais je crois que c'était à Neuilly-sur-Seine.

MH : Mais si, tu te souviens.

FB : Je ne me souviens de rien mais je travaille là-dessus, je vais essayer d'écrire sur mon enfance en enquêtant. J'étais à Neuilly-sur-Seine puis dans le Pays basque, dans le Béarn, et ensuite au lycée à Paris. Et toi, tu étais où ?

MH : J'étais dans l'Yonne. Ah oui, parenthèse... J'ai fait un truc pour *Façade*, un magazine. Le concept des pages qui me sont consacrées, c'est qu'on est retournés dans le village où je vivais enfant. Il y a une interview, un reportage « Houellebecq tue », où je fume dans de nombreux endroits publics... Mais pourquoi je te raconte ça ?

FB : Tu es retourné dans ton village et des souvenirs te sont revenus ?

MH : Oui, ça revient.

FB : Tu disais qu'on aimait les paysages en vieillissant mais, en même temps, on aime surtout les paysages de son enfance.

MH : Je connais finalement très peu de vrais Parisiens, qui ont vécu leur enfance à Paris. Je pense que tous les autres, qui ont passé leurs jeunes années dans des zones plus ou moins rurales, en vieillissant, se mettent à avoir envie de revivre dans un tel endroit. La quantité d'arbres et de verdure devient, en vieillissant, un paramètre important.

FB : Voir le ciel aussi, les nuages, les lacs, un peu d'eau également. A la fin des *Particules*, il y a cette phrase, que je cite de mémoire : « Michel est entré dans la mer, l'eau, le ciel », quelque chose comme ça. Mais c'est mieux dans le livre.

MH : Oui, c'est vachement mieux, c'est écrit et tout ça. C'est du boulot.

FB : C'est prémonitoire. Quand tu l'as écrit, tu ne savais pas que tu irais en Irlande. Je rame un peu avec cette question. On va passer à celle d'après, t'inquiète pas.

MH : Non, c'est une bonne question, je vais répondre sérieusement.

FB : Merci.

MH : Quand j'ai écrit cette fin, j'étais en Irlande. Je n'y habitais pas encore mais j'avais vaguement décidé que je m'y installerais. Et *Les Particules élémentaires* s'est très bien vendu, j'ai gagné de l'argent, et je me suis installé ici presque tout de suite.

FB : L'Irlande n'est donc pas seulement un paradis fiscal. C'est un vrai paradis avec du ciel, de la boue... Quand on écrit des histoires, j'ai l'impression qu'elles finissent par devenir vraies. C'est ce qui t'est arrivé là, et c'est ce qui est intéressant. Après, on peut espérer, si on regarde tes autres livres, que l'être humain sera éternel un jour.

MH : Oui... Mais il est possible que je quitte l'Irlande un jour ou l'autre, juste parce que j'aurai envie d'entendre parler français. Enfin vas-y, pose tes questions.

FB : Est-ce que tu es fâché avec la France ou pas ?

MH : Oui, quand même. Mais c'est la France qui est fâchée avec moi. Les Français sont les agresseurs.

FB : A quel moment tu as eu cette impression le plus violemment ? Parce que tu as eu une reconnaissance très rapide. Les romanciers attendent quelquefois dix livres pour rencontrer leur public, et encore, une minorité. Toi, non. Mais aujourd'hui tu ressens une ingratitude en France. Il me semble qu'elle concerne plutôt la presse que les lecteurs.

MH : Ça s'est beaucoup durci avec la biographie sur moi.

FB : La biographie de Demonpion. Tu accordes de l'importance à tous ces trucs, comme le livre de ta mère, ou tu t'en fous ?

MH : Non, je ne m'en fous pas.

FB : Donc, qu'il y ait des gens pour publier cette chose et d'autres pour s'y intéresser, c'est ça qui te dégoûte ?

MH : Oui, c'est le mot. Ça me dégoûte.

FB : Au départ, quand tu dis que toute la presse est contre toi, on peut penser que tu es parano.

MH : Non, c'est pas le cas. Il y a des choses qui relèvent de ma vie privée et qui ne devraient pas être dans les journaux. Je n'ai rien fait contre cette biographie parce que ça fait chier tout le monde d'intenter une action en justice. Mais je ne trouvais pas normal que ça existe et que des médias le relaient, je trouvais ça encore moins normal.

FB : Tu ne penses pas que le succès, dans n'importe quel pays, crée de telles haines, de telles jalousies, que les gens veulent te le faire payer ? Prenons l'exemple de Bret Easton Ellis en Amérique. Il a été menacé de mort à la sortie d'*American Psycho*, il était la risée du *New York Times*...

MH : C'est plus violent en France.

FB : J'ai l'impression que c'est toujours très dur pour les artistes populaires.

MH : Je suis un cas historique, quand même.

FB : Un cas historique de haine ?

MH : Oui, depuis Rousseau, on n'avait jamais vu ça en fait.

FB : Il y a la bio, il y a ces articles de journaux. Tu as eu un procès au moment de l'interview d'Assouline dans *Lire*. C'est ça le départ de ton impression de rejet.

MH : Oui, mais le pire ça a été la biographie. Je me suis fâché avec beaucoup de gens. Et surtout ça a été l'engrenage définitif. Je ne collaborerai plus jamais avec de nombreux médias. Je suis fâché définitivement avec tous les quotidiens, presque tous les hebdomadaires. Ils ont trop parlé de cette biographie, donc je ne leur donnerai plus jamais d'interview. Je l'ai dit et je tiendrai parole. Ils ne peuvent être que mes ennemis. Je suis vraiment fâché. Je ne peux pas pardonner et je n'ai pas envie de pardonner.

FB : Je comprends. Ça ne me regarde pas, je ne sais pas comment je le vivrais. Mais si un type écrit ta biographie, après tout tu es un écrivain célèbre, tu peux t'en foutre. C'est le jeu.

MH : Oui, mais je ne m'en fous pas. Je veux nier que ça ait existé et je ne peux pas supporter qu'on en ait parlé. Je ne m'en suis absolument pas remis.

FB : Revenons plutôt sur le film que tu as tourné : *La Possibilité d'une île*. Pourquoi avais-tu envie de t'adapter toi-même ? Tu aurais pu laisser un réalisateur le faire. Est-ce que tu étais énervé ou déçu par des adaptations précédentes ?

MH : Non.

FB : Ou alors c'est un rêve depuis toujours, depuis tes études de cinéma ?

MH : Ce n'est pas tellement que je rêvais d'être réalisateur, mais quand j'étais jeune, je pensais que je pouvais gagner ma vie comme réalisateur de films ou scénariste. C'est un peu bizarre. Les gens ne vont pas le croire, mais écrivain ne me paraissait pas être un boulot. Je n'imaginais pas gagner ma vie en écrivant des livres, ça me semblait ridicule. Donc je me suis dit que j'allais faire des études de cinéma parce que je suis un peu doué pour raconter des histoires...

FB : C'était quelle école ?

MH : J'ai raté l'IDHEC, alors j'ai fait l'école Louis Lumière. C'est bizarre parce que j'écrivais déjà, des poèmes surtout. Mais je n'imaginais pas du tout gagner ma vie en publiant des livres. Il faut tenir compte du fait que je venais d'une famille populaire, donc écrivain ne paraissait pas un métier rentable tandis que le cinéma, oui. J'ai toujours été doué pour faire des choses imaginaires racontant des choses avec des gens, et je pensais que j'allais plutôt gagner ma vie dans le cinéma.

FB : Finalement, tu t'es retrouvé avec des poèmes publiés, le livre sur Lovecraft au Rocher, puis ton premier roman, *Extension du domaine de la lutte*. Tout ça t'a éloigné de ta première vocation.

MH : Mais c'était pas vraiment une vocation. Je préférais écrire dès le début.

FB : Qu'est-ce qu'on apprend dans une école comme Louis Lumière ? Est-ce que ça t'a servi quand tu es devenu réalisateur cette année ?

MH : Du tout, non. Ça sert à rien en général.

FB : Il y a sûrement plein de gens qui s'imaginent qu'en faisant une école de cinéma, on apprend des techniques comme le travelling, le panoramique, le zoom. Il n'y en a plus, de zooms, dans les films. A une époque, il y en avait beaucoup...

MH : Moi j'en ai mis ! Ça se voit pas tellement mais j'en ai mis !

FB : Il y a beaucoup de zooms dans les films de Hong-Kong, au moment où le tueur rentre dans la pièce et où quinze types l'attendent avec des sabres...

MH : Tu parles de zooms rapides, moi j'ai mis des zooms lents. Et le zoom lent, on ne voit pas vraiment la différence avec le travelling. C'est moins chiant à installer.

FB : Donc la technique, on ne l'apprend pas dans les écoles ?

MH : On pratique... Quelle était ta question, en fait ?

FB : Tu as écrit un roman qui s'appelle *La Possibilité d'une île*. Pourquoi as-tu eu envie de l'adapter toi-même alors que tu avais déjà fait le livre ? Ça veut dire que tu sais que tu vas repasser deux années très cruelles à faire des choix, à supprimer des pans entiers du livre, notamment la description de l'Espagne d'aujourd'hui. Tu vas devoir te concentrer sur une partie, tu as choisi la partie science-fiction... Tu te doutais que ça allait être difficile ? Tu as dû te battre avec des financiers, changer de maison d'édition, pour finalement ne pas être produit par la nouvelle maison d'édition mais par les frères Altmayer, qui ont repris le projet en cours de route. Enfin bref, ça a été un parcours du combattant. Est-ce que ça valait le coup ?

MH : Mais, tu as vu le film ?

FB : Oui, et j'ai bien aimé. C'est un OVNI !

MH : Il est bizarre.

FB : Oui, pas formaté. Atmosphérique et étrange.

MH : Personne n'aurait fait pareil. C'est un peu pour ça qu'on fait des choses en général. Même quand on écrit un roman. Au départ, je n'écrivais que des poèmes et si j'ai écrit *Extension du domaine de la lutte*, c'est parce que j'étais sûr que personne ne le ferait, que si je ne le faisais pas, personne ne parlerait de cette espèce d'ambiance de collègues mâles, trentenaires, en déplacement en province, en entreprise...

FB : C'est un livre très important. On en parlait encore lundi avec Arnaud Viviant et nous disions que ce roman a remis l'entreprise et le travail au centre de l'art actuel. Sans ce livre, il n'y aurait pas eu, par exemple, *99 francs* ou *Ressources humaines* de Laurent Cantet, donc il n'aurait pas eu la Palme d'or cette année pour son film suivant. Bref, c'était un petit compliment. En fait, tu t'es dit que tu allais faire le film que personne d'autre ne pouvait faire ?

MH : C'est ça la base, que ce soit un livre ou un film, tu te dis : « Ce que je veux faire ne ressemble à rien. » Donc plutôt que d'essayer d'expliquer à quelqu'un, il vaut mieux le faire soi-même.

FB : Et sur les influences ? Dans les *Particules*, encore, tu parles d'un film néo-zélandais de science-fiction des années 70 où un type se baladait dans une lande désolée après l'Apocalypse. Je me suis dit que c'était ce film-là que tu avais voulu faire.

MH : Ah non.

FB : C'était quoi, ce film néo-zélandais ?

MH : C'était beaucoup plus conceptuel. Le film néo-zélandais est raté, enfin pas complètement d'ailleurs. C'est un thème classique de science-fiction : le dernier homme sur terre. Donc il n'y a personne. Le réalisateur essaye de voir jusqu'où il peut tenir là-dessus, juste avec un personnage dans un monde où il n'y a plus personne.

FB : C'est drôle parce que c'est une thématique actuelle. Récemment il y a eu plusieurs films sur ce sujet. Le dernier Will Smith, notamment, d'après Richard Matheson : *Je suis une légende*. Il y avait aussi le premier film de Luc Besson, *Le Dernier*

Combat. C'est aussi le thème du dernier livre de Cormac McCarthy, *La Route*.

MH : Je n'ai pas lu.

FB : Ça te plaira sûrement. Ils sont deux, le père et le fils. Après l'Apocalypse.

MH : Avec un fils, c'est différent. Mais c'est vachement intéressant de prendre un personnage seul et de voir combien de pages tu peux tenir, ou combien de minutes de film.

FB : Enfin, dans le film *La Possibilité d'une île*, il se passe beaucoup de choses. C'est centré sur la secte qui va découvrir la vie éternelle grâce au clonage humain. Là aussi, c'est une obsession qui dure depuis les *Particules*, ça te préoccupe, ça t'intéresse depuis dix ans, peut-être même plus. Ce qu'il y a d'amusant, c'est qu'autant dans les *Particules* et dans la *Possibilité*, on peut se dire que tu blagues : « Est-ce qu'il y croit, est-ce qu'au fond il s'en moque ou bien est-ce qu'il en rêve ? », dans le film on a sincèrement l'impression que c'est ton utopie. Je n'ai pas eu l'impression que tu te sois moqué de ça. Si on pouvait te cloner ? Est-ce que c'est ça, ta foi ? Tu crois en ça ?

MH : Non, mais par contre, je vois ce que tu veux dire… Un moment clé du film, c'est quand ils ont embauché Patrick Bauchau pour jouer le rôle du prophète. Parce que lui a un côté sympathique et sérieux. Du coup ça recolore l'ensemble et c'est là que c'est assez différent de faire un livre ou un film. Un personnage, on ne peut pas dire qu'on le contrôle bien. Mais dès qu'on prend un acteur, le personnage se trouve déplacé. Il fait des choses dans son registre. Du coup, dès que j'ai eu Patrick Bauchau, ce n'était pas une secte de charlatans ridicules. Il y a un halo spirituel qui se dégage de Bauchau. Il fait vraiment prophète...

FB : On pourrait presque se dire que l'avantage, avec les bouquins, c'est que l'on peut rester ambigu, tandis que dans un film, c'est comme une chanson, on doit être au premier degré. L'ironie est plus difficile.

MH : Sans aucun doute, oui.

FB : *La Possibilité d'une île* est aussi devenu une chanson de Carla Bruni. C'est la totale, il y a tout le merchandising : le livre, le film, et la chanson.

MH : Il n'y a pas encore de tee-shirts, mais nous y travaillons.

FB : Des figurines vont être vendues ? Mattel va sortir une poupée du prophète ?

MH : Magimel en clown serait une jolie figurine, Patrick Bauchau en prophète aussi.

FB : Tu pourrais vendre la grotte, la machine à cloner.

MH : On ferait un kit « Clone-toi toi-même » !

FB : « Mako clonage ! » Tu ne m'as pas vraiment répondu : est-ce que le jeu en vaut la chandelle ? Toute cette guerre, le tournage, le montage, les producteurs, les distributeurs, les financiers ? Moi personnellement, j'ai failli être réalisateur, et j'y ai renoncé avec un grand soulagement.

MH : Tu l'as dit à qui ?

FB : A mon producteur. J'ai décidé de ne pas réaliser *L'amour dure trois ans*. [NDA : Encore une promesse non tenue !] Ça va être confié à des gens sérieux. Je respecte ton courage de te lancer dans cette usine à gaz. Je me souviens qu'à Moscou, juste après la fin du tournage, tu m'as dit : « C'est amusant d'être un dictateur. » Ça te plaisait d'être le chef. Tu as du goût pour l'autorité, avoir des gens obéissants, ou bien ça t'a fait chier ?

MH : On peut reposer la question différemment. Tu te demandes si tu as bien fait de renoncer ?

FB : Je suis content, je suis assez heureux d'avoir renoncé.

MH : Dans une interview, tu as déclaré que tout ce que tu faisais c'était pour coucher avec des filles...

FB : Oui, j'ai dit ça à un journal allemand, j'espérais que ce ne serait pas rapporté en France.

MH : De ce point de vue-là, tu as bien fait de renoncer à être réalisateur.

FB : Pourquoi ? Ça ne fait pas coucher d'être réalisateur ?

MH : Beaucoup moins que d'être acteur.

FB : Il faut toujours un truc en plus. Ecrivain c'est pas assez, il faut être réalisateur. Et puis réalisateur c'est pas assez, il faut être acteur.

MH : Mais non, réalisateur c'est pas mieux qu'écrivain. C'est même moins bien.

FB : Yann Moix m'a dit qu'il avait couché avec plein de filles depuis qu'il était réalisateur.

MH : Il faut évidemment être acteur, il faut être sur le devant de la scène. Donc de ce point de vue-là...

FB : C'est surestimé.

MH : Personne n'est réalisateur pour coucher avec des filles. Ça n'existe pas.

FB : Alors là, excuse-moi de te dire que tu te trompes, mais sévère.

MH : Non, c'est trop d'efforts, je n'y crois pas du tout. Malgré cela, est-ce que ça vaut le coup ? Je dirai oui quand même.

FB : Et cette histoire d'être le tyran... C'est agréable d'avoir plein de gens qui te demandent ton avis sur tout ? C'est quand même très différent d'écrivain.

MH : Oui, c'est assez agréable, ça. Il faut être un peu mégalomane, et je le suis. La préparation du tournage, c'est bien. Ce qui n'est pas bien, c'est le scénario et le montage.

FB : Et la promo ? Ça t'emmerde de toute façon pour les raisons dont on a déjà parlé.

MH : La question est de savoir si tu as bien fait de dire non, en fait. J'aurais tendance à dire qu'il vaut mieux le faire quand même. En plus on est dans le seul pays qui le permette, la France.

FB : Tu veux parler du soutien aux auteurs ?

MH : Non, je veux dire que la tradition existe, que les écrivains fassent des films.

FB : Pagnol, Cocteau...

MH : Oui, tous en fait. En lisant ton article dans *Lire*, j'ai appris des choses. Sagan, je ne savais pas.

FB : Et Gary.

MH : Gary non plus, je ne savais pas. Mais c'est une expérience intéressante.

FB : Sûrement, oui, mais c'est l'antithèse. Ecrire, c'est inventer une forme qui devra créer des images dans le cerveau du lecteur, alors que le réalisateur doit vraiment filmer, monter, coller bout à bout 24 photos par seconde. C'est le contraire de l'écriture. Et là j'en profite pour remettre mes parties génitales en place.

MH : Oui, remets tes parties génitales en place.

FB : Quand tu étais sur le « set », comme on dit, y avait-il un fauteuil avec « Houellebecq » écrit dessus ?

MH : Non.

FB : Tu n'as jamais eu l'impression que tu étais en train de faire le contraire de ton boulot habituel ?

MH : Pas vraiment, mais il faut passer par un intermédiaire important : les personnages. C'est assez indocile, les personnages, dans un livre.

FB : C'est vrai, comme les acteurs.

MH : Les acteurs dans un film, c'est un peu docile, mais ils orientent le truc. Quand tu écris un roman, tu commences à définir le personnage, à le placer et après, tu n'en fais plus vraiment ce que tu veux. Le plus dur dans un film, c'est le casting, c'est choisir les acteurs parce que tu sens que ça va tout colorer. Si tu prends tel ou tel, ça ne va pas être pareil, parce qu'il y aura une gamme pour celui-là, une gamme pour celui-ci...

FB : Ce que tu dis c'est qu'un vrai romancier n'a pas une si grande liberté. Et un cinéaste, finalement, en choisissant ses acteurs, agit comme un romancier.

MH : Oui, il y a un moment où c'est pareil. Un bon romancier a de la liberté. Sauf que les personnages existent. Le truc commun c'est les personnages, en fait, même si les moyens techniques sont entièrement différents. Dans les deux cas, il y a des êtres soit humains, soit inventés. Tu te souviens des personnages des livres, toi ?

FB : Bien sûr.

MH : Et tu te souviens aussi des personnages des films. C'est intéressant de faire un film rien que pour ça, parce que c'est deux approches du même phénomène.

FB : Ça t'a donné envie de te remettre au roman ?

MH : Oui, ça donne envie d'écrire. J'en avais marre de voir toujours du monde... Ça donne une forte envie de solitude.

FB : Quand on a dit aux gens que Michel Houellebecq allait faire un film, ils t'imaginaient mal gouverner cinquante personnes.

MH : Mais je n'ai eu aucune difficulté.

FB : Ils t'imaginent mieux appréciant la solitude irlandaise.

MH : Ce que les gens ne savent pas et qu'il faut répéter, c'est que je suis plutôt quelqu'un de gentil.

FB : Oui, c'est vrai.

MH : Donc je n'ai eu aucune difficulté à gouverner cinquante personnes, tout le monde était heureux. Je me souviens que la monteuse est venue me dire que c'était un tournage vachement paisible. Non, ça se passait bien.

FB : Tu n'as jamais poussé un gros coup de gueule à la Pialat, pour faire cinéaste tourmenté ?

MH : Ce n'est pas mon genre. Des fois j'ai l'air peiné, et ça suffit.

FB : Comment fais-tu pour dire non à quelqu'un qui a travaillé deux mois pour proposer un décor ?

MH : J'ai l'air peiné, et ça marche.

FB : Tu soupires ?

MH : Non, je hoche la tête avec tristesse. J'ai l'air triste, ce que je fais très bien.

FB : Tu fais ta fameuse tête de Droopy.

MH : Sérieusement, comme chef, je n'ai eu aucun problème. Ce qui m'a posé des problèmes, comme je disais, ce sont les conflits de pouvoir, mais ça je ne veux pas en parler.

FB : Pourquoi, quels conflits ? Avec les producteurs, les financiers ?

MH : Oui, le producteur.

FB : Et donc tu veux te remettre à un roman ? Parce qu'à un moment, tu m'as dit que tu voulais écrire sur l'Amérique.

MH : Tu fais bien de me poser la question parce que finalement, vivant ici, c'est très proche de l'Amérique. En vivant sur place, tu t'en rendrais compte. Mais c'est vrai que c'est fascinant l'Amérique. Ce sont les rois du monde. Il y a une légère différence avec l'Europe qu'on ne comprend pas tout à fait. Seulement, en réfléchissant à comment marche l'Irlande, on comprend mieux.

FB : On comprend mieux pourquoi ils ont dit non à l'Europe.

MH : Non, on comprend ce qu'il y a de différent.

FB : Les rois du monde sont un peu des rois déchus.

MH : Pas encore. Ça va venir mais ils croient encore qu'ils sont les rois. Ils vont rester les rois du monde militairement. Toi tu parles de l'Amérique dans ton avant-dernier roman... Mais c'est chiant d'y aller, il y a plein de contraintes... Je ne sais même pas si j'ai un passeport avec la puce électronique. Mais je vais aller à Miami au mois de décembre.

FB : C'est là que tu vas faire ton grand discours altermondialiste ?

MH : Non, je vais me pavaner avec des pétasses à la foire d'art contemporain, Art Basel.

FB : Art Basel ! C'est très festif, paraît-il.

MH : Mais sérieusement, l'Irlande c'est très différent...

FB : J'ai fait la route de Dublin à ici, Dromoland Castle, pendant deux heures. C'était très joli mais j'avais l'impression de traverser le Pays basque, à part qu'on roule à gauche.

MH : C'est les paysages, mais c'est un autre monde. On comprend bien que c'est le monde anglo-saxon qui a inventé le capitalisme. Pour en revenir à mes poubelles...

FB : Un running-gag !

MH : Pour ramasser les poubelles chez moi, j'ai le choix entre trois entreprises concurrentes : « Clean Ireland », « Joe Cassidy » et « Mister Bidman ». Donc il s'agit de me montrer un consommateur avisé et de faire jouer la concurrence entre éboueurs. Et tout est comme ça. C'est vraiment authentiquement un pays capitaliste.

FB : Je me permets de te rappeler ce que tu écrivais quand tu étais un rebelle. Dans *Le Sens du combat*, qui a obtenu le prix de Flore en 1996...

MH : Très beau prix.

FB : Merci pour lui. Il y avait un texte qui s'appelait « Dernier rempart contre le libéralisme ». Tu étais remonté lorsque tu étais pauvre. Tu écrivais que « l'individu humain est très généralement un petit animal à la fois cruel et misérable ». Je ne pense pas que tu avais confiance dans le capitalisme, à l'époque.

MH : Non.

FB : Et c'était il n'y a pas si longtemps.

MH : Nous abordons un sujet de fond.

FB : Mais oui. Te voilà maintenant irlandais, anglo-saxon, faisant l'éloge de la concurrence entre ramasseurs de poubelles. Avec en plus des chansons adaptées par la première dame de France, dont le mari est plutôt capitaliste. N'y aurait-il pas là une grande trahison de tes idéaux de jeunesse ?

MH : Si, totale !

[Rires.]

FB : Ah je t'ai bien eu, là !

[Rires.]

MH : En même temps, il faut s'adapter aux mouvements de l'Histoire. Ce qui apparaît de manière évidente, c'est que le capitalisme a gagné. Moi, comme je l'ai toujours dit, j'ai toujours été conservateur.

FB : Mais quand même, je me souviens...

MH : Attends, laisse-moi parler, c'est important. C'est mon interview quand même, merde !

FB : Vas-y parce que tu es dans la merde, là.

MH : Oui complètement. J'ai toujours été conservateur donc j'ai toujours été hostile aux changements, quels qu'ils soient. Tu as déjà fait de la théorie des jeux ?

FB : Pas trop, non. Les trucs « gagnant-gagnant » ?

MH : Oui.

FB : Non, je ne sais pas ce que ça veut dire.

MH : En gros, un pessimiste conservateur comme moi est quelqu'un qui n'essaie pas de maximiser ses gains mais de minimiser les pertes, donc d'essayer de faire le moins de dégâts possible. Je suis totalement comme ça. Par exemple, en 1789, j'aurais été contre la Révolution, je me serais dit : « Oh, là là, c'est des complications. » En 1990, en Russie, j'aurais été pour le communisme parce qu'autant rester comme on est, c'est plus simple. Maintenant, je constate que le capitalisme a gagné donc je suis pour le capitalisme. Je suis comme ça, je préfère toujours minimiser les dégâts. En plus, c'est pas très important. Ce qui est important, ce sont les histoires de sexualité personnelles. La politique, c'est pas très important.

FB : Quand j'ai publié *Windows on the World*, tu m'as dit que j'étais beaucoup trop proaméricain. Toi, tu étais très antiaméricain à l'époque. J'ai l'impression que, peut-être parce que tu en veux à la France, tu te sens maintenant mieux dans le monde anglo-saxon. Ou alors dans les pays de l'Est. A Moscou, par exemple, j'avais l'impression que tu étais extrêmement heureux. Et la Russie est un pays très capitaliste.

MH : Très, oui. Si on voulait en parler sur un plan théorique, ce qui ne doit pas intéresser tes lecteurs, le capitalisme est un système qui marche à peu près. Il surestime un peu ses mérites parce qu'il ne pourrait pas faire grand-chose sans le progrès technique, mais le système marche. Marx, par exemple, aurait été contre la révolution en Russie. Il était pour la révolution en Angleterre parce que c'était un pays suffisamment développé. Je te fais chier, là ?

FB : Non. J'écoute.

MH :Il est possible que Marx ait eu raison, au bout du compte. Quand tu relis Marx, il imagine que le capitalisme va se développer et qu'un autre système va ensuite apparaître. Et il pensait que cet autre système pouvait naître dans un pays où le capitalisme était déjà suffisamment installé, comme l'Angleterre. Peut-être qu'il aurait pu penser qu'un autre système allait apparaître quand le capitalisme se serait développé dans le monde entier, ce qui n'est pas le cas à l'heure actuelle. L'Inde, par exemple, est en train de devenir capitaliste mais c'est en cours, ça reste un pays à castes. En fait, peut-être que tout ça c'est la faute de Lénine qui a discrédité l'idée et peut-être qu'il aurait fallu déclencher l'idée du communisme dans cinquante ans.

FB : Une fois le monde globalisé à peu près confortablement organisé...

MH : Là, en tout cas, c'est en cours de globalisation, tout se redistribue : où aura lieu la production ? C'est en pleine évolution entre l'Inde, la Chine, les pays qui sont entre les deux, la Russie.

FB : Il reste juste un continent qui crève : l'Afrique.

MH : L'Afrique va continuer à crever, oui. Elle n'a rien à offrir. L'Amérique du Sud, visiblement, a des ambitions. Moi je suis allé au Brésil, j'avais un traducteur brésilien qui était charmant et qui me disait que le Brésil voulait être comme la Russie, avec des matières premières et tout ça. Ils ont du pétrole, paraît-il. Enfin bref, en même temps c'est pas mal qu'il y ait un monde.

FB : Je suis pour la planétarisation gouvernementale, qu'il y ait un président du Monde et un gouvernement mondial, planétaire, la suppression des pays.

MH : Le capitalisme, ça va vite, c'est fou. J'ai acheté une imprimante, « conçue en Irlande, assemblée en Chine ». Les gens de la production sont rapides, donc c'est vrai qu'il faut l'être aussi.

FB : Quand on passe un certain âge, on devient plus réaliste ?

MH : On devient de droite.

FB : On cesse de vouloir changer le monde.

MH : Je n'ai jamais voulu changer le monde. S'il y a un type exempt de tout engagement gauchiste dans sa jeunesse, c'est bien moi. Même Dantec est plus suspect que moi de ce point de vue-là.

FB : Tu écrivais quand même des textes qui s'intitulaient « Dernier rempart contre le libéralisme ».

MH : Quand j'étais énervé, oui !

FB : Tu as toujours revendiqué, un peu comme Finkielkraut, l'idée qu'aujourd'hui la seule manière d'être intelligent est d'être réactionnaire.

MH : Je suis conservateur mais je ne suis pas réactionnaire, je me permets d'insister sur ce point. Un grand silence se répand...

FB : Oui, il n'y a plus d'orchestre.

MH : J'ai connu un réactionnaire, un mec qui était dans la presse, Sébastien Lapaque.

FB : J'aime beaucoup Sébastien Lapaque, du *Figaro Littéraire*, grand fan de Toulet.

MH : Moi, moyen, mais lui pensait vraiment qu'on pouvait revenir en arrière. Il avait un modèle de société emprunté au passé. Moi je n'en ai pas, je suis juste conservateur, je me bats pour le maintien des lignes SNCF locales, ce genre de truc.

FB : Finalement tu es de gauche. Ça, c'est très de gauche.

MH : Non, je ne suis pas de gauche parce que je suis parti en Irlande pour des raisons fiscales.

FB : Il y a plein de gens de gauche qui font ça.

MH : C'est vrai mais ils ne le disent pas dans les médias. Moi, j'affirme. Je n'ai pas envie de payer 60 % d'impôts, c'est pas juste. Les auteurs n'ont pas tendance à vouloir partager leurs droits d'auteur et ils ont raison. Un auteur un peu bon, un peu comme moi, quand il a du succès, se dira toujours que c'est un malentendu total.

FB : Et que ça ne va pas se reproduire.

MH : Les gens ont acheté les *Particules* par centaines de milliers, ce n'est pas normal, ça va s'arrêter.

FB : Mais ça a recommencé.

MH : Oui mais je continue à penser que ce n'est pas normal, qu'ils vont arrêter et se rendre compte que…

FB : Que Marc Levy c'est mieux !

MH : Oui, que Marc Levy c'est mieux et ils auront raison. C'est un malentendu complet. Normalement je ne devrais pas vendre.

FB : Parce que tu n'annonces pas de bonnes nouvelles.

MH : Il y a des complexités de lecture. Donc c'est pas normal du tout que je vende autant de livres. Et je n'ai pas envie de partager mes droits avec les impôts.

FB : Je n'ai pas de jugement moral là-dessus. Personnellement, si je ne le fais pas, c'est par paresse. Je me suis reproduit, j'ai une fille qui a 8 ans, alors si je devais aller en Suisse ou en Irlande, ce serait compliqué. Pour finir en beauté, j'ai choisi parmi tes phrases les plus célèbres. C'est un petit jeu pour conclure cet entretien, parce que je suis désolé, je te fais coucher très tard (il est 1 heure du matin). Tu dois reconnaître où tu as écrit ça :

« Il existe au milieu du temps la possibilité d'une île. »

MH : C'est facile, *La Possibilité d'une île*, fin de la deuxième partie.

FB : J'ai commencé par une question assez fastoche : le titre était dans la question ! Petite parenthèse, Carla Bruni a raconté dans *L'Express* que tu avais dit que c'était idéal pour danser le slow.

MH : Oui, sa chanson est pas mal pour le slow.

FB : Qui a écrit la musique ?

MH : Je crois que c'est elle, je n'en sais rien.

FB : Donc on pourra emballer cet été.

MH : C'est horrible, je trouve, et c'est bien en même temps...

FB : Quoi ?

MH : Me dire que des gens vont s'emballer sur un truc de moi, ça me fait bizarre.

FB : Tu charries ! Je me souviens qu'ensemble on écoutait des slows magnifiques comme « Nights in white satin » des Moody Blues et tu te mettais à pleurer.

MH : Oui, j'aime beaucoup.

FB : Et ce n'est pas une idée dégoûtante que des gens puissent se rapprocher...

MH : Je ne trouve pas ça dégoûtant : je trouve ça nostalgique et bizarre.

FB : Parce que tu trouves que le texte ne va pas avec le roulage de pelles ?

MH : Si, si.

FB : C'est un beau texte assez sexy. Il y a même un passage un peu porno au milieu : « Et l'amour où tout est... »

MH : « Deux corps sans fin s'unissent et renaissent. »

FB : C'est porno, un peu comme « Que je t'aime » de Johnny. Autre phrase très célèbre de toi : « Le but de la vie, c'est d'aimer. » C'est où ça ?

MH : C'est plus difficile. C'est dans un recueil de poèmes.

FB : Oui. Un indice : on en a déjà parlé.

MH : Je ne me souviens plus du poème, mais ça doit être dans *Le Sens du combat*.

FB : Bravo. Applaudissements ! Ça manque de chauffeurs de salle au Dromoland Castle !

MH : Mais je ne sais plus quel est le poème.

FB : C'est dans un poème sans titre, je crois. Es-tu toujours aussi fleur bleue, sachant que tu es quand même assez pessimiste par ailleurs ?

MH : Potentiellement amoureux de l'amour. C'est pas mal. Maintenant ça dépend aussi de l'envie physique.

FB : Là aussi tu vas me dire que tu es un vieillard impotent ?

MH : Un peu. Sexuellement non. Mais tu vois bien, là il est 1 heure du matin, tu es arrivé à 11 h 30 et j'étais déjà endormi, c'est ça la vérité.

FB : Je t'ai tiré du lit.

MH : Je n'ai plus beaucoup d'heures de lucidité.

FB : Mais c'est intéressant, ça. Tu sais que, pour les lecteurs français, tu es l'incarnation d'une certaine obsession sexuelle. Tu as été connu pour avoir fréquenté des clubs échangistes, en ma compagnie d'ailleurs, je l'assume.

MH : Ben oui.

FB : Mais aujourd'hui tu es en train de me dire, scoop énorme !, que le sexe ne t'intéresse plus.

MH : Si.

FB : Ouf !

MH : Ça m'intéresse mais... c'est chiant d'être excité toute l'année. Chez les animaux, il y a des saisons. C'est plus pratique d'avoir des chaleurs au printemps et de se reposer le reste de l'année.

FB : J'en déduis que tu ne vas plus du tout dans les partouzes.

MH : Ben non.

FB : La vache ! Il n'y a plus aucun repère dans cette société.

MH : Oui, il n'y a plus beaucoup de repères.

FB : Houellebecq, en fait, ce qu'il veut c'est regarder des moutons. Mais où allons-nous ? Bon, c'est bien, tu es romantique...

MH : Essaie de réussir ton entretien, là !

FB : Ne t'inquiète pas, on a déjà amplement assez, ça suffit. Mais c'est mieux de terminer sur du littéraire. Parle-moi de cet auteur que tu lis en ce moment, le thriller cyberpunk sur les hackers.

MH : Jeffery Deaver, il est très bon. C'est la première fois que je lis un bon roman sur les hackers. Le titre français est nul : *Meurtre.com*. C'est au Livre de Poche. Le titre original est beaucoup mieux : *The Blue Nowhere*, « L'ailleurs bleu ». Mais j'aimais bien ta série de citations, tu n'en as pas d'autres ?

FB : J'en ai plein. Une autre phrase très célèbre de toi et qu'on retrouve sur Myspace, tu ne connais peut-être pas « myspace.com », mais il y a des millions de jeunes femmes et garçons ados qui y font leur site, et beaucoup citent cet aphorisme en exergue de leur portrait : « N'ayez pas peur du bonheur, il n'existe pas. »

MH : Ça, c'est dans *Rester vivant*.

FB : Exact. C'est copié sur « Staying Alive », des Bee Gees, *Rester vivant*.

MH :Oui. L'avantage, quand on est vieux comme je suis, c'est que je n'ai plus à faire le mec modeste comme un con. « N'ayez pas peur du bonheur, il n'existe pas », c'était une super bonne phrase.

FB : C'est une formule, tu peux l'imprimer sur des tee-shirts.

MH : Ça déchire définitif.

FB : C'est comme la phrase : « Ce qui ne te tue pas te rend plus fort. » Alors, maintenant, une de mes phrases préférées de toi, enfin que j'aime beaucoup parce qu'à mon avis elle résume ton style : « L'éternité de l'enfance est une éternité brève mais il ne le sait pas encore ; le paysage défile. » Ça définit ton rythme : une longue phrase, point virgule, une phrase courte, laconique, le rapprochement des deux, et surtout ça parle de toi. Michel Houellebecq, est-ce que tu as l'impression d'être adulte aujourd'hui ?

MH : Non, mais c'est vrai que c'est une très belle phrase. Si on était dans la revue *Vingtièmiste* de l'université Paris 13...

FB : « L'éternité de l'enfance est une éternité brève... »

MH : « ... mais il ne le sait pas encore ; le paysage défile. » Ça devient assez difficile de savoir pourquoi on est aussi content d'un truc.

FB : Tu as oublié de jouer. Tu dois deviner où c'est.

MH : C'est dans les *Particules*.

FB : Oui. Bravooo !

MH : Je pense que j'ai réussi une espèce d'effet. La beauté de la phrase à mon avis réside dans le fait que « défile » est dans une position fixe d'éternité, et en même temps... Dans le défilement paraît un état perpétuel.

FB : Et puis il y a l'oxymore « éternité brève » qui est une trouvaille aussi.

MH : Oui, ça c'est bien.

FB : Parce que ça exprime quelque chose de vrai : quand on est enfant, tout dure plus longtemps, les maisons ont l'air énormes, immenses...

MH : En fait, ça dure très peu de temps.

FB : C'est très court mais ça semble éternel. Plus tu grandis et plus le temps passe vite. Moi, ce qui m'intéresse là-dedans, c'est que ça condense ton travail puisque finalement tu es toujours en quête d'éternité, jusqu'à ce film sur la vie éternelle. Dans cette phrase, il y a déjà tout ton projet : la nostalgie de l'enfance et la quête d'éternité.

MH : Je vais fumer une cigarette...

FB : Tu vois que je suis quand même un critique littéraire sérieux !

MH : Les critiques littéraires, c'est ça qui m'a rendu définitivement insupportable. J'ai eu un colloque sur moi où j'ai découvert l'université. Je me suis dit : « C'est bon, je suis étudié par l'université, les petits péteux du *Nouvel Obs* peuvent aller se faire enculer... »

FB : Tu te souviens quand tu l'as écrite ?

MH : Pas du tout. Je me souviens vaguement de la période. « Eternité brève » est bien, ça installe un truc.

FB : La répétition : « L'éternité de l'enfance est une éternité brève » rappelle Baudelaire : « Ta tête, ton geste, ton air sont beaux comme un beau paysage. » Pourquoi deux fois « beau » ? Parce que c'est simple. Et « l'éternité », deux fois. Il ne faut pas avoir peur de la répétition, au contraire, c'est elle qui fait l'équilibre de la phrase.

MH : Je suis content parce qu'effectivement c'est une de mes phrases réussies...

FB : C'est fini. J'avais une dernière question, un constat en fait. Tu as eu une décennie de rock star : 1998-2008. 1998, c'est la sortie des *Particules* et nous sommes maintenant en 2008 dans un château, un peu comme les Rolling Stones. Peut-être vas-tu avoir maintenant une période d'accalmie après dix années où tu as tout fait, livres, film, disque, un disque de rap mou, le tour du monde. C'est un miracle que tu ne sois pas drogué. Tu fumes beaucoup, tu bois de l'alcool. Prends-tu des tranquillisants ?

MH : Non.

FB : Plus maintenant, mais tu en as pris ? A une époque, tu en parlais dans tes livres.

MH : Oui, j'en ai pris.

FB : Comment se fait-il que tu ne sois jamais tombé dans l'héroïne, la cocaïne, le fumage de joints ?

MH : J'ai pris tout ça.

FB : C'est vrai ? Je ne savais pas.

MH : Mais ça me fait moins d'effet que la nicotine. La nicotine, c'est plus violent, chez moi. La nicotine pure me transporte, alors que l'héroïne, non. J'ai pris de l'héroïne et je n'ai pas du tout été accro. Enfin j'en ai pris deux fois, faut pas exagérer. J'ai trouvé ça pas mal, mais sans plus. La nicotine, j'ai immédiatement réagi très fort.

FB : Tu fumes beaucoup ?

MH : Quatre paquets par jour.

FB : Je n'ai jamais fumé de cigarettes de ma vie. Ça relaxe, c'est ça ?

MH : Non, ça excite. C'est comme la cocaïne, je pense.

FB : C'est moins cher.

MH : Ça dépend du pays. La cigarette, comme la cocaïne, excite les neurones. Sherlock Holmes, il lie nicotine et cocaïne, comme deux excitants du système nerveux. Là d'ailleurs, il faut que j'aille fumer, je ne tiens plus.

FB : Oui, à force d'en parler...

Ici s'est produit un événement distrayant : à l'extérieur, nous allons sur une terrasse et avisons une bouteille abandonnée sur une table dans un seau à glace. Je regarde l'étiquette : Château d'Yquem, Lur Saluces 1976. Nous buvons au goulot ce divin nectar qui doit avoisiner les 4 000 euros. Soudain une famille hindoue surgit de la nuit, avec deux petits enfants, le mari et la femme. Nous sommes assis à leur table, ils étaient sortis dans le jardin chasser les fantômes ! Heureusement, le milliardaire indien ne nous a pas vus voler son vin comme deux clodos. Voilà, fin de l'anecdote destinée à illustrer la montée de l'Asie évoquée plus haut. Ensuite nous sommes allés dans ma suite pour un « after » à base de club-sandwichs et de vieux irish whiskey. Je ne me souviens pas de tous les détails mais le lendemain j'ai retrouvé quelques fulgurances houellebecquiennes dans mon carnet moleskine : « A partir d'un certain âge il faut payer les filles et arrêter les interviews » ; « Faut que je me mette au sport mais qu'est-ce que c'est chiant ! Plus c'est nécessaire, plus c'est chiant » ; « L'armoire est ignoble, putain ! »

Sur le moment, cette dernière remarque m'a fait beaucoup rire, mais hors contexte je ne sais pas ; vers 4 h 10 du matin, j'ai aussi retranscrit cette brillante défense des livres longs : « La quantité pure offre un espace. Conrad a fait un seul livre long qui est *Nostromo*. Les livres longs demandent plus d'efforts mais ouvrent un espace. Il se passe quelque chose quand on commence un livre de grande dimension ; on est moins pressé, le personnage peut se déployer. *Phèdre* c'est trop court, en fait. Ça reste des choses limitées à leur définition initiale : ce qui se produit est ce qui doit se produire, tout obéit à un déterminisme strict. Pourtant, c'est la meilleure pièce de Racine, mais c'est plus irrémédiable qu'un Hitchcock. »

Jean d'Ormesson

– 15 octobre 2008 –

« *As far back as I can remember, I always wanted to be Jean d'Ormesson.* » Jean d'Ormesson m'a eu à l'usure. Je l'ai toujours vu partout. Ses livres étaient dans la bibliothèque de ma mère, il passait à « Apostrophes » tous les vendredis, je le croisais chez le père d'Edouard Baer, j'ai même dîné chez lui quand sa fille vivait avec mon éditeur. Il me semble qu'il a incarné depuis quarante ans ce que doit être un écrivain français : quelqu'un de brillant, aristocratique et élégant, qui dit du mal de lui-même et publie toujours le même livre. L'académicien nous a reçu dans son hôtel particulier de Neuilly-sur-Seine, situé à deux cents mètres de l'endroit où je suis né. Je ne dis pas cela pour me vanter de mes origines sociales mais pour expliquer cette discussion en forme de retour aux sources, cette conversation mondaine qui tourne au bilan d'une vie et d'une œuvre. Je considère que Jean d'Ormesson est injuste avec lui-même. C'est un faux paresseux, un faux mondain, allez savoir, peut-être même un vrai écrivain.

JdO : Whisky ? Porto ? Vodka ?

FB : Je veux bien un whisky avec deux glaçons. C'est gentil. On se met comment ? Je me mets là ? Bon, ça me fait plaisir de vous voir.

JdO : Il faut que vous veniez dîner ou déjeuner un jour. On va organiser ça.

FB : Avec plaisir. L'entretien a lieu dans un très bel hôtel particulier à l'endroit où je suis né, à Neuilly-sur-Seine. J'ai grandi dans une maison voisine, rue Saint-James. On dit « Saint-Jame » ou « Saint-James » ?

JdO : Comme on veut.

FB : Ma mère disait « Saint-Jame » et là vous habitez avenue du Parc « Saint-Jame ».

JdO : Je crois en réalité que ce n'est pas « Saint-James », mais « Saint-Jame ». Un type, qui s'appelait « Monsieur de Saint-Jaime », aurait transporté les gros rochers qui sont là pour en faire un jardin. Ce Monsieur de Saint-Jaime aurait donné son nom au parc « Saint-Jame », que l'on prononce « Saint-James » parce que l'on croit que c'est anglais. Mais c'est un mot français. C'est un peu comme blue-jeans…

FB : Nous avons beaucoup de points communs. Par exemple, Louis-le-Grand, où j'étais élève en seconde, première et terminale, quelques années après vous. Est-ce que vous avez des souvenirs de Louis-le-Grand ?

JdO : Oui, j'ai des souvenirs de Louis-le-Grand. Mais je ne suis pas né à Neuilly et je dois vous dire que je n'ai jamais été à l'école. Je ne sais pas ce que c'est que l'école. Mon père était diplomate et il m'a traîné derrière lui comme une valise en Allemagne, en Roumanie, au Brésil. Jusqu'à 15 ans, je n'ai pas été à l'école.

FB : Vous avez eu la même enfance qu'Amélie Nothomb, dont le père est diplomate.

JdO : Exactement. Vers 13-14 ans, je suis rentré pour quelques mois à Paris et j'étais à Louis-le-Grand, en seconde. C'était en 1938, je crois.

FB : Et après vous êtes allé à Henri-IV.

JdO : J'y suis resté quelques mois. Ceux dont je me souviens le mieux, c'est mon professeur de français et surtout mon professeur d'histoire. Mon professeur d'histoire était quelqu'un de très célèbre : Bidault. Je l'aimais beaucoup. Il était directeur de *L'Aube* et très anti-Munichois. C'était en 1938 et moi, à 13 ou 14 ans, j'étais aussi très anti-Munichois. J'ai retrouvé Bidault beaucoup plus tard, en 1944, à la libération de Paris. Mon frère était dans la Résistance et il m'a dit : « A 17, 18 ans, tu pourrais faire quelque chose. » On m'a donné une mitraillette, que l'on m'a retirée aussitôt vu l'usage que j'en faisais. Et on m'a donné à porter les brassards. J'arrive à Saint-François-Xavier, mon sac tombe et tous les brassards se répandent par terre. Je me suis dit que j'allais être fusillé, puis les Allemands sont passés, les passants m'ont aidé à reprendre le sac et j'ai été porter ça à un chef de la Résistance inconnu. J'ai aussitôt reconnu Bidault, qui m'a lui aussi reconnu. Donc Bidault a été mon maître à Louis-le-Grand et j'ai préparé Normale à Henri-IV.

FB : On ne va pas faire un entretien chronologique parce que vous n'avez pas besoin de raconter votre vie une fois de plus, vous l'avez fait assez souvent. JMG Le Clézio vient d'avoir le prix Nobel de littérature. Ne pensez-vous pas que c'est une punition de la légèreté, que ce soit toujours des auteurs très sérieux, très corrects politiquement, qui aient le prix Nobel, et jamais des gens avec de l'humour ?

JdO : Conformiste comme je suis, je suis très content que la France ait eu le prix Nobel. La culture française a été attaquée en Amérique et voilà que nous avons deux prix Nobel, c'est formidable. Un en médecine, l'autre avec Le Clézio en littérature. C'est épatant. Il succède à une lignée très brillante qui commence par Sully Prudhomme, le premier prix Nobel, et le dernier est Claude Simon.

FB : Qui n'est pas non plus un joyeux drille.

JdO : Les Nobel de Prudhomme et Claude Simon, ce n'est pas ma tasse de thé. Mais je suis probablement beaucoup plus consensuel que vous. J'avais lu *Le Procès-verbal* avec beaucoup de plaisir. D'abord, Le Clézio est très beau…

FB : Vous aussi.

JdO : Non, il est mieux que moi.

FB : Un genre de Viggo Mortensen en plus vieux. (C'est la jalousie qui déborde en moi. Une fois je l'ai appelé et sur son répondeur on entend Bob Marley. Un type qui met du reggae sur son répondeur ne peut pas être complètement sérieux.)

JdO : Je suis comme vous, je pense qu'il n'y a pas de grands écrivains sans légèreté. Cervantès est très très drôle. Homère, on ne va pas dire que l'*Odyssée* n'est pas amusant ! C'est formidablement amusant. Rabelais c'est amusant. Je soutiens que Chateaubriand, c'est amusant…

FB : Et Proust également !

JdO : Je ne peux pas lire Proust, dont les gens disent souvent qu'il est ennuyeux, sans éclater de rire ! C'est très drôle. Il y a une exception, quelqu'un que j'aime beaucoup et qui n'est pas très drôle : Marguerite Yourcenar. Mais beaucoup d'écrivains, eux, exagèrent. Je me souviens que quelqu'un avait dit, à propos de Claudel : « C'est très bien, mais il insiste trop sur le côté emmerdant. »

FB : [Rires.] Ma thèse c'est qu'on punit la légèreté. On la paie très cher, la légèreté. D'ailleurs vous parlez très souvent de ce sujet-là dans vos livres, y compris dans le dernier : *Qu'ai-je donc fait*.

JdO : On me l'a souvent reproché…

FB : Quand on vous lit, on voit que vous n'êtes pas du tout un écrivain léger. C'est dans la vie que vous mettez un peu de superficialité, de frivolité, simplement d'élégance. Mais vous avez fait Normale sup rue d'Ulm, vous êtes agrégé de philosophie, et vos livres parlent de Dieu, de la mort, de métaphysique… Vos livres sont plus sérieux que vous !

JdO : Je vais me vanter un peu : on disait à quelqu'un que j'admire beaucoup, et que vous admirez sûrement aussi, qui est Toulet : « Ce que vous faites est léger. » Et Toulet répondait : « Léger, léger, bien sûr, léger comme de la cendre. » Evidemment, j'admire beaucoup Toulet ! C'est un écrivain qui a été très oublié. On a été quelques-uns à le faire revivre

FB : Lisez la biographie de Frédéric Martinez, chez Tallandier. C'est un remarquable ouvrage. Et il y a ce vers très célèbre : « Prends garde à la douceur des choses », qui pourrait être un titre de Jean d'Ormesson.

JdO : Je pourrais vous citer du Toulet...

FB : Tout l'après-midi ? Mais on n'a pas le temps parce que vous avez un rendez-vous. Quel est d'ailleurs ce rendez-vous qui est plus important que notre entrevue ?

JdO : Il n'y a pas de rendez-vous plus important que notre entrevue. Ce sont des radios et des télés. Je suis en train de me livrer à ce que vous connaissez, qui est la promotion.

FB : Toulet a vécu à la Villa Navarre, la maison de ma famille, à Pau. C'est là-bas qu'il a écrit : « Ne croyez-vous pas que j'ai aimé trois choses dans ma vie : les femmes, l'alcool et les paysages. » Je trouve marrant que ce soit dans cet ordre-là. Si on prend la trinité touletienne, « femmes, alcool, paysages », vous êtes d'accord avec le premier et le dernier mais pas tellement avec l'alcool ?

JdO : Non, effectivement, je ne suis pas d'accord avec l'alcool, mais vous connaissez, pendant l'Occupation, la formule : « J'ai beaucoup d'amis juifs. » Tous mes amis sont des soûlots.

FB : C'est pour ça que vous me donnez un whisky pendant que vous buvez votre thé, c'est très aimable. Et pourquoi tant de sobriété finalement ? Vous auriez pu être un alcoolique mondain ?

JdO : Je suis déjà un homosexuel d'honneur. Je trouve ça formidable.

FB : Ça veut dire quoi « un homosexuel d'honneur » ?

JdO : J'ai trouvé la formule dans Paul Veyne, que j'admire beaucoup. Il a écrit un petit livre sur Michel Foucault, qui lui avait décerné le titre d'« homosexuel d'honneur ».

FB : C'est honorifique mais on n'est pas obligé de pratiquer.

JdO : Exactement. On n'est pas obligé.

FB : Au « Grand Journal », sur Canal + , j'ai brièvement résumé votre œuvre en disant qu'il y avait deux sortes de livres. Il y a les romans totaux : *Histoire du juif errant*, *La Douane de mer*, *Dieu, sa vie, son œuvre*, *Le Rapport Gabriel*. Ce sont des livres où vous cherchez à tout dire, à résumer l'univers entier depuis le big bang jusqu'à demain matin en un ouvrage. Et puis il y a une autre sorte de livres, ce sont vos autobiographies digressives, mélancoliques, faussement futiles : *Au revoir et merci*, *Le vagabond qui passe sous une ombrelle trouée*, *C'était bien*, *Une fête en larmes*, *Qu'ai-je donc fait*. Je dis ça et je me suis aperçu que je n'avais pas eu le temps de parler d'un autre livre qui n'est pas dans ces catégories-là :

La Gloire de l'Empire. Votre œuvre aurait pu être complètement différente si vous aviez persévéré...

JdO : Frédéric, *La Gloire de l'Empire* entre quand même dans la catégorie du livre total. C'est la totalité de l'Histoire, c'est un livre sur toutes les catégories historiques. Je vais vous dire comment ça s'est passé, c'est amusant. J'ai écrit très tard, après 30 ans. Pas parce que je ne connaissais pas la littérature, mais comme je la connaissais un peu et que je pouvais l'imiter, j'avais du mal à m'imaginer dans les rayons des bibliothèques aux côtés de nos amis, Flaubert, Stendhal, Proust, Aragon. Et puis, j'ai fini par écrire sous les ricanements de nos camarades.

FB : Et dans une indifférence quasi générale.

JdO : J'ai commencé parce que je voulais plaire à une fille, donc je dépose mon manuscrit chez Gallimard.

FB : *L'amour est un plaisir ?*

JdO : Oui. Et puis j'attends, j'attends, une semaine, pas de réponse. J'ai appris après qu'il fallait attendre trois mois. Et je vais déposer mon texte en face, chez Julliard, un samedi soir. Le dimanche matin, le téléphone sonne. C'est Julliard qui me dit : « C'est un chef-d'œuvre, c'est mieux que Sagan, on va faire un succès formidable. » Ça n'a pas été un succès formidable pour deux raisons. D'abord parce que c'était moins bien que Sagan et, deuxièmement, parce que j'avais contre moi une grande puissance : *Le Figaro*. On n'imprimait pas mon nom dans *Le Figaro* parce que j'avais fait un article sur Pierre Brisson...

FB : La fameuse phrase : « On ne peut à la fois être directeur du *Figaro* et avoir du talent. » Ce qui est drôle, surtout quand on est devenu par la suite directeur du *Figaro*.

JdO : Ce qui m'amuse dans la vie, c'est ça !

FB : Bien sûr. Je reviens quand même sur *La Gloire de l'Empire*. Parce qu'on vous reproche d'écrire toujours le même livre. Mais ce livre-là, qui est peut-être votre chef-d'œuvre, est un roman méconnu, à la Tolkien. Vous réinventez tout un monde, un pays avec des cartes géographiques, une histoire fictive. Finalement, vous avez eu peur d'être un écrivain d'avant-garde et vous avez choisi le succès pour être aimé, par facilité ?

JdO : Très bonne question. J'avais écrit ces livres chez Julliard. Et puis au bout de quatre livres qui n'avaient pas eu de succès, j'ai écrit *Au revoir et merci*. Ça voulait dire que j'arrêtais.

FB : Vous le pensiez honnêtement ?

JdO : Je le pensais. J'étais alors à l'Unesco où je m'occupais de travaux culturels sur le plan international, l'histoire, l'art, la philosophie... Je me suis dit que les sciences humaines feraient un formidable roman et j'ai écrit 800 pages. Julliard est mort, Grasset me demandait un livre. J'ai donc été l'apporter au neveu de Grasset, qui s'appelait Bernard Privat. Il me dit : « Tes premiers livres, c'était léger, amusant, c'était bien. Celui-là c'est terrible, très dur à lire, 800 pages, c'est difficile. On va le publier mais ne t'attends pas à un grand succès. » Furieux, je l'ai repris, je l'ai déposé chez

Gallimard. Il a fait 300 000 exemplaires. Et j'ai été élu à l'Académie, sur ce livre.

FB : C'était en quelle année ?

JdO : En 1973.

FB : A l'âge de 47 ans. Ce qui fait de vous le plus jeune écrivain élu à l'Académie.

JdO : Depuis le début du siècle. Au XVIIIe, il y avait beaucoup de gens qui étaient élus à 29 ans.

FB : 47 ans, c'est quand même assez rare aujourd'hui. Ça veut dire que moi, qui suis âgé de 43 ans, il faut que je me dépêche !

JdO : Oui, oui, vite, vite !

FB : Maintenant, c'est à 70 ans, non ?

JdO : Vous verrez dans quinze ans, mon cher Frédéric.

FB : On avait fait une émission avec Alain Robbe-Grillet, tous les trois, qui s'appelait « Des livres et moi ».

JdO : Je me souviens très bien.

FB : Vous vous étiez très bien entendu avec lui. Vous aviez même dit : « Finalement ça aurait pu être l'inverse. » Vous auriez pu avoir le destin de Robbe-Grillet, faire des livres très hermétiques, expérimentaux. D'une certaine façon, vos livres le sont. Peut-être que les gens ne les lisent pas. Ils sont bizarres, vos livres !

JdO : [Rires.]

FB : Et réciproquement, Robbe-Grillet a souffert de cette histoire, *Pour un nouveau roman*, qui l'a transformé en écrivain sinistre alors qu'il était marrant.

JdO : Robbe-Grillet était très intelligent. J'ai lu des interviews de lui éblouissantes. Vous vous rappelez, il avait été assez brillant à cette émission. Mais ses livres étaient durs à lire. *Pour un nouveau roman* m'a beaucoup intéressé. Simplement, je n'y prenais pas beaucoup de plaisir et je ne peux pas croire que les gens y prenaient beaucoup de plaisir. Lui-même m'a confié que, pour lui, c'était une espèce de jeu.

FB : Bien sûr. Jusqu'à son dernier livre qui est une histoire de meurtre pédophile. Il cherchait le scandale pour s'amuser.

JdO : Il était très amusant mais le « Nouveau Roman » est une impasse.

FB : Quand on regarde vos amitiés, on trouve soit des auteurs confidentiels, soit des auteurs qui cherchaient quelque chose dans la langue. Je pense à Caillois.

JdO : J'ai adoré Caillois. Plus grand monde ne sait qui était Caillois. Il vient d'être publié en « Quarto » chez Gallimard. Et j'ai beaucoup aimé Berl. Il y avait une société : « Les amis de Berl », dont j'étais le président. Et le vice-président, que j'allais voir de temps en temps, s'appelait François Mitterrand.

FB : Vous avez connu Malraux, Aragon…

JdO : Souvent je le dis, je n'ai connu personne. Je n'ai pas connu Sartre, je n'ai pas connu Proust, évidemment. Et puis tout à coup je me dis que j'ai été lié avec Voltaire, avec Valéry, avec Aragon. Vous savez, j'ai aimé Aragon à la folie et je l'admire énormément.

FB : C'est votre côté homosexuel d'honneur.

JdO : C'est mon côté homosexuel d'honneur, mais c'est plus que ça. Quand je lis Aragon, je suis transporté. Les deux volumes de poésie de Gallimard, je trouve ça sublime.

FB : Je vois bien que vous essayez de ne pas parler de vous, mais je vous pose la question autrement : êtes-vous un incompris ? Pensez-vous qu'il y a un malentendu ?

JdO : Non, pas du tout. Je laisse ça à des gens que j'aime beaucoup d'ailleurs, à Houellebecq et à Lévy.

FB : Vous ne diriez pas, comme eux ou comme moi, que vous êtes victime d'une injustice ?

JdO : Vous n'allez pas dire ça, vous ! Vous avez eu du succès.

FB : Mais le succès ne veut pas dire qu'il n'y a pas de malentendu.

JdO : Nous sommes d'accord, mais tout de même. Rappelez-moi combien il y a eu de lecteurs de *99 francs* ?

FB : Entre 400 000 et 500 000. En comptant les poches, ça fait beaucoup plus.

JdO : Vous comptez dans la littérature contemporaine !

FB : Chouette alors ! Mais quand je dis « incompris », ce n'est pas à ça que je pense.

JdO : Nous sommes tous incompris. Quand nous lisons les articles sur nous, naturellement quand ils sont mauvais, nous sommes incompris…

FB : On ressort toujours les mêmes clichés.

JdO : Quand ils sont bons, souvent on se dit : « C'est pas ça que je voulais dire. » Alors incompris, je ne le suis sûrement pas et je ne vous conseille pas de penser que vous l'êtes. Parlons un peu de vous. Voulez-vous qu'on fasse les choses croisées ?

FB : Avec plaisir. Parlez-moi de moi s'il vous plaît.

JdO : Malraux parlait de l'irruption du roman policier dans la littérature avec Faulkner. *99 francs* c'est l'irruption de la publicité dans la littérature. C'est un événement sociologique et littéraire.

FB : La publicité a surtout fait irruption dans notre existence depuis un certain temps. On est forcés d'en tenir compte comme d'une sorte de fond sonore, de décor.

JdO : Vous savez, il n'y a pas de succès qui n'ait pas un sens. Ce qui est vrai, c'est qu'on ne sait pas ce que la postérité retiendra.

FB : C'est une de vos grandes angoisses ?

JdO : Oui, c'est une angoisse.

FB : Vous le dites beaucoup dans vos livres.

JdO : J'aimerais que dans trente ans, les jeunes gens lisent...

FB : Dans trente ans vous vivrez toujours, d'abord !

JdO : Vous connaissez la réponse si belle de Woody Allen ? « Qu'est-ce que vous voudriez que l'on dise de vous dans cent ans ? Il est pas mal pour son âge. » N'est-ce pas merveilleux ?

FB : C'est très bien oui. Je vais lire la page 38, où vous dites : « Qu'ai-je donc fait ? La vie est dure, elle est cruelle. Il n'est pas exclu que la réponse soit : rien ! » Alors là, je vous le dis, c'est l'influence de Nourissier. Vous vous la jouez *A défaut de génie*, autodénigrement par protection.

JdO : Non, ce n'est pas de la fausse modestie. Je veux bien que l'on me dise que je suis insupportablement orgueilleux. Je ne suis pas complètement paranoïaque, je sais que je ne suis pas Chateaubriand, ni Montaigne, ni Rimbaud. J'aurais beaucoup voulu être Anatole France, Barrès, Mauriac, et je ne suis pas sûr de l'être, c'est vrai.

FB : Vous voyez, vous aussi, tout comme Bernard-Henri Lévy et Houellebecq, vous vous plaignez.

JdO : Non, je ne me plains pas du public et des médias. Ils m'ont servi. Si je me plains de quelqu'un, c'est de moi. C'est moi qui n'ai pas fait un livre suffisamment achevé, c'est moi qui n'ai pas travaillé assez. Je n'ai pas suffisamment de talent, je ne suis pas sûr d'être Mauriac ou Anatole France. Et évidemment, je voudrais tellement rester comme Barrès, par exemple. Ce serait merveilleux, ce serait un rêve. Vous aussi, je suppose ?

FB : C'est sûr que je pourrais signer *Le Culte du Moi* ! Non, moi je voudrais recueillir vos conseils à un gandin, à un pauvre type qui a eu du succès trop tôt et qui est angoissé autant que vous. Que faut-il pour rester à la fois léger, rigolo, s'amuser et être heureux, parce que vous l'avez été, et arriver à se faire passer pour un écrivain ?

JdO : C'est très difficile parce qu'à notre époque, et ça n'a pas toujours été le cas, un écrivain est malheureux. Il y a des écrivains qui n'ont pas été malheureux. La Fontaine a toujours été léger, éblouissant, brillant.

FB : Et respecté.

JdO : Rimbaud a changé les choses.

FB : Et Flaubert. Il faut souffrir ! Il faut rester seul !

JdO : Flaubert a aussi changé les choses. La crise de 29 a changé les choses. Le Sida a changé les choses.

FB : Et la crise de 2008 encore plus.

JdO : Oui, 2008 va changer les choses. Et c'est un grand paradoxe, le bonheur est une espèce de contrepoison au temps. Dans cette époque où il faut souffrir pour avoir du talent, c'est l'inverse, et c'est ce que j'appelle le cul de la fermière. C'est vrai que j'ai eu le beurre et l'argent du beurre, c'est-à-dire que j'ai eu une vie agréable, j'en ai profité, et en plus, je veux le cul de la fermière qui est la littérature.

FB : Mais vous ne m'avez pas donné un conseil, vous m'avez dit : « C'est foutu, toi comme moi Frédéric, tu souffriras toute ta vie, on ne te prendra jamais au sérieux parce que tu t'amuses trop. » C'est affreux ce que vous venez de me dire. Je suis fichu !

JdO : D'abord, mon cher Frédéric, tu as devant toi, je te tutoie, quelque chose de merveilleux : tu as du temps. Et moi je n'ai plus beaucoup de temps. S'il y a une mélancolie en moi, c'est que le nombre d'années devant moi devient un peu problématique.

FB : Toi, tu es né en 1925 et je suis né en 65.

JdO : Quarante ans d'écart, tu te rends compte...

FB : Oui, mais moi je picole donc mon espérance de vie est plus courte.

JdO : On pourrait jouer Houellebecq-Lévy et Beigbeder-d'Ormesson.

FB : Dans l'émission où nous étions sur Canal +, Denisot a conclu en disant : « Vous devriez écrire un livre ensemble qui s'appellerait "99 ans". »

JdO : C'est une idée de génie.

FB : Mais pour écrire « 99 ans », il faut attendre encore seize ans.

JdO : J'ai une formule, que l'on utilisait beaucoup pour le mariage mais qu'on peut utiliser pour la vie : « Il y a quarante mauvaises années à passer, après, c'est épatant. » Tu vas voir, maintenant tu as devant toi tout le bonheur, ça va être délicieux, les gens vont te reconnaître de plus en plus, tu vas devenir sérieux, tu fais un entretien avec moi : excellent pour toi, excellent pour moi.

FB : Surtout pour moi. Je recommence à vous vouvoyer, parce que sinon ça fait Karl Zéro qui tutoyait les hommes politiques. J'ai grandi avec vous. Vos livres étaient dans la bibliothèque de ma mère. Je vous voyais à « Apostrophes », je suis ami avec Manuel Carcassonne qui était votre premier gendre, donc je connais bien votre petite-fille, Marie-Sarah. Je suis venu dîner ici à l'époque où Héloïse y habitait, je venais fouiner dans votre bureau quand vous n'étiez pas là. Et c'est vrai que j'ai l'impression que vous avez fait semblant d'être vieux très tôt, ce qui permet d'avoir la paix.

JdO : Et maintenant je retrouve une espèce d'adolescence. Peut-être que je retombe en enfance. C'est possible.

FB : C'était une stratégie ou ce n'était pas calculé ?

JdO : Je te jure que rien n'est calculé. L'idée de raison m'est étrangère, l'idée de stratégie également. Je ne pense pas, contrairement à Bernard-Henri Lévy, qui est charmant, que la littérature soit une guerre. Je ne fais la guerre à personne et je pense que la littérature est d'abord un plaisir. Un plaisir d'un niveau très élevé, un plaisir qui demande des efforts, un plaisir différent que d'aller jouer aux courses ou d'aller dans une boîte de nuit, mais un plaisir.

FB : Ce n'était pas une stratégie, mais c'était très novateur. Parce qu'aujourd'hui, quand ils sont vieux, les écrivains ont envie d'être jeunes et voilà quelqu'un d'assez jeune qui très tôt s'est dit qu'il allait se faire passer pour vieux, entrer à l'Académie, porter des cravates en tricot, comme ça on sera gentil et Bernard Frank arrêtera de dire du mal de lui. Et ça a très bien marché, cette histoire.

JdO : Frank m'a pris comme tête de turc. Je ne répondais jamais, et un beau jour…

FB : Je veux vous faire souffrir un peu. Rappelez-moi ce qu'il avait dit. La phrase la pire, c'était je crois : « J'adore Jean d'Ormesson. Si seulement il n'écrivait pas des livres. »

JdO : Oui, un truc comme ça. Et évidemment, je ne répondais jamais. Un jour, *L'Observateur* m'a demandé si je voulais répondre et j'ai dit oui, je vais répondre ! Et j'ai fait cet article, que vous avez peut-être lu, qui était assez méchant et qui, je crois, l'a blessé.

FB : Plus personne ne vous descend. Vous n'avez pas souvent été éreinté.

JdO : A mon âge !

FB : Vous voyez, vous recommencez.

JdO : Tu verras, tu ne seras plus éreinté quand tu auras 70 ans. Essaie juste de ne pas mourir !

FB : Il faut rester vivant, comme dit Houellebecq. Il y a, dans *Qu'ai-je donc fait*, un chapitre intitulé « Une page rude à écrire » sur cette fameuse « C ». C'est un basculement inédit chez vous dans la confession impudique. Je me disais : êtes-vous en train de vous angotiser ?

JdO : Non. Je vais te dire, cette histoire, dont je peux très difficilement parler...

FB : Ça va, il y a prescription !

JdO : C'était il y a cinquante ans. Et tu le croiras si tu veux mais ça m'a terriblement marqué. D'abord parce que mon père est mort. J'ai couché avec ma cousine germaine. Ce n'est pas très grave, dans une famille...

FB : C'était la femme de votre cousin ? Ce sont des choses qui arrivent !

JdO : Naturellement, la sexualité n'existait pas, la famille était très unie. Je me suis très mal conduit, parce que non seulement je suis parti avec elle mais je suis revenu. C'est honteux.

FB : Ce qui est beau, c'est d'avoir encore un pincement au cœur si longtemps après. C'est comme ce que l'on vient de découvrir sur Paul Valéry, cet amour où il s'est pris un râteau à la fin de sa vie avec une femme qui a fini par épouser…

JdO : Denoël. La fille qui a été assassinée au Champ-de-Mars ou aux Invalides, je ne sais plus, et qui a brûlé les lettres de Valéry.

FB : C'est beau de repenser à des amours avec nostalgie.

JdO : Je l'ai évidemment beaucoup caché, je n'en parlais pas et puis j'ai eu besoin d'en parler.

FB : Vous entrez dans cette zone, l'autobiographie exhibitionniste, qui est la grande tendance : Catherine Millet, Christine Angot…

JdO : Dieu m'en garde.

FB : Vous n'allez pas nous faire un témoignage, un livre ?

JdO : On pourra peut-être dire que ce livre est une biographie non autorisée.

FB : Ah, d'accord. J'ai une anecdote : un soir, avec Bernard-Henri Lévy, nous avions bu pour fêter la sortie d'un de mes livres, *L'amour dure trois ans*, et on est venus chanter « L'Internationale » sous vos fenêtres.

JdO (en chantant) : « Il n'est pas de sauveurs suprêmes, ni Dieu, ni César, ni tribun. »

FB : C'est authentique, on est venus avec Bernard-Henri Lévy et Jean-Paul Enthoven.

JdO : Non !

FB : Et vous n'étiez pas là ou vous n'avez pas ouvert. Ça ne vous dit rien ? Vous n'avez pas été réveillé par des clodos qui chantaient « L'Internationale » il y a quinze ans ?

JdO : Je n'étais peut-être pas là, ou je dormais. Mais j'aurais bien chanté avec vous.

FB : D'où vient cette tristesse gaie qui est dans vos livres ? Vous dites : « Une fête en larmes. »

JdO : C'est Homère, c'est Andromaque – la femme d'Hector – qui a un petit garçon appelé Astyanax. Et quand Hector part pour la guerre de Troie, il prend l'enfant et l'enfant se met à pleurer. Il le donne à Andromaque et Homère écrit : « Qui le reçoit sur son sein avec un rire en larmes. » C'est pas sublime ?

FB : Cette tristesse joyeuse vous vient-elle de la perte du château de Saint-Fargeau ? Ou bien est-ce la vie qui ne vous suffit pas, autre phrase que vous citez souvent, une phrase de Pessoa ?

JdO : Sûrement que j'ai un tempérament heureux, mais vous mettez le doigt dessus. L'histoire de « C » a été dramatique pour moi.

FB : D'avoir perdu la maison de votre enfance ? C'est ça qui est dur ?

JdO : C'est terrible !

FB : Vous étiez vraiment enraciné ? On a l'impression que vous aimez les voyages, la Grèce, l'Italie et, en fin de compte, cet endroit-là était très important.

JdO : Evidemment, tu es très intelligent !

FB : [Rires.] Non, j'ai seulement lu vos livres.

JdO : Tu veux que je te dise quelque chose que je n'ai jamais dit ? En réalité, ça m'était assez égal. Je me rappelle que, quand j'avais 15, 16 ans, je passais mes étés à Saint-Fargeau, et qu'est-ce que je faisais ? J'allais me baigner dans l'étang, je faisais du vélo et, le soir, j'entendais à la radio des nouvelles de Saint-Tropez. Bien que je ne boive pas et que je ne danse pas beaucoup, ça me faisait formidablement envie. Mais j'étais à Saint-Fargeau. L'idée d'être coincé là me tuait et je n'aurais jamais pu m'occuper de Saint-Fargeau. J'ai vu la peine que ça faisait à ma mère. Elle était née là, sa mère était née et morte là, son arrière-grand-mère était née et morte là...

FB : Qu'est devenu Saint-Fargeau ?

JdO : Des étudiants l'ont repris. Un type, qui s'appelle Guyot, le finance en faisant visiter le château. C'est vrai que les visites ont explosé en partie grâce au...

FB : ... au livre puis au téléfilm, *Au plaisir de Dieu*.

JdO : *Au plaisir de Dieu* a été un grand succès puis, ensuite, il y a eu le téléfilm de Mazoyer, que j'ai adoré, qui est un type charmant. Et ça a été également un succès. Il n'y avait que deux chaînes à cette époque-là, pas de téléphone portable. On a fait 76 % d'audience.

FB : Tout le monde regardait ça.

JdO : La France entière.

FB : Ça faisait penser au *Guépard*, un *Guépard* français.

JdO : Mon vieux, on a demandé à Burt Lancaster de faire le grand-père et il a accepté. Mais il a demandé comme salaire cinq fois le budget initial.

FB : C'est dommage.

JdO : On s'est tournés vers Laurence Olivier, qui a accepté, qui a demandé trois fois le budget.

En désespoir de cause, on a trouvé Jacques Dumesnil, le type qui meurt au début d'un film que j'adore : *Les Tontons flingueurs*. Tout le monde critiquait ce choix mais il a été merveilleux.

FB : Ce n'est pas un film sur la décadence mais sur l'arrivée de la modernité. C'est la fin d'une certaine France.

JdO : Le grand complot de la modernité, comme dit Michel Mohrt. En un sens, c'est l'inverse de *99 francs*.

FB : C'est aussi un projet paranoïaque qui critique la modernité.

JdO : Un projet paranoïaque, c'est évident.

FB : Une autre cause de votre éventuelle mélancolie, c'est que vous êtes un auteur métaphysique, dans tous vos livres. Vous êtes quelqu'un qui, finalement, regrette de ne pas parvenir totalement à croire en Dieu. Vous dites : « Oui, j'y crois, j'y crois, j'y crois », mais en fait vous n'y croyez pas.

JdO : Attendez, il faut que je dise deux petites choses. D'abord, je passe pour un écrivain catholique, c'est une imposture, je ne suis pas un écrivain catholique. Je suis agnostique, ce qui ne veut pas dire athée.

FB : Vous savez que vous ne savez pas.

JdO : Et c'est très douloureux. Et la deuxième chose qu'on m'a beaucoup dite : « Vous avez beaucoup écrit de livres sans parler de vous et vous vous êtes beaucoup occupé de Dieu, finalement, est-ce que vous y croyez, oui ou non ? » Et c'est pour répondre à cette question que j'ai écrit que je ne pouvais pas dire si j'y crois ou pas, on ne peut pas savoir. Nous sommes dans le temps comme les poissons sont dans l'eau. Les poissons ne pensent pas qu'il y a une autre possibilité que d'être dans l'eau et nous n'avons d'autre possibilité que d'être dans le temps. Or, nous sortirons du temps pour entrer dans l'éternité, ça c'est sûr. Nous serons tous dans l'éternité. Enfin nous n'y serons plus puisque nous ne serons plus. Mais quelque chose de nous aura passé dans l'éternité, ne serait-ce que notre souvenir. Et toute la question est de savoir si cette éternité a un sens ou si elle n'en a pas.

FB : L'accès à l'éternité, d'une certaine façon, n'est-ce pas la littérature ? Votre Dieu, c'est la littérature. Finalement, les choses sont simples. Il suffit de m'appeler et je vous explique tout.

JdO : Je vais te répondre sincèrement. Dieu sait que j'ai aimé les livres, mais la littérature ce n'est pas grand-chose à côté de Dieu. La seule chose, c'est qu'on ne sait pas s'il existe. Tu sais, la formule juive que j'aime tellement, c'est : « Ce qu'il y a de plus important, c'est Dieu, qu'il existe ou qu'il n'existe pas. »

FB : Il y a aussi une jolie parabole avec des rabbins et un cocher dans le livre. Elle est bien, vous ne voulez pas me la raconter, celle-là ?

JdO : Elle est merveilleuse. C'est le grand rabbin qui revient d'un enterrement, il a fait un discours sublime et son assistant lui dit : « Magnifique, rabbin », et le rabbin lui dit : « Qu'est-ce que je fais, rien du tout, je ne suis rien », et son assistant se prend la tête dans les mains en criant : « Mais si vous n'êtes rien, alors que suis-je, moi ? L'ombre de rien », et son second assistant dit à son tour : « Mais c'est horrible, si vous deux n'êtes rien alors moi je suis encore moins que rien, je ne suis que poussière », et le cocher tout à coup s'arrête, se retourne, les larmes coulent sur son visage, et il dit : « Si le grand rabbin n'est rien, que son premier assistant est moins que rien et que son second n'est que poussière, qu'est-ce que je suis, moi, pauvre cocher ? », et on entend la voix du rabbin assis dans la calèche qui répond : « Mais pour qui il se prend, celui-là ?! » C'est une histoire sublime.

FB : Tout est dit. Mais je pense quand même que votre vrai Dieu a été la littérature.

JdO : Oui, mon Dieu est la littérature. Dans le temps, dans le temps ! Pour la durée de ma vie, oui. Mais pour l'éternité... Ça nous fera une belle jambe, dans l'éternité, d'avoir été de grands écrivains.

FB : Vous lisez encore vos contemporains ?

JdO : Très peu.

FB : J'ai lu dans votre livre que vous disiez : « La littérature vivante, je l'envoie se faire foutre avec beaucoup de gaieté. »

JdO : J'avais mis : « La littérature contemporaine, je lui chie dessus. » Mon éditrice m'a dit : « Vous ne pouvez pas mettre "je lui chie dessus" » et j'ai dit « je m'en fous ». Aller se faire foutre, voilà...

FB : Vous ne pourriez pas me dire le dernier livre que vous avez lu chez les vivants ?

JdO : J'ai lu deux livres qui m'ont beaucoup intéressé. Le livre de Julie Wolkenstein.

FB : La fille de Bertrand Poirot-Delpech.

JdO : Tu l'as lu ?

FB : Non. C'est bien ?

JdO : C'est la fille de Poirot-Delpech ?

FB : Oui, son nom de jeune fille est Julie Poirot-Delpech. Vous ne saviez pas ça ? C'est drôle que ça vous plaise.

JdO : Je le savais mais j'ai oublié. Tu vois que ce n'est pas à cause de Poirot-Delpech. Regarde-le. C'est bien. Et puis il y a un autre livre qui m'a bien plu mais sous réserve d'inventaire, c'est un livre très très daté, très désuet, qui est le livre de Bruno de Cessole.

FB : Ah oui. Sur Cioran.

JdO : *L'Heure de la fermeture dans les jardins d'Occident*. C'est très, très vieillot. Moi j'ai l'air hyper moderniste.

FB : Oui, je n'arrête pas de vous le dire.

JdO : Mais c'est pas mal. C'est l'histoire de Cioran.

FB : Dernier film vu ?

JdO : J'en ai vu un hier, formidable, sur TCM, de Billy Wilder, *Assurance sur la mort*. Avec Barbara Stanwyck et Edward G. Robinson sur un scénario de James M. Cain.

FB : On ne peut pas se tromper.

JdO : C'est épatant.

FB : Dernière chanson écoutée ?

JdO : J'en ai entendu une tout à l'heure de quelqu'un que j'aime, que j'ai toujours bien aimé…

FB : Carla Bruni ?

JdO : Oui.

FB : Non, c'est pas vrai.

JdO : Je dois dire que je la connaissais un peu, je ne l'avais pas revue, et un jour, dans une voiture, ma fille m'a fait entendre une chanson pour Raphaël, « Quelqu'un m'a dit », et j'ai trouvé ça très bien.

FB : Et vous trouvez qu'elle a une bonne influence sur son mari ?

JdO : Moi je crois que c'est un bon deal. Elle lui a retiré un peu de beauté bling-bling, elle est très bonne à ça.

FB : Oui, parce qu'il aurait pu faire beaucoup de tort à Neuilly à force. Il ne faut pas que Neuilly soit bling-bling.

JdO : Neuilly doit être horrifié par Sarkozy. Il y a quelqu'un d'autre que j'aime beaucoup évidemment, c'est Julien Doré.

FB : Qui s'est fait tatouer...

JdO : ... « Marcel Duchamp » sur une épaule et « Jean d'Ormesson » sur l'autre. Et je trouve que c'est très bien, c'est très sympathique.

FB : Le dernier restaurant où vous avez dîné ?

JdO : Pendant des années, j'ai été déjeuner au restaurant avec des dames.

FB : Moi je veux une adresse.

JdO : Je crois que le meilleur restaurant de Paris, qui n'est pas donné d'ailleurs, c'est Le Voltaire.

FB : Ah, c'est très bien. Et à l'heure du déjeuner, c'est très sombre.

JdO : Et il y a beaucoup de bruit, mais je vais souvent là avec Michel Mohrt.

FB : Le dernière boîte de nuit où vous soyez allé ?

JdO : Je ne vais pas dans les boîtes de nuit.

FB : Jamais ?

JdO : Très rarement. Et pour deux raisons. La première c'est que j'ai dû être sourd très jeune et je ne le savais pas, et donc je n'entends rien dans les boîtes de nuit. Alors on me dit : « C'est fait pour ça, c'est fait pour qu'on n'entende pas, pour qu'on n'ait rien à se dire ! » Et deuxièmement, je danse très mal.

FB : En plus, si on ne boit pas...

JdO : Et je bois très peu. Donc je vais très rarement en boîte de nuit. Je crois que la dernière où j'ai été, c'est Régine, c'est te dire.

FB : Mais ça revient à la mode. Ça a été repris par des jeunes du Baron.

JdO : Le Baron !

FB : Ah, vous connaissez le Baron ?

JdO : C'est à côté de mon éditeur. Je connais forcément.

FB : Mais l'ancien Baron. Alors racontez-moi quand même. Vous y avez été ?

JdO : Oui, bien sur, à côté de Laffont.

FB : Excuse facile !

JdO : Et là, on voyait des filles très belles.

FB : Maintenant c'est une boîte normale, malheureusement. Un bel hôtel que vous pourriez me conseiller ?

JdO : J'ai adoré les hôtels. J'aurais pu vivre d'hôtel en hôtel.

FB : Vous vivez dans un hôtel...

JdO : J'aime les grands hôtels. J'aime beaucoup Le Ritz, Le Bristol, Le Beau Rivage à Lausanne, qui était si cher à Nabokov.

FB : Je croyais qu'il allait au Montreux Palace.

JdO : Il allait aussi au Beau Rivage. J'aime aussi Les Trois Rois, à Bâle.

FB : Je ne connais pas.

JdO : Précipite-toi ! Va voir la Fondation Beyeler et va aux Trois Rois. Sinon, il y a des tas de palaces à Ravello, en Italie.

FB : Ce n'est pas Portofino, plutôt ? Le Splendido, à Portofino ?

JdO : Oui, pas mal. Mais je pense au Caruso Belvedere, à Ravello. Ça, ce sont des grands hôtels mais il y a de petits hôtels qui sont charmants. Je peux vous en donner la liste.

FB : Oui, parce que les adresses de Jean d'Ormesson sont très demandées. Mais il ne faut pas trop donner les adresses où l'on veut être tranquille.

JdO : A Symi, il y a de tout petits hôtels merveilleux. Une île grecque, proche de la côte turque. La plus méridionale des îles grecques s'appelle Kastellórizo. Et dans cette île, il y avait 20 000 habitants et 18 000 sont partis pour l'Australie parce qu'ils n'avaient pas de travail. Il reste donc 2 000 habitants et il y a un petit hôtel qui est quelque chose...

FB : Mais il faut prendre deux avions, trois bateaux...

JdO : Il faut faire Paris-Athènes, Athène-Rhodes, Rhodes-Kastellórizo, ça prend trois jours !

FB : Vous vous habillez où ? Vos costumes, c'est du sur-mesure ?

JdO : De temps en temps, je m'habille en jean, et de temps en temps, je fais une folie, je prends... ce qu'il y a de mieux !

FB : C'est quoi ? Charvet ? Hilditch ?

JdO : Oui, Charvet, Hilditch.

FB : C'est vrai, j'ai trouvé ? Je suis très fort.

JdO : Il faut également un costume de Cifonelli.

FB : Ah voilà. En même temps, il ne faut pas trop le dire, il faut que ça reste secret. Votre parfum ?

JdO : ...

FB : Voyons Jean, vous êtes un sex-symbol, les filles rêvent de vous. Il me faut le parfum de Jean d'Ormesson.

JdO : J'avais une eau de toilette qui était L'Eau de Lanvin. L'Eau de Lanvin a disparu mais Bernard Lanvin continuait la production pour moi et pour quelques autres, comme Philippine de Rothschild. Il a continué pendant dix ans.

FB : Y a-t-il un pays que vous n'avez jamais visité et dans lequel vous aimeriez aller ?

JdO : L'Afrique du Sud.

FB : Vous n'y êtes jamais allé ?

JdO : Non, à cause de l'Apartheid. D'abord, je n'étais pas pour l'Apartheid et ensuite j'étais à l'Unesco donc je ne pouvais pas y aller.

FB : Et maintenant ?

JdO : Maintenant je crois que ce n'est pas mieux.

FB : Le Cap c'est très beau, pas Johannesburg. L'hiver est la bonne période pour y aller. En décembre. Je pense que l'on a tout dit. Ah si, il faut parler de cet escalier, ce fameux escalier. Vous dites que la seule chose que vous retiendrez de toute votre vie, c'est un escalier blanc et bleu dans les Pouilles.

JdO : Ce n'est pas inventé, c'est vrai.

FB : Je lis la fin de votre dernier livre : « J'ai aimé l'eau, la lumière, le soleil, les matins d'été, les ports, la douceur du soir dans les collines et une foule de détails sans le moindre intérêt comme cet olivier très rond dont je me souviens encore dans la baie de Fethiye. » C'est où ?

JdO : Fethiye, c'est sur la côte turque, entre Antalya et Bodrum. Il y a une baie sublime avec un olivier rond.

FB : D'accord, entre Antalya et Bodrum. Bodrum, c'est le Saint-Tropez turc.

JdO : Non, c'est sauvage comme tout.

FB : Plus maintenant.

JdO : Antalya, oui, mais pas cette baie-là. Et l'escalier blanc et bleu existe dans les Pouilles. Je ne me souviens plus si c'est à Ostuni ou à Villafranca.

FB : Donc je me suis trompé. Je pensais à Tricase Porto. C'est un petit village au bord de la mer.

JdO : A côté. Vous connaissez les Pouilles ?

FB : Oui, j'y étais cet été.

JdO : C'est bien !

FB : Oui, c'est très beau, c'est ce qu'il y a de plus beau.

JdO : Tricase, je m'en souviens très bien.

FB : Il y a un petit port avec des restaurants au bord de l'eau et des escaliers blancs et bleus partout.

JdO : Voilà, eh bien c'est le même genre.

FB : Dernière question. Parce qu'il faut y aller, il est 18 heures.

JdO : J'ai tout le temps. Grâce à toi, j'ai tout le temps. Un autre whisky ?

FB : Evidemment.

JdO : Tu veux de l'eau dedans ?

FB : Non, juste un peu de glace. C'est très gentil.

JdO : Tu es venu tellement à l'heure que j'ai encore une demi-heure. A déjeuner, c'était vraiment pas possible. Les quinze jours à venir sont terribles.

FB : Est-ce qu'il faut faire la promotion d'ailleurs ? Certains auteurs n'en font pas du tout.

JdO : J'admire assez Le Clézio ou Modiano, qui ne font rien.

FB : Ils ne font pas rien, ils font un ou deux trucs bien visés.

JdO : Alors ça, moi, je ne sais pas faire. Je fais ce que me dit mon éditeur.

FB : Parce que votre éditeur, évidemment, il va vous demander d'aller partout. Ça ne vous emmerde pas ?

JdO : Les gens disent que j'adore la télévision, ce n'est pas vrai, je n'adore pas ça. Mais quand j'y suis, je ne vais pas bouder. Les gens sont d'une gentillesse incroyable avec moi.

FB : Le danger c'est qu'ils sont tellement gentils que l'on pourrait passer sa vie à aller sur tous les plateaux expliquer ses livres. Kundera n'y va jamais et ça ne l'empêche pas d'être un grand écrivain.

JdO : Oui, je l'aime beaucoup. Mais ce que je ne comprends pas chez Bernard-Henri et chez Houellebecq, c'est qu'ils disent qu'ils sont persécutés. Ils ne sont pas persécutés, si ?

FB : Non, mais très attaqués, beaucoup plus que vous.

JdO : Vraiment ?

FB : Oui. Les gens sont très cruels et jaloux avec eux. Et il me semble qu'ils sont nettement plus agréables avec vous.

JdO : Peut-être. Remarque, il y a aussi un type de l'autre bord, Louis Pauwels, qui me disait : « Pourquoi les gens sont si gentils avec toi et si désagréables avec moi ? »

FB : Mais c'est vrai. Il l'avait aussi cherché, il avait écrit des articles très polémiques. Peut-être qu'effectivement beaucoup de gens considèrent la littérature comme une guerre et ça les rend agressifs ! Quand on déclare la guerre au monde entier, le monde entier s'attaque à vous. Alors que si on dit « Je ne sais pas, je ne suis rien, etc. »...

JdO : Je crois fondamentalement à l'égalité des gens. Tu crois qu'il y a des personnes plus intelligentes que les autres ? A peine. Il y a des gens qui courent plus vite que d'autres, des gens qui mettent le ballon plus facilement dans les buts, des gens qui s'expriment mieux, des gens qui écrivent mieux. Mais ils ne sont pas supérieurs !

Le téléphone sonne. Il prend rendez-vous.

JdO : Ravissante, une très très belle femme.
FB : Mais je veux en savoir plus. Ça ne s'arrête donc jamais ?
JdO : Si, ça s'arrête.
FB : Il y a quand même un moment où l'on se calme ?
JdO : Il reste des amies qui ont pitié. [Sourire.]
FB : On suscite la pitié ?
JdO : Regarde l'état dans lequel est François Nourissier.
FB : C'est vrai ? J'ai lu ses livres sur la maladie de Parkinson.
JdO : Il est dans un état... On ne peut plus lui téléphoner. Il loue une chambre dans un hôpital avec une autre personne. Il ne peut plus rentrer chez lui. Tu parles avec lui et tu te dis que tout va bien. Et puis tout d'un coup tu lui demandes comment il est venu ici et il te répond qu'il a pris un chapeau...
FB : C'est Alzheimer ?
JdO : Ce n'est pas Alzheimer, c'est une maladie du langage où les mots viennent les uns à la place des autres.
FB : C'est fou pour un écrivain, de ne plus connaître les mots.
JdO : C'est horrible.

FB : Il faut avoir de la chance en fait, la chance de passer à travers.

JdO : A travers la haine, à travers la maladie, à travers les guerres.

FB : Et essayer de n'en déclencher aucune. Quand on a eu de la chance au départ, n'est-on pas finalement un peu abrité ?

JdO : J'ai eu évidemment une enfance protégée...

FB : Quand je lis l'histoire de la vôtre, je me dis qu'il faut que j'arrête de me plaindre. J'ai eu des parents qui m'ont aimé, j'ai grandi dans un milieu aisé, favorisé, j'ai eu aussi des grandes maisons. On est assez proches là-dessus et il faut que j'arrête de faire mon révolté tout le temps. Je devrais plutôt me dire : « Tu as eu de la chance, dis merci ! »

JdO : On ne peut pas faire l'économie de la révolte. Et tu vois bien que moi, n'ayant pas été fasciste, n'ayant pas été trotskiste, ce que j'aurais très bien pu devenir, je me suis dit qu'il fallait se rebeller d'une façon ou d'une autre et je suis parti avec ma cousine ! C'était pour marquer mon indépendance.

FB : C'est ça, en fait ! C'est un élément central de ta vie dont tu ne parles que maintenant

JdO : Je l'ai caché, caché, caché.. .

FB : Il y a la fameuse théorie d'Hemingway qui dit : « Dans tous les livres, ce qui est écrit sur la page n'est que la partie émergée d'un iceberg. » Ce qu'il y a dans les livres, c'est seulement 1 % d'un monde qui est dessous. Peut-être que pour vous, l'iceberg géant, c'est cette histoire. Et la révolte c'était de foutre une espèce d'énorme bordel dans la famille.

JdO : J'ai foutu le bordel dans la famille. Tout le monde était en larmes. On a dit aux enfants que j'étais mort. On n'allait pas leur expliquer ça... Et vingt ans après, il y a vingt ans, j'ai vu des neveux qui m'ont dit : « Oncle Jean, vous vivez ! »

FB : Mais ils n'avaient pas vu la télé ?

JdO : Ils étaient tout petits, ils avaient 5 ou 6 ans et quand ils ont eu 18 ans, ils ont compris que je vivais.

FB : C'est fou, cette histoire. Parce que vu de l'extérieur, ça ne semble pas si grave. Ce sont des histoires très belles. L'amour est plus fort que tout. Et même si ça n'a pas marché par la suite, je pense qu'il ne fallait pas hésiter une seconde. C'est mon avis. Moi, quand j'ai eu ce genre de décision à prendre... D'ailleurs on ne les prend pas, c'est comme ça ! On crève, sinon. Ma dernière question, c'est la fameuse question d'Arthur Cravan à Gide : Monsieur d'Ormesson, où en sommes-nous avec le temps ?

JdO : Evidemment, c'est sublime.

FB : Et vous connaissez la réponse de Gide ?

JdO : Il donne l'heure.

FB : Il dit : « Il est 18 h 11 et au revoir Monsieur. »

JdO : Si c'est inventé, c'est très brillant aussi.

FB : On a fini.

JdO : C'est quand même bizarre, le temps. Les philosophes en parlent très peu, de sa nature. La lumière, on sait ce que c'est, des particules, mais le temps ? Des particules, des ondes ?

FB : On sait le mesurer, avec nos montres...

JdO : On peut le mesurer mais uniquement par l'espace.

FB : Moi, je vois la vie comme un compte à rebours. On a un certain nombre de secondes.

JdO : C'est quand même surprenant ce système, quand on y pense.

FB : On vous donne le droit à un certain nombre de secondes sur cette terre. Voilà, votre temps imparti est écoulé, monsieur... C'est terrible !

JdO : Quand on me dit : « Une année de plus », je réponds : « Une année de moins. »

Bernard-Henri Lévy

– 21 janvier 2009 –

Depuis la publication de sa correspondance avec Michel Houellebecq, une chose incroyable est en train d'arriver à Bernard-Henri Lévy : il redevient « hype ». Même si le livre *Ennemis publics* (Grasset-Flammarion) n'a pas rencontré le succès escompté, on trouve BHL dans *Purple*, le magazine so fashion du destroy Olivier Zahm, et Eric Dahan, oui, le Eric Dahan des « Nuits Blanches » de *Libération*, vient de réaliser pour France 5 un documentaire intitulé : « Bernard-Henri Lévy, la déraison dans l'Histoire ». Il ne manquait plus à la « new street trash credibility » du Nouveau Philosophe qu'un entretien avec votre serviteur. Voilà qui est fait, dans son bel appartement parisien du boulevard Saint-Germain.

FB : Ça va ? C'est le stress intégral avant votre départ ?

BHL : Pas vraiment, non. Je n'ai jamais mis plus de cinq minutes à faire un bagage. Venez dans mon bureau. Vous prenez quoi ?

FB : Un Coca pas light. Vous partez où ?

BHL : Nager. A l'île Maurice.

FB : Ce n'est pas un pays en guerre.

BHL : Certes. Encore que je lisais, l'autre jour, qu'on y a empêché Enrico Macias de chanter.

FB : Pourquoi, qu'est-ce qu'il a fait ?

BHL : Rien. Il est juste juif. Comme Arthur. Vous avez vu qu'Arthur, le showman, a été empêché de se produire, à deux reprises, et, cette fois, en France ? C'était juste après la guerre de Gaza. Et, comme Dieudonné a dit, un jour, que les recettes de ses shows servaient à financer Tsahal, vous avez des cons qui sont venus, à l'entrée du théâtre, crier : « Israël assassin, Arthur complice. » C'est n'importe quoi, naturellement. Mais ça fait froid dans le dos. Même chose pour Macias.

FB : C'est un proche de Sarkozy, il a soutenu Sarkozy.

BHL : Oui, et alors ? Ça change quoi ? Enfin, bref : l'île Maurice, j'y vais pour me reposer, nager et travailler.

FB : Quel hôtel ?

BHL : Le même depuis vingt ans, le Royal Palm.

FB : Moi j'aime bien le Prince Maurice. Mais la dernière fois que j'y suis allé, il pleuvait.

BHL : Vous préférez vraiment le Prince Maurice ?

FB : Il est plus récent, c'est une décoration dans le style « Aman », des coussins partout, des grands lits et des villas en bois sur pilotis. Le Royal Palm, c'est là où Chirac allait, c'est plus vieux.

BHL : J'y vais depuis toujours et comme je déteste changer… La mer est comment au Prince Maurice ?

FB : Elle est moins bien parce que c'est sur un autre côté de l'île et la plage est artificielle. Il faut le reconnaître, c'est une fausse plage.

BHL : Le Royal Palm a un avantage : ce lagon, cette mer chaude. Nous avons l'habitude, avec Arielle, d'y nager longtemps, très longtemps. Et ça, c'est formidable.

FB : C'est le secret de votre silhouette si svelte.

BHL : C'est l'un des secrets de fabrication de mes livres : je les commence en nageant – c'est en nageant, longuement, que je réfléchis le mieux.

FB : On va faire un entretien d'une légèreté atroce

BHL s'adresse à son majordome sri lankais : Harry ? Could you please check with Joëlle my lunettes de natation. Ok, you put them into my bag. Thank you.

FB : Je me disais… j'aimerais comprendre la vie que vous menez. [Je me lève et j'arpente son bureau.] Pardon, je marche parce que vous savez ce que dit Montaigne : « Mes pensées dorment si je les assieds. »

BHL : C'est aussi un truc d'ancien taulard. On reconnaît quelqu'un qui a fait de la prison au fait qu'en pleine conversation, il se lève et se met à marcher. J'ai un ou deux amis dans ce cas : c'est une règle.

FB : Vous n'avez jamais fait de taule ?

BHL : Si. En Inde, il y a trente-cinq ans. Au Pakistan, il y a vingt-cinq ans. En Argentine, aussi, à la fin des années 70, sous le régime des généraux fascistes. Mais, chaque fois, brièvement. Et vous ?

FB : J'ai fait deux nuits. Première nuit au commissariat du huitième et deuxième nuit au dépôt.

BHL : L'histoire des mains sur la voiture et tout ça, c'était deux nuits ?

FB : Ce n'étaient pas des mains sur la voiture, c'était autre chose ! J'ai été déféré au Dépôt à l'île de la Cité.

BHL : Ouais, je me souviens. Je vous avais même envoyé un petit SMS d'amitié, vu l'épreuve abominable que vous traversiez.

FB : Oui, donc c'est pour ça que je me lève, je suis un repris de justice. Bon, c'est quoi votre vie quotidienne ? Là vous étiez où ? Vous revenez de Gaza ?

BHL : D'Israël. De Ramallah, en territoire palestinien. Et, brièvement, de Gaza.

FB : C'est fascinant parce qu'on se dit : « Il va à Gaza sous les bombes et puis à l'île Maurice juste après. » Et ça, c'est quand même un bon résumé de votre vie, non ? La plupart des gens qui vont au Royal Palm ne vont pas faire la guerre et la plupart des gens qui font des guerres ne vont pas au Royal Palm. Vous êtes le seul à avoir accès à ces deux univers simultanément. Qu'est-ce que ça fait ?

BHL : À moi, rien. Mais aux autres, enfin à certains autres, ça fait apparemment quelque chose. Et même, je crois, ça énerve. Mais que voulez-vous que je vous dise ? Je fais mon métier d'intellectuel d'un côté. Et j'aime la vie, de l'autre. C'est d'une simplicité absolue.

FB : Le métier d'intellectuel, c'est pas forcément d'aller sous les bombes. C'est très admirable d'aller en Bosnie, en Afghanistan et tout, mais on pourrait aussi dire qu'un intellectuel, ça reste dans son lit.

BHL : Oui, absolument. Et c'est tout à fait respectable. Moi, il se trouve que ce n'est pas ça. Mon tempérament... Mes admirations... Les hasards de la vie... Je veux dire par là que ce n'est évidemment pas un « système ». Je ne me suis pas réveillé, à 20 ans, en me disant que j'allais passer ma vie à aller en Afghanistan. Mais voilà. Ça s'est passé comme ça. Quand la guerre de Bosnie éclate, en 1992, j'écris, je manifeste, mais j'ai, aussi, envie d'aller voir et d'en parler en connaissance de cause.

FB : D'accord, mais je récapitule. Tout commence en 1971 avec votre engagement au Bangladesh. Et je respecte cette tradition, depuis Voltaire, de l'intellectuel engagé, très bien, qui se mêle de politique. Mais maintenant, vous êtes né en 1948, vous avez 60 ans. Vous pourriez très bien vous dire : « Je ne vais m'engager qu'au Royal Palm, dans ma maison à Marrakech, et je vais écrire des textes qui parleront des nuages, de ma femme, de mes enfants. »

BHL : Mouais...

FB : Non mais c'est vrai, sans blaguer. Je ne dis pas que c'est un ordre que je vous donne. Mais on peut se dire que dans la jeunesse on a envie d'être fougueux et qu'après... Il faut accepter son grand âge mon cher. Qu'est-ce que vous pensez de ça ? La bougeotte ne vous quittera jamais ?

BHL : Si, peut-être. Le problème c'est le grand âge qui n'a pas l'air de m'accepter dans son règne implacable. C'est vrai que j'ai 60 ans. Mais, comment vous dire...

FB : Ce n'est pas tout à fait l'âge de la retraite, mais...

BHL : La vérité est que je n'y pense jamais. Et quand j'y pense, comme là, à cause de vous, ça me semble assez improbable, ça me semble une des choses les plus saugrenues qui soient.

FB : Donc ?

BHL : Donc, avoir 60 ans n'a pas beaucoup d'importance. Je ne l'intègre pas dans mon concept, dans ma définition de moi-même. Et je ne fonctionne pas de manière tellement différente que lorsque je ne les avais pas. À 20 ans, j'entends l'appel de Malraux, je prends mon billet d'avion et je vais au Bangladesh. À 45, je vois les snipers qui tirent sur Sarajevo, je prends une voiture, je franchis les lignes serbes, j'entre dans la ville assiégée. À 60 ans, j'apprends que les Russes marchent sur Tbilissi...

FB : Et je vais en Ossétie.

BHL : Non, en Géorgie. Ce que je veux vous dire c'est que le temps n'a pas tellement prise sur tout ça.

FB : Est-ce que ce n'est pas justement une manière de lutter contre le temps, de rester toujours aussi fringant et vivant, que de sortir de temps en temps de son ghetto doré pour aller dans la poussière et le sang ?

BHL : Là, vous inversez. Ce n'est pas pour rester vivant que je sors de ce que vous appelez mon ghetto doré. C'est parce que je suis vivant !

FB : [Rires.]

BHL : Non, mais c'est vrai ! Il y a de moins en moins de gens vivants, autour de nous. Y compris chez les gens jeunes, il y a de plus en plus de morts vivants – des gens qui croient être vivants mais dont des pans entiers de l'être sont comme morts. Moi je suis enthousiaste. Je suis heureux de vivre. J'aime la volupté. L'action. J'aime écrire. Je travaille comme une brute, je m'épuise, je cisèle mes livres presque indéfiniment. Bref, je suis vivant. Aussi vivant qu'il est possible de l'être.

FB : Il y a deux choses que vous ne dites pas maintenant et comme vous les avez écrites dans des emails récemment, adressés à un écrivain concurrent et néanmoins ami, je vais donc les ressortir, comme ça vous les aurez dites ici : premièrement, au lycée Pasteur de Neuilly où vous faisiez vos études secondaires, il y avait un souffre-douleur officiel qui s'appelait « Mallah », qui se faisait péter la gueule, qui était persécuté, et vous avez pris sa défense. Et d'ailleurs, je voulais savoir si, après le livre, il s'était manifesté.

BHL : Non.

FB : Donc, peut-être qu'il y aurait ici l'origine de vouloir prendre la défense des opprimés, depuis le lycée. Deuxièmement, et c'est plus important, vous avez évoqué votre père, engagé auprès de l'Espagne républicaine puis dans les Forces françaises libres. Donc finalement votre goût pour l'action serait une manière d'imiter ce père mystérieux, silencieux, solitaire. Voilà les deux choses que vous ne venez pas de me dire.

BHL : Eh bien je vous les dis. C'est d'ailleurs la conclusion que tire Houellebecq dans sa lettre à lui, celle qui suit juste la mienne : « On n'échappe pas à l'empreinte du modèle paternel. » Lui, Michel, trouve ça un peu navrant. Il dit : c'est quand même con qu'on en revienne toujours là et que même des gens...

FB : ... aussi intelligents que nous...

BHL : ... aussi singuliers que deux écrivains en reviennent toujours, finalement, à cette loi vieille comme l'espèce : on n'échappe pas au modèle paternel. Bon. Il a raison, bien sûr. C'est vrai que, moi, par exemple, je vis sous la tutelle invisible d'un modèle paternel très fort. C'était vrai de son vivant et...

FB : Votre père je ne l'ai rencontré qu'une fois. C'était en 1993 à votre mariage à Saint-Paul de Vence. J'étais en train de monter le son de la musique et il m'a pris pour le DJ. Il m'a dit : « Mais mettez le son moins fort ! » Il était très autoritaire. Donc j'avoue que ça ne devait pas être facile.

BHL : Si. Parce que c'était quelqu'un, en même temps, de doux, de bon...

FB : Toujours sur l'engagement, il y a quand même un portrait très drôle de vous dans le dernier roman de Jean-Paul Enthoven, texte sous-estimé intitulé *Ce que nous avons eu de meilleur*. Je ne résiste pas au plaisir de vous en lire quelques extraits que vous connaissez. Evidemment, vous n'êtes pas le personnage, c'est un roman, dans le livre il s'appelle Lewis, ça n'a rien à voir...

BHL : Ecoutez. Ça va comme ça. Ça, c'était la comédie qu'on jouait, au moment de la sortie du livre, pour tromper les radars des critiques les plus malveillants. Mais, maintenant, on peut révéler la terrible, l'atroce, l'insoutenable vérité : Lewis c'est moi.

FB : Alors je cite : « Il écrit des livres retentissants, aime la gloire et la pleine lumière, se sent concerné par le sort de l'humanité. » Et après, ça devient beaucoup plus marrant. Il dit que votre vrai modèle ce n'est pas Malraux mais le Prince Malko Linge, le héros de SAS de Gérard de Villiers. Est-ce que c'est vrai ?

BHL : Non, ce n'est pas vrai. Mais attention. Soyons précis. Un, ce n'est pas vrai. Deux, c'est drôle. Et trois, ce qui est exact c'est que je suis un lecteur de SAS.

FB : Donc quand vous allez à l'autre bout de la planète, vous avez déjà toutes les bonnes adresses de Gérard de Villiers ?

BHL : Sérieusement, il m'est arrivé de passer par des endroits où il était passé. Et j'ai vérifié, chaque fois, qu'il était plutôt un bon journaliste. Travail de documentation excellent. Enquêtes solides. Bonne vision géopolitique. Au Pakistan par exemple, lors de mon enquête sur la mort de Daniel Pearl, j'ai eu, une fois, le même fixeur que lui...

FB : C'est quand même marrant.

BHL : On peut dire ça comme ça, oui. En tout cas, le fait est là : quand Jean-Paul me situe entre Sartre et le Prince Malko, il y a un fond de vérité.

FB : Il écrit aussi : « Entre mon champion mélancolique et celui de *Gâchis à Karachi*, des correspondances inattendues s'établirent finalement. » [Rires.]

BHL : Ecoutez. Contrairement à ce qu'ont pu dire ou déduire quelques imbéciles, j'aime le livre de Jean-Paul et j'aime le portrait qu'il y fait de moi.

FB : Mais c'est ce qu'on vient de dire ! Il vous a bien observé, en train d'aller en Israël pendant la guerre puis ensuite au Royal Palm à Maurice. Voici le passage que je préfère de tout le livre : « Quant à Lewis, qui se voulait indifférent aux humeurs du ciel, il s'était réfugié dans son bureau afin d'étudier les *Rétractations* de saint Augustin, tout en rédigeant un article véhément pour le *Calcutta Daily*. »

BHL : [Rires.]

FB : J'ai dîné avec Jean-Paul, qui est votre meilleur ami, et nous en sommes venus à la conclusion que votre modèle ne serait ni Malraux, ni SAS, mais Paul Morand. Même fascination pour les voyages, la vitesse, l'envie de vivre, la littérature bien sûr, et puis un certain luxe, l'appartement où nous nous trouvons en témoigne. Il y a une différence : vous n'auriez peut-être pas épousé une antisémite.

BHL : Il y a deux choses que je trouve insupportables chez Morand. L'antisémitisme, bien sûr – pas seulement celui de sa femme, le sien. Mais aussi sa pingrerie, ce quelque chose d'étriqué qu'il avait et qui contredisait sa vision du monde. Cela étant dit, vivre vite, vivre sur plusieurs registres à la fois, ne pas dissimuler le plaisir que l'on éprouve à vivre ainsi, j'aime tout cela chez Morand. Beaucoup. Je pense, moi aussi, que la vitesse est une vertu. Je pense, moi aussi, qu'avoir plusieurs vies à la fois, éventuellement cloisonnées, est un bien. Et je pense, enfin, qu'il faut arrêter avec l'hypocrisie et que le goût de la vie n'est pas incompatible avec le travail d'écrivain. C'est peut-être l'un des rares points où les années qui passent m'ont un peu changé : je ne suis plus mal à l'aise avec ça ; j'ai acquis, par rapport à ça, une liberté beaucoup plus grande.

FB : Alors là, pardon, mais ce n'est pas comme ça que votre dernier livre a été perçu. Peut-être à cause de son titre, *Ennemis publics*, il a donné l'impression d'une lamentation et d'une plainte face à des « meutes » de journalistes haineux. Ce livre a été mal compris ?

BHL : Par vous, là, sûrement. Car ce livre a deux auteurs, je vous le rappelle. L'un, Michel, dont on peut dire en effet, et à l'extrême rigueur, qu'il « se lamente ». Et l'autre, moi, qui lui dis en substance: « Pas de quoi se lamenter ; un, tout ça n'est pas grave ; deux, ces gens sont des nains ; trois, c'est vous qui, à l'arrivée, l'emporterez parce que vous êtes un grand écrivain. » C'est, littéralement, ce que je lui réponds. Et me plaindre, me lamenter, réclamer justice, etc., non, franchement, ça n'a jamais été ni mon genre ni mon cas.

FB : Vous ne pensez pas que c'était une erreur de lui donner ce titre ? Personne ne vous considère comme un ennemi public. Mesrine est un ennemi public, pas vous.

BHL : Depuis quand un titre serait-il une erreur ou pas une erreur ? C'est le titre, voilà tout.

FB : Parce que moi je trouve le livre bien meilleur que son titre.

BHL : Eh bien tant mieux. Ce qui peut arriver de mieux à un écrivain, c'est que ses livres soient plus intelligents que lui. Et ce qui peut arriver de mieux à un livre, c'est qu'il soit meilleur que son titre.

FB : Est-ce qu'il n'y a pas eu aussi ce lancement secret qui a pu agacer aussi ?

BHL : Agacer ? Mais c'est parfait ! Quel bonheur et quelle chance ! Cela étant dit, soyons sérieux une demi-seconde et rétablissons les faits tels qu'ils sont. S'il y a eu « secret » c'est d'abord parce que, pendant longtemps, nous n'étions pas certains, Michel et moi, de vouloir publier ce livre. On l'a démarré quand ? A la Noël 2007, il me semble. Eh bien jusqu'en mai, peut-être juin, on était contents, c'était une vraie correspondance d'écrivains, sincère, en profondeur, et on ne se posait pas tellement la question de savoir si on publierait ou non. Et puis ensuite… Oui, ensuite, quand la décision a été prise, quand il a été clair que ça deviendrait un livre, il y a eu le film de Michel qui allait sortir et qu'il ne fallait pas gêner, auquel il fallait laisser toutes ses chances et que l'annonce du livre, si elle venait trop tôt, allait parasiter… Teresa Cremisi ne l'a jamais dit comme je vous le dis là. Et elle a accepté d'encaisser – ce qui est tout à son honneur – son lot d'insultes et de bassesses. La vérité est pourtant celle-là. Elle est aussi simple que cela.

FB : C'est toujours louche le secret... Récemment il y a eu un film qui n'a pas été montré à la presse, c'est le film d'Etienne Chatiliez, *Agathe Cléry*, et c'est toujours suspect quand un livre ou un film n'est pas montré. On se dit qu'il doit être nul.

BHL : Oui. Sauf que le film de Michel était magnifique et que les critiques de cinéma ont été, comme souvent, grotesques. Cela dit, je vous le répète : où est le problème ? Etre « suspect », qu'est-ce qu'on peut rêver de mieux pour un écrivain ?

FB : Le livre a été plutôt bien accueilli, mais mal compris.

BHL : Bien accueilli, oui. Mais pas trop mal compris, non plus. Après il y a eu, sur Internet, un énervement général... Mais ce n'est pas si grave.

FB : Ce livre est de ma faute puisque je vous ai présenté Michel Houellebecq lors d'un dîner mémorable à l'Esplanade. Je suis le principal coupable.

BHL : Voilà, oui. Vous êtes à l'origine de tout ça. Allez donc vous dénoncer à bakchich.com.

FB : Continuons la chronologie. Après l'expédition au Bangladesh, le 27 mai 1977 à « Apostrophes », vous devenez le symbole de l'intellectuel médiatique, avec cette fameuse émission qui lance les nouveaux philosophes, qui lance votre deuxième, mais premier vrai essai, *La Barbarie à visage humain*, et les gens découvrent un type beau, jeune, excellent à l'oral, fils de riche, qui devient une célébrité instantanée. Je vous interdis de vous plaindre lors de notre entretien, mais c'est vrai que vous avez immédiatement suscité les jalousies.

BHL : Sur quel ton faut-il vous dire que je ne me plains jamais, absolument jamais, et par principe ? Cela étant dit, c'est vrai qu'il faut sans doute une vie pour payer ce que vous venez de décrire. Plus, peut-être, la deuxième vie, celle qui vient après la mort et où je continuerai, si cela se trouve, à solder mes derniers comptes…

FB : Vous auriez pu choisir de disparaître, de vous cacher, comme Salinger. Là vous êtes devenu l'écrivain audiovisuel, l'écrivain qu'on voit, qu'on entend et qui s'agite. Et ceci depuis 1977, cela fait trente-deux ans.

BHL : J'aurais « pu », comme vous dites. Mais cela ne m'amuse pas. Et puis, comment vous dire ? Les écrivains qui se cachent ont, par définition, quelque chose à cacher. Moi, c'est peut-être embêtant mais c'est comme ça : il se trouve que je n'ai rien à cacher… J'ajoute une chose. C'est vrai que je suis devenu ce que vous dites. Mais c'est vrai, aussi, que je suis un écrivain qui travaille, et qui travaille même beaucoup, seul au fond de sa mine, au bout de sa catacombe intérieure, et sans médias pour enregistrer la performance ! Mes livres, on les aime ou on ne les aime pas. Mais ils sont là. Il y en a une trentaine. Ils avancent. Ils ne se répètent pas trop. C'est un fait.

FB : Comme dans toute œuvre, c'est inégal, mais il y a certains livres incontestables. Par exemple, *Les Derniers Jours de Charles Baudelaire* et *Le Siècle de Sartre*. Je pense que ce sont les deux titres que les gens respectent le plus, et curieusement, deux livres écrits sur quelqu'un d'autre. Est-ce qu'aujourd'hui, en regardant votre bibliographie, vous avez le sentiment d'avoir plus travaillé ces deux-là ou est-ce que vous avez d'autres préférences ?

BHL : J'ai des préférences, oui. Mais ce ne sont peut-être pas ces deux-là. Je dirais plutôt, mon journal de la guerre de Bosnie, *Le Lys et la Cendre* ou encore...

FB : Pourquoi ? Parce que c'est du nouveau journalisme ? C'est subjectif ?

BHL : Mettons, oui. Du journalisme subjectif. Encore que la formule s'applique mieux à un autre de mes livres : celui sur les guerres oubliées. C'est peut-être lui, à tout prendre, le livre que je préfère.

FB : Pour la même raison ?

BHL : Oui. Et parce que c'est un livre pieux dont l'ambition est d'essayer de réparer l'irréparable même, c'est-à-dire ces hécatombes de morts sans nombre, sans nom, sans tombe, sans visage. C'est ça, l'objet de ce livre. C'est de donner une petite tombe de papier aux morts du Burundi, du Sud-Soudan, de Colombie. C'est de rendre leurs noms à quelques-uns de ces gens qui sont morts sans trace, sans la moindre archive consignée où que ce soit. Voyez-vous : cette situation-là, la situation de pays où les morts se comptent à cent mille près, où on ne connaît pas leurs visages, où leurs noms mêmes ne sont inscrits nulle part et où il n'y a pas de lieux où les vivants puissent se recueillir et pleurer, c'est, pour moi, la damnation absolue. « Je suis le tombeau de mon père », disait Baudelaire dont le père, comme vous savez, était un prêtre défroqué jeté à la fosse commune. Eh bien les gens auxquels je m'intéresse dans ce livre, ce sont des millions de François Baudelaire, des millions... Et puis il y a un troisième livre encore que j'aime, peut-être pour la même raison, c'est mon livre sur Daniel Pearl...

FB : Ce sont trois livres que vous avez appelés des « romanquêtes », mais en fait c'est du « non fiction novel ». C'est ce qu'a fait Truman Capote avec *De sang-froid* en 1966...

BHL : Oui et non. Le Pearl est d'abord une enquête – fouillée, serrée et obéissant (sauf dans un chapitre, celui où j'imagine le monologue intérieur de Pearl avant la mise à mort) aux canons du journalisme le plus exigeant. Le livre sur la Bosnie est un journal, vraiment un journal, le journal que j'ai tenu pendant les quatre années terribles de la guerre de Bosnie, avec juste ablation des pages les plus intimes. Et quant au livre sur les guerres oubliées, c'est un livre construit un peu à la manière de Nabokov dans *Feu pâle* : un long texte principal, hérissé d'appels de notes qui renvoient aux 300 et quelques pages suivantes.

FB : Et vous ne citez pas *Le Diable en tête* qui a eu le prix Médicis en 1984, ni *Les Derniers Jours de Charles Baudelaire*, qui a eu le prix Interallié en 1988.

BHL : En effet, non. Pas aujourd'hui. Revenez demain. Je suis parfois capricieux, vous savez.

FB : Et pas *Le Siècle de Sartre* ? Je me souviens très bien que c'était votre grand retour en l'an 2000, la dernière fois qu'il y a eu vraiment complète unanimité sur un de vos livres...

BHL : Justement !

FB : Justement, pas besoin de s'en occuper, Sartre n'a pas besoin d'aide ?

BHL : Non. Justement, ce genre d'unanimité me semble, pour le coup, bizarre.

FB : La récompense de la sueur, parce qu'on sentait que vous aviez bossé ?

BHL : Peut-être, oui. 500 pages... Des chapitres sur Heidegger... Une relecture de *La Critique de la raison dialectique*... C'est vrai que les gens étaient contents. Surtout après l'aventure du *Jour et la Nuit*, mon film avec Alain Delon, qui m'avait laminé...

FB : *La Barbarie à visage humain* et ce mouvement des nouveaux philosophes, c'était une critique du communisme. En 89 et 91 le communisme a chuté à part en Chine, en Corée du Nord et à Cuba, mais maintenant ça n'existe quasiment plus, et vous auriez pu à ce tournant-là essayer de critiquer le capitalisme, essayer de voir ce qui n'allait pas dans notre système à nous et qui est démontré aujourd'hui. Au lieu de ça, vous avez trouvé un nouvel ennemi qui est le terrorisme islamiste que vous avez baptisé « fascislamisme ».

Pourquoi ne pas avoir eu envie d'analyser ce qui n'allait pas dans notre système occidental ? Vous qui allez souvent aux Etats-Unis, vous avez dû en croiser de ces traders complètement cocaïnés qui ont ruiné la planète !

BHL : Vous avez raison. Mais, d'abord, la vie est courte et on ne peut pas tout faire.

FB : [Rires.]

BHL : Et puis, ensuite, qu'est-ce que vous voulez que je vous dise ? Le « fascislamisme » me semble un danger quand même plus sérieux que l'ultralibéralisme.

FB : Notre propre système est en train de s'effondrer, quand même.

BHL : Je ne crois pas. Il est en train de se réformer, de se réguler, de se débarrasser de ses escrocs, de les clouer au pilori, de se donner des systèmes d'alerte plus sophistiqués et à la hauteur de l'extraordinaire sophistication à laquelle étaient parvenus les « traders » dont vous parlez. Mais que le capitalisme soit en train de s'effondrer – là, non, ne rêvez pas...

FB : Ça c'est quelque chose dont on n'a jamais parlé tous les deux. Moi j'ai senti quand j'ai écrit contre la pub que vous vous en foutiez carrément. Vous pensez que c'est une fausse menace, que l'on vit dans des pays complètement libres, démocratiques ?

BHL : Non, bien sûr. Je crois juste que la société idéale n'existe pas, qu'il faut renoncer à la viser et même à l'espérer et que la politique la moins criminelle est celle qui s'en tient au moindre mal.

Alors voilà. La dictature de l'image, la tyrannie de la marchandise, la pub, peut-être que c'est mal ; mais c'est un moindre mal. Peut-être qu'il faut éviter de se prosterner devant ces idoles ; mais ce n'est pas non plus le fascisme. Peut-être qu'il faut les critiquer et j'ai d'ailleurs écrit trente-six mille textes plaidant pour la taxe Tobin, contre le capitalisme prédateur, etc., mais...

FB : ... mais vous êtes davantage préoccupé par la montée d'un nouveau fascisme intégriste.

BHL : Oui. Je pense que l'humanité contemporaine a eu à faire face à trois menaces mortelles : le nazisme, le communisme et, maintenant, la version intégriste de l'islam, qui est une version arabe du fascisme. Vous m'avez bien entendu, n'est-ce pas ? Dans « fascislamisme », le mot important ce n'est pas « islam », c'est « fascisme ». L'affaire, autrement dit, n'est pas religieuse mais politique – et il faut la traiter politiquement.

FB : Quelle est la dernière fois que vous avez vu Barack Obama ?

BHL : Il y a deux ans et demi à Chicago.

FB : Quand vous avez écrit *American Vertigo* ?

BHL : Non, ça c'est la première fois, deux ans plus tôt, le soir de la Convention de Boston et de son tout premier grand discours. Je vais encore avoir l'air de la ramener. Mais que voulez-vous ? C'est la stricte vérité. Je dois être le premier bipède parlant et écrivant à avoir imprimé, dans un journal américain, que cet homme finirait président des Etats-Unis. L'article s'appelait « A black Clinton ». A l'origine, et pour être exact, il devait s'appeler « A black Kennedy ». Et ce sont les éditeurs du journal qui m'ont dit : « Vos marottes, d'accord ; mais là, vous charriez ; pas touche à Kennedy »...

FB : Vous ne l'avez pas eu au téléphone depuis ? Il faut le lui rappeler ça !

BHL : Peut-être qu'il s'en souvient, qui sait ? Quand l'artiste italien Francesco Vezzoli a fait, pour la Biennale de Venise, sa fameuse installation où nous jouions, Sharon Stone et moi, deux faux candidats disputant une fausse campagne présidentielle, il voulait que nous soyons aussi crédibles que possible et a fait venir, à Los Angeles, pour Sharon, les conseillers de Bush et à Paris, pour moi, quelques-uns des conseillers d'Obama qui, à l'époque, il faut bien le dire, n'avaient pas encore grand-chose à faire...

FB : Il faut rétablir le contact avec ce monsieur pour lui dire de contribuer à créer un Etat palestinien de toute urgence. Ce que peu de gens savent, car tout le monde vous imagine soutenant Israël inconditionnellement, c'est que vous êtes pour un Etat palestinien.

BHL : Je soutiens absolument Israël. Mais c'est vrai que, depuis plus de quarante ans maintenant, je milite pour que justice soit faite au peuple palestinien. La seule chose c'est : pas n'importe quel Etat palestinien... Pas un Etat palestinien qui serait une base avancée de l'Iran... Pas un Etat palestinien qui serait une rampe de lancement de missiles contre l'Etat juif... Pas un Etat non plus qui, en Egypte, et par contagion, imposerait la loi des Frères musulmans et ferait de l'Egypte un équivalent, en zone sunnite, de ce qu'est l'Iran en zone chiite… C'est ça l'enjeu stratégique de cette affaire. C'est ça qui, par-delà Israël, se joue dans ce drame. Est-ce que l'Egypte deviendra au sunnisme ce que l'Iran est au chiisme ?

FB : [Rires.] Pardonnez-moi mais je n'y comprends tellement rien… Moi je suis plus sensible à d'autres questions, je trouve ça dingue qu'un écrivain se sente obligé d'être super calé en géopolitique internationale.

BHL : Tant mieux pour vous. Mais pour les femmes égyptiennes à qui on demandera peut-être, un jour, de se revoiler, pour celles qu'on recommencera de lapider parce qu'elles auront regardé un autre homme, pour les petites filles qu'on enterrera vivantes, comme au Pakistan, parce qu'elles auront refusé d'être mariées de force à l'âge de 8 ans, la chose, malheureusement, n'est ni « calée » ni « marrante » : elle est juste terrible – et c'est autre chose, croyez-moi, que la dictature de la marchandise.

FB : Je pense que maintenant il est temps pour vous de devenir Cioran. Vous devez n'écrire que des aphorismes glacés et nihilistes, et arrêter de parler du chiisme et du sunnisme. Vous n'êtes pas d'accord ?

BHL : [Rires.] Je crois qu'il est surtout temps de faire ce qui me chante. Je ne calcule pas ces choses. Je n'ai pas de stratégie. Je ne suis pas un mauvais tacticien, mais je ne fais pas de stratégie.

FB : Ce que vous dites c'est que vous faites ce qui vous plaît, et puis c'est tout. On ne va donc pas vous forcer.

BHL : Voilà. Un écrivain se doit d'être, un peu, tacticien car sinon il serait balayé, marginalisé, enseveli sous les tombereaux d'ordures qu'on lui balance sur la tête. Mais, pour le reste, il faut faire comme ça vient.

FB : Pas de retour au roman ?

BHL : Si, bien sûr. J'ai un roman en chantier depuis des années et des années, peut-être vingt ans, mais perpétuellement différé. C'est vrai que c'est le mauvais côté de ma vie : je suis toujours pris par autre chose.

FB : Vous écrivez un roman depuis vingt ans ?! Il va être volumineux !

BHL : Ou, au contraire, complètement émincé, réduit au minimum – qui sait ?

FB : Oui, mais regardez, on pourrait vous dire qu'un vrai romancier doit faire passer son roman avant tout le reste. Moi si j'écris un roman, il peut y avoir la guerre en Afghanistan, je continue à écrire mon roman sur « ma femme, cette grosse pute ».

BHL : D'accord. Sauf que, pour moi, les livres qui sont venus à la place sont, aussi, des livres qui me paraissaient importants.

FB : Le roman passe après.

BHL : Si vous voulez. Mais on pourrait dire aussi que c'est comme ça que les choses doivent se passer, que les livres viennent à leur heure et que ce troisième roman viendra quand il sera vraiment mûr. Est-ce qu'on sait quand c'est le moment et quand ça ne l'est pas ? Est-ce qu'on ne s'invente pas des tas de raisons de différer un livre, juste parce qu'il n'est pas prêt, que la vie n'a pas achevé de faire son travail ?

FB : Il y a quand même une évolution, c'est que vous avez toujours refusé de parler de vous-même, sauf dans un texte que j'aime beaucoup qui s'appelle *Comédie*, mais qui est une fausse confession. C'est vous qui le dites : dans *Ennemis publics* vous expliquez que *Comédie* n'est pas vraiment sincère, que c'était un nouveau masque sur le masque. Et pour la première fois dans *Ennemis publics*, il y a une vraie autobiographie, il y a des scènes personnelles, ce qu'on ne trouvait jamais chez vous. Donc, quand même vous évoluez, allez-vous devenir un écrivain autofictif, une sorte de mélange de Chateaubriand et d'Annie Ernaux ?

BHL : *Ennemis publics* est un livre auquel je tiens énormément. Mais ne vous méprenez pas. Et n'en tirez pas de conclusions hâtives. Il ne tient que par le face-à-face avec Houellebecq. Jamais sans lui, Michel, je n'aurais dit – et jamais je ne dirai plus – ce que j'y dis.

FB : Pourquoi ce refus ?

BHL : Parce que ça ne m'intéresse pas. Parler de moi m'ennuie.

FB : C'est étrange, on peut même se dire que c'est paradoxal. Parce que vous avez quand même un certain exhibitionnisme public et en même temps une pudeur littéraire.

BHL : Oui. Mais c'est l'aspect littéraire qui compte – vous ne croyez pas ? Ma loi, en littérature, c'est : « Après vous. »

FB : Après vous qui ? Lecteurs ?

BHL : Non. Vous, c'est Sartre, c'est Baudelaire, c'est Daniel Pearl, c'est les anti-héros des guerres oubliées, c'est les Bosniaques, c'est mon voisin, mon prochain, mon ennemi, mon ami – c'est n'importe qui, en fait, sauf moi. C'est ainsi.

FB : Vous dites « je » quand même.

BHL : Oui. Mais ça, c'est une question de simple honnêteté. Il est important de savoir qui parle, quel corps, quelle âme incarnée, quel sujet. Il y a des philosophes qui font comme s'ils étaient de purs esprits, désincarnés, vivant dans un ciel d'idées platoniciennes. Ils ont tort. Et la probité exige que l'on dise : « Voilà ; c'est moi qui parle ; ce corps étroitement situé, déterminé, névrosé » ; et il est important de le préciser.

FB : Oui, enfin moi je pourrais vous donner une autre hypothèse que je suis en train d'élaborer. C'est que vous manqueriez de confiance en vous, et que vous auriez ce besoin de vous tenir chaud en compagnie de Charles Baudelaire, de Jean-Paul Sartre, de Daniel Pearl, par peur de vraiment affronter Bernard-Henri. Là, on est dans du Jacques Chancel, énorme !

BHL : Oui. Peut-être peut-on dire ça. Mais, franchement, je ne le crois pas. Ce n'est pas une question de confiance, c'est une question de curiosité. Et je n'ai pas la curiosité de moi, voilà tout. Les choses sont finalement assez cohérentes, vous savez. Je n'ai jamais fait de psychanalyse. Je n'écris jamais de lettres. A part à Houellebecq, je n'écris quasiment jamais à personne. Et j'ajoute que, si j'ai des états d'âme, des petits secrets, des chagrins, je n'embête jamais personne avec ça, je ne les confie à personne – même pas à mes meilleurs amis et encore moins à moi-même...

FB : Mais vous tenez votre journal.

BHL : Oui. Mais c'est un journal. Et il sera instantanément détruit si je meurs demain matin.

FB : C'est étonnant quelqu'un qui arrive à parler de lui sans parler de lui. Vous devez quand même dire des choses dans votre journal.

BHL : Tout, oui. Tout ce qu'il est possible de dire.

FB : Il sera publié ?

BHL : Justement non. Et c'est pour ça, je vous le répète, c'est parce que je sais cela, que je peux le tenir.

FB : Alors ça sert à quoi ? À clarifier les choses sur le papier ?

BHL : Ça sert à faire *Le Lys et la Cendre*. Ça a servi de matière première, jadis, à mes romans. C'est un gisement, si vous voulez, où je puise régulièrement et où je puiserai peut-être, un jour, la matière d'un livre ultime. Mais c'est ce que je raconte à Houellebecq : le rendre public en l'état, il n'en est tout simplement pas question. Et c'est pourquoi j'ai mis au point tout un dispositif, un peu complexe mais sûr, de destruction en cas de pépin...

FB : Cela va être du boulot pour votre secrétaire de passer tout ça au broyeur. Est-ce que notre entretien sera dans ce journal ?

BHL : Tout y est. Tous les jours. Religieusement. Le matin très tôt. Le soir très tard. Sur le répondeur téléphonique de la jeune femme que vous avez vue et qui, en arrivant, le matin, tape... Alors pourquoi pas notre conversation ?

FB : C'est la méthode Andy Warhol. C'est comme ça qu'Andy Warhol a tenu son journal, par téléphone.

BHL : Warhol dictait à Pat Hackett. Moi, c'est un peu différent. Je dicte à un répondeur que ma Pat Hackett à moi, qui s'appelle Joëlle Habert, débobinera chaque matin, mais sans jamais m'en parler, sans jamais m'en faire commentaire. Trois lignes, dix pages, ça dépend – mais par le truchement, toujours, de la machine.

FB : Il y a beaucoup de choses de votre vie privée.

BHL : Oui, bien sûr. La mienne. Mais aussi celle des autres. Sans parler des quelques univers que les quarante dernières années m'ont permis de traverser. Beaucoup d'informations. Beaucoup de conversations. Beaucoup d'« envers de l'histoire contemporaine ». Mais, pour cette raison même, impubliable. La règle, autrement dit, ne bouge pas : après vous... misérable tas de secrets... le moi est haïssable, etc.

FB : Enfin, vous ne pouvez pas dire que vous n'aimez pas Montaigne, Proust, Benjamin Constant ou Jean-Jacques Rousseau !

BHL : Justement. Ce ne sont pas mes ecrivains préférés. Je lis plus volontiers Montesquieu, Malraux, Baudelaire ou Voltaire. Sans parler du

Hemingway qui raconte sa guerre d'Espagne mais sans jamais se mettre au centre du tableau. Sans parler de Malaparte et de ce *Kaputt* qui est, pour moi, un des plus grands livres du XXe siècle. Et sans parler, enfin, et pour en rester au même XXe siècle, du plus sous-estimé de ses écrivains : le Aragon des *Cloches de Bâle* ou des *Voyageurs de l'Impériale*. J'en suis là. Peut-être dans vingt ans vous dirai-je le contraire. Mais, pour l'heure, j'en suis là.

FB : Bien, *GQ* fête ses un an avec un numéro spécial élégance. Quelle est votre définition de l'élégance ?

BHL : Pour un homme ou pour une femme ?

FB : Pour un homme.

BHL : Qu'elle ne se voie pas, qu'elle soit aussi peu bavarde, aussi peu explicite que possible.

FB : C'est une des définitions du dandysme. Vous faites partie des très rares personnes connues en France, peut-être avec Thierry Ardisson, qui portent un uniforme. Vous le portez aujourd'hui. C'est cette chemise blanche un peu ouverte, parfois très ouverte, ça dépend de l'heure et de l'endroit. Vous la portiez déjà dans l'émission de 1977. Quand est-ce que vous avez opté pour la chemise blanche ?

BHL : Je ne sais pas. Toujours.

FB : Se vêtir toujours de la même façon est-il une manière d'arrêter de réfléchir à cette question ?

BHL : Naturellement.

FB : La question est réglée depuis quarante ans ?

BHL : Ça doit être ça, oui. A 20 ans, je devais détester les chemises à carreaux, les chemises de couleur, etc. – donc voilà...

FB : Et pas de cravate, jamais.

BHL : Non, jamais. Mais ça c'est de l'ordre de la névrose. La cravate m'étrangle. Elle me donne l'impression d'étouffer.

FB : C'est peut-être une manière de vous souvenir de vos origines ensoleillées.

BHL : Peut-être. J'aime le soleil. Et j'aime, comme tous les gens qui aiment le soleil, être habillé le moins possible. Je vais d'ailleurs vous faire une confidence qui n'a, quand j'y pense, pas grand-chose à voir avec mes origines ensoleillées puisque c'est aussi, sauf erreur, le cas de Jean d'Ormesson : quand je travaille, quand j'écris, c'est généralement nu.

FB : Vous savez que vous nous formulez le gros titre de l'article : « BHL : Je travaille généralement nu ! » C'est trop tard, tant pis pour vous. Vous êtes souvent en costume noir. Là, vous portez un costume en velours lisse. Et la chemise vient d'où ?

BHL : Je ne sais pas... Comme toutes mes chemises, je pense : de chez Charvet.

FB : C'est marrant. Parce que moi, tous les matins, je suis obligé de me demander comment je vais m'habiller. Je perds un temps fou. Je ne dis pas que j'y passe la matinée, mais... Par exemple aujourd'hui j'ai mis ce pull et ce polo, je me pose des questions emmerdantes mais parfois amusantes.

BHL : Vous voulez dire que vous avez beaucoup réfléchi pour vous habiller... comme ça ?

FB : [Rires.] Salaud ! Les lecteurs vont être étonnés : tiens, BHL balance des vannes ! Là, nous faisons un entretien au mois de janvier, il fait 0 degré, vous allez vous balader dans la rue avec une chemise ouverte, quasiment torse nu. Vous ne prenez pas froid ?

BHL : Rarement.

FB : Vous êtes un mystère de la science.

BHL : J'ai un drôle de rapport à la température, c'est vrai.

FB : Vous avez chaud même quand vous crapahutez dans la neige en Géorgie ?

BHL : Je ne suis pas sûr qu'il y ait tellement de neige en Géorgie. Mais c'est vrai, aussi, que je porte rarement un manteau.

FB : Vous êtes une sorte d'animal à sang chaud. C'est étrange.

BHL : Chambres froides... J'aime dormir dans des chambres froides... Relisez Baudelaire !

FB : Ah, et beaucoup d'air conditionné ?

BHL : Ah oui, j'aime bien l'air conditionné.

FB : Comme Johnny Hallyday. Johnny il veut toujours l'air conditionné glacé.

BHL : Eh bien voilà une raison de plus, et que j'ignorais, de trouver Johnny Hallyday sympathique.

FB : Sinon, est-ce que vous avez des bonnes adresses dans les endroits où vous allez ? Il y a New York, Paris, Marrakech...

BHL : Marrakech, je n'y vais plus tellement.

FB : Pourquoi ? Vous aviez racheté la maison d'Alain Delon. Vous l'avez toujours ?

BHL : Naturellement.

FB : Et vous n'y allez plus quand même.

BHL : Non. Je passe du temps à New York. Et dans le midi de la France, à Saint-Paul.

FB : Vous avez une maison ou vous allez à la Colombe d'or ?

BHL : Les deux, mon capitaine.

FB : Et Tanger ? Il y a eu un documentaire sur une maison à Tanger construite par Andrée Putman...

BHL : Oui. Mais, là, c'est vraiment ridicule : j'y suis allé une fois trois jours.

FB : [Rires.] Mais pourquoi ?

BHL : Je ne sais pas... Pas le temps, je suppose...

FB : Vous êtes comme Cadet Rousselle, vous avez des maisons extraordinaires sur lesquelles on fait des films, et vous n'y allez pas.

BHL : J'irai un jour. Elles sont là.

FB : Et les bonnes adresses à New York ?

BHL : Pardon. Mais, là aussi, je suis nul. Quand je suis à New York, je ne bouge quasiment pas. J'ai un endroit...

FB : C'est là où je vous ai croisé ?

BHL : C'est là où j'habite, oui, à l'hôtel Carlyle et...

FB : Je vous ai aussi croisé au Waverly Inn, le restaurant de Graydon Carter.

BHL : Ah oui. Ça, c'est autre chose. Mais c'est rare que je bouge du Carlyle.

FB : Je dis ça, parce que nous sommes dans un magazine de Condé Nast et il faut rendre hommage au patron de *Vanity Fair* qui est votre ami.

BHL : Même si ce n'était pas un ami, et même si nous ne parlions pas pour un magazine de Condé Nast, je rendrais hommage à Graydon qui fait un des meilleurs magazines au monde.

FB : Et à Paris vous allez où ?

BHL : Vous voulez dire quoi ? Quels restaurants ? Tout dépend de ce dont j'ai envie. Car c'est comme pour les chemises. J'ai réglé le problème une fois pour toutes. Je ne regarde pas la carte pour savoir ce que je vais manger, je décide du restaurant en fonction de ce que je sais que j'ai envie de manger. Selon que j'ai envie de lentilles, d'un soufflé, de poisson, d'une salade de soja, je vais au Mathis, au Récamier, chez Gaya ou au petit chinois en bas de chez moi. Voilà. Ça évite de s'embêter à lire des menus en général chichiteux. Autrefois, d'ailleurs, j'avais un test que j'appelais « le test de la pouffiasse » : si je dînais avec une fille qui hésitait pendant des plombes avant de décider ce qu'elle allait prendre, c'était assez mal barré. Et si je lui disais « Prenez donc de la morue aux épinards » et qu'elle s'abîmait dans une contemplation encore plus sidérée de la carte en me demandant d'une voix éteinte « Ouchais, j'voispas », ça devenait carrément rédhibitoire.

FB : Et Arielle Dombasle elle choisit vite alors ?

BHL : Naturellement.

FB : Je finis toujours mes entretiens par une question sur les drogues. C'est amusant, par exemple j'ai appris ainsi que Houellebecq avait essayé l'héro, Finkielkraut le LSD... Vous, vous avez souvent raconté que vous prenez des amphétamines pour écrire.

BHL : Plus maintenant. Les effets secondaires sont trop dangereux. Je me suis plutôt mis, du coup, à la cortisone. Quant à l'héro, au LSD, tout ça, j'ai toujours évité. La seule chose c'est, au Mexique, il y a quarante ans, un peu de champignons hallucinogènes...

FB : Comme Le Clézio !

BHL : Ça a un avantage : on discute avec les morts. C'est vrai, on change complètement de coordonnées temporelles et on se met à être contemporain, soudain, de tout un monde de morts et de spectres. Mais je n'aime pas parler de tout ça. Ça choque mes enfants.

FB : Cela dit, vos maîtres Malraux et Sartre ne se gênaient pas... Captagon pour l'un, cocaïne pour l'autre.

BHL : Je sais. Et ils ont eu raison. Car ils ont ruiné leur santé, d'accord. Mais ça leur a permis de nous laisser des chefs-d'œuvre. Ils servent à quoi, les écrivains ? A ménager leur santé ou à écrire des grands livres ?

FB : A propos de santé, et pour conclure notre entrevue, n'êtes-vous pas choqué par toutes les mesures de protection de la santé publique ? On ne peut plus fumer nulle part, on met en prison les consommateurs de drogue, tout devient interdit...

BHL : C'est vrai, oui, ce n'est pas bon. Il y a là une obsession hygiéniste qui est d'assez mauvais aloi. C'est d'ailleurs une des thèses que j'ai développées depuis trente ans : s'il y a bien une source commune à toutes les tentations totalitaires, c'est cet hygiénisme, cette volonté de guérir. Alors, nous n'en sommes pas là, bien sûr. Nous en sommes même très loin. Mais bon. Arrière, la volonté de guérir !

FB : Je suis heureux de cette conclusion. Nous avons enfin trouvé une grande cause commune.

Frédéric Beigbeder

– juin 2009 –

Comme je publie un nouveau roman à la rentrée, *GQ* a beaucoup insisté pour que je m'invite à déjeuner moi-même en avant-première mondiale. J'ai eu beau dire à la rédactrice en chef que je détestais ma propre compagnie, que son magazine allait être accusé de copinage et moi de nombrilisme, que Thierry Ardisson allait lui faire un procès pour plagiat (il est l'inventeur de l'auto-interview, dans « Lunettes noires pour nuits blanches »), rien à faire, elle m'a tendu une feuille de papier sur laquelle toute l'équipe de *GQ* avait déjà rédigé une liste de questions désagréables. C'est alors que j'ai eu une bonne idée. Je lui ai demandé si je pouvais déjeuner dans un trois étoiles Michelin en note de frais. Et c'est ainsi que je me retrouve à présent tout seul à la table du jardin devant mon ordinateur portable, au Pré Catelan, entouré d'hommes d'affaires qui draguent leur secrétaire. Il y a aussi une table de Japonaises adorablement riches et beaucoup de maîtres d'hôtel très gentils. Le chef se nomme Frédéric Anton, et pendant qu'il m'a fait visiter les cuisines, je lui ai glissé que je connaissais bien les critiques culinaires Julie Andrieu et François Simon – un peu de name-dropping avant de passer à table, histoire de lui mettre la pression.

— Tu es pathétique de te servir la soupe à toi-même.
— On ne va pas commencer comme ça. Sors plutôt les questions de ta poche. *GQ* t'a mâché le travail, profites-en chéri.
— T'as raison. T'es un génie.
— Non, c'est toi.
— Non, c'est toi.
— Non, c'est toi.
— Et en plus, t'es beau.

Le serveur apporte la carte. Je suis en train de m'embrasser la main.

Le serveur : Alors comme mise en bouche nous avons un chaud-froid d'oignons avec une crème de petits pois.

— J'ai commandé un très bon blanc pour réparer les dommages de la veille (un saint-aubin 1er cru qui porte un nom génial : « Murgers des dents de chien »).
— On s'en sort bien.
— On commence l'entretien ?
— OK.
— Qui es-tu vraiment, Freddy ? Un ancien publicitaire qui s'est révolté afin de devenir animateur télé sur Canal + ? Un disc-jockey médiocre ?

Le plus grand écrivain de Neuilly après Jean d'Ormesson ?

— Zut, tu débutes par la question la plus difficile. J'écris tous mes livres pour savoir qui je suis. Le dernier, *Un roman français*, est celui qui tente le plus sincèrement de répondre à ta question. C'est pourquoi j'y parle de mes parents et grands-parents, de mon frère, de mes origines géographiques et sociales. Avant, je m'inventais des alter ego frimeurs, c'est la première fois que je me présente tel que je suis : un gentil garçonnet de la banlieue ouest.

— Tu n'en as pas marre de ton nombril ? Tu n'es pas au courant qu'il y a des sujets plus intéressants que ta personne, Jacky Narcissian ?

— Tu ne comprends rien à la littérature, Ducon. Le sujet d'*Un roman français* n'est pas moi, c'est l'enfance, l'amnésie de notre époque, la paternité et la transmission de la mémoire, la France et ses guerres perdues, comment les libertés ont augmenté dans les années 60 et diminué dans les années 2000, l'amour et la compétition entre deux frères, le divorce comme nouvelle norme familiale, et comment on fait pour aimer deux personnes qui ne s'aiment plus entre elles alors qu'elles viennent de vous donner la vie.

— Je t'arrête tout de suite : t'es super chiant quand tu fais ta promo.

Le maître d'hôtel apporte une soupe de crabe et une gelée de crabe au caviar, on peut parler de système gagnant-gagnant : la cuisine ici est d'une extraordinaire légèreté, les saveurs s'entrelacent dans ma glotte comme un couple de patineurs échangistes aux Hots d'or on Ice.

— A partir d'ici, je lis les questions de la rédaction du magazine *GQ* : « A quel moment le nom Frédéric Beigbeder a-t-il été le plus difficile à porter ? »

— Faut pas exagérer, c'est moins dur que de s'appeler Marine Le Pen. Mais je pense que ma réputation a aggravé mon cas lors de mon arrestation par la police en janvier 2008. D'habitude, quand on est (un peu) connu, on est privilégié, ce qui est dégueulassement agréable. Mais ce jour-là, les autorités ont voulu faire un exemple.

« Qu'est-ce que vous voyez le matin en vous regardant dans la glace ? Vous dites-vous parfois qu'il faudrait opter pour une nouvelle coupe de cheveux plus courte, à la Dany Boon après les Ch'tis ? »

— J'ai déjà essayé de me raser la tête comme Britney. C'était quand j'ai fait mon service militaire au 120e Régiment du Train de Fontainebleau : j'avais une tronche de dégénéré skinhead, genre Edward Norton dans *American History X*. Je porte les cheveux longs depuis toujours, j'ai la même tête depuis quarante-trois ans (sauf la barbe qui date de 2005).

« Après le Parti communiste, avez-vous été approché par un parti, le gouvernement, le NPA, ou par Europe Ecologie après votre magnifique interview de Daniel Cohn-Bendit dans *GQ* ? »

— Non, mais François Bayrou aurait dû m'appeler. Au moins je lui aurais donné un Lexomil avant son débat télévisé.

« Vous étiez à l'Elysée le jour de la remise de la Légion d'honneur à votre frère Charles, Sarkozy vous a-t-il proposé d'être ministre ? D'ailleurs vous vous verriez ministre de quoi ? »

— Non, vous vous trompez de Frédéric ! Je n'ai aucune ambition car je déteste le pouvoir. La seule fois dans ma vie où j'en ai eu (quand j'étais directeur littéraire chez Flammarion), j'ai trouvé ça horrible. Je tiens beaucoup à ma solitude et à mon irresponsabilité.

« Racontez-nous la plus grosse honte de votre vie. »

— Il y a quelques années, mais pas si longtemps (je devais avoir la trentaine), je ne sais pas ce qui m'a pris, j'ai volé un livre à la Fnac des Halles. J'étais avec un copain et pour rigoler j'ai piqué le *Journal* d'Andy Warhol en le glissant sous mon pull. Evidemment, à la sortie, le portique s'est mis à sonner et deux vigiles me sont tombés dessus. Or, j'étais chroniqueur littéraire sur Paris Première à l'époque, j'avais déjà publié des bouquins, j'écrivais des articles dans les journaux ! Je suis devenu rouge écarlate et les clients du magasin me regardaient avec commisération : « Mais pourquoi vole-t-il un livre alors qu'il les reçoit gratos ? » Un souvenir pénible, mais le livre en valait la peine. (Je l'ai payé à la caisse.)

« Etes-vous le père de l'enfant de Rachida Dati ? Si non, savez-vous qui c'est ? »

— Ma vie privée avec Rachida ne vous regarde pas.

« En vrai, vous sortez combien de soirs par semaine ? Vous buvez combien de verres ? Vous embrassez combien de filles ? On veut les vrais chiffres ! »

— Sachant que j'ai besoin de trois jours pour récupérer, je sors deux soirs par semaine. Une fois au début, une fois à la fin. Ce qui me sauve la vie, c'est que je ne tiens pas l'alcool, donc je bois lentement et pas d'énormes quantités. Sur les filles, je ne puis répondre, par égard pour Rachida.

« En vrai, qui écrit vos livres ? »

— Francis Scott Fitzgerald, sauf le dernier qui est de Marcel Pagnol.

« Quelle était la marque de la voiture sur laquelle vous sniffiez de la coke la nuit du 28 au 29 janvier 2008 où vous vous êtes fait interpeller ? Plus généralement, vous dites aimer les voitures dans votre livre, mais en même temps vous y vomissez les voitures anglaises (qui vous rappelent le divorce de vos parents), pourquoi ? »

— La coke, c'était sur une Chrysler noire. J'aurais préféré une Porsche pour faire comme Jay McInerney dans *Lunar Park* de Bret Easton Ellis. Je ne déteste pas les voitures anglaises, ce qui me dégoûte c'est l'odeur du cuir des fauteuils qui me donnait la nausée quand j'étais enfant dans la Bentley paternelle.

« Vous avez combien d'amis sur Facebook ? Et combien de véritables amis dans la vie ? »

— Je n'ai pas de Facebook, les profils à mon nom sont tous des fakes tenus par des psychopathes qui s'approprient mon identité. En revanche, j'ai un Myspace avec 16 000 amis virtuels dont les compliments me remontent quelquefois le moral. Dans la vraie vie, j'ai mille fois moins de copains : seize environ, ce qui est déjà énorme.

« Quel est votre meilleur livre ? »

— Tous ceux qui l'ont lu disent que c'est le dernier. Cela me fait plaisir mais en même temps je suis un peu vexé, cela signifie-t-il que jusqu'à présent je n'écrivais que de la daube ?

« Charles Baudelaire parlait des catins avec un sentiment double : attraction/répulsion. Le personnage Beigbeder semble fonctionner selon la même dualité : on vous admire ou on vous déteste. Question : êtes-vous une pute ? »

— Honnêtement, je ne me rends pas compte de cette haine. Les gens que je rencontre sont gentils à 99 %. Mais je comprends l'agacement que je peux susciter parfois. Il est dû à une arrogance feinte qui est le résultat (paradoxal) de ma timidité maladive. Suis-je une pute ? Je l'ai souvent dit : on veut tous séduire, plaire, être aimés, on vit dans une société de tapins et ce n'est pas forcément une mauvaise chose.

« Vous avez traversé les années 80, 90, 2000. Quelle est votre plus belle décennie ? Pourquoi ? »

— L'une des découvertes provoquées par l'écriture d'*Un roman français* est que ma plus belle décennie est peut-être la première. De la fin des années 60 à la fin des années 70, j'ai vécu une vie de bambin couvé, surprotégé, dans des maisons luxueuses avec des domestiques, à Neuilly, Pau et Guéthary, qui depuis ont été vendues. J'ai peu de souvenirs de cette période, ce qui accroît sa magie à mes yeux. J'ai une impression de paradis perdu, de bonheur évanoui, d'une féerie indescriptible… Un monde qui n'existe plus, où mes parents jeunes et insouciants écoutaient de la très bonne musique, où je n'avais aucun problème.

« Quelle personne rêveriez-vous d'interviewer dans *GQ* ? Quelle serait votre première question ? »

— J.D. Salinger, pourquoi avez-vous accepté, après cinquante ans de silence, cet entretien ?

« On sait que les créateurs de théories ou faiseurs d'opinion possèdent une formule, un gimmick qu'ils déclinent à l'envi. Quel est le vôtre ? »

— Je n'ai pas l'impression qu'il existe une recette toute faite pour l'écriture. Au contraire, chaque fois que je dois rédiger un article ou un livre, j'ai le sentiment de tout recommencer à zéro. C'est cruel à quel point l'expérience ne sert à rien dans ce métier. Par contre, à la télé, le métier rentre : par exemple, j'ai appris à me taire pour laisser parler les critiques du « Cercle » (Sur Canal + Cinéma). S'il fallait trouver un gimmick pour mon créneau, je dirais : intello-ludique. Nous voilà bien avancés.

« Quel domaine, complètement inconnu de vous, aimeriez-vous maîtriser à l'avenir pour en faire un livre ? »

— Je n'écris que sur ce que je connais déjà. Sauf une fois : pour *Windows on the World*, je m'étais documenté sur la chute du World Trade Center. Je suis incapable de vous dire ce que je vais faire ensuite, mais ce qui est sûr c'est qu'après *Un roman français*, j'aimerais m'éloigner de mon passé familial, revenir à la fiction. Ce qui se passe généralement à la publication d'un livre, c'est un long moment de vide, une sorte de « baby blues », durant lequel on attend que l'envie revienne. Parfois cela peut mettre longtemps. Je me souviens d'un déjeuner avec Bernard Frank, où il m'avait dit après le succès de *99 francs* : « N'écrivez plus rien avant vingt ans. » J'aurais peut-être dû l'écouter.

On passe à la caille rôtie au miel, puis farcie au foie gras, je bénis le Pré Catelan où je viens depuis l'âge de quatre ans, mais aussi la famille Newhouse qui finance ce festin au risque d'amoindrir la marge brute du groupe Condé Nast en 2010. Continuons la liste des questions de *GQ*, la bouche pleine.

« Si on vous conseille d'écrire sur le foot, un milieu parfois aussi glauque que ceux que vous décrivez dans vos livres, qu'en pensez-vous ? »

— Je pense que c'est une bonne idée, mais que Nick Hornby l'a déjà eue. *Carton jaune* est son meilleur livre. En France, Bégaudeau a écrit un roman d'amour sur le foot : *Jouer juste*. Je ne suis pas sûr que je pourrais écrire sur commande :

j'ai choisi d'écrire des romans précisément parce que, quand j'étais dans la pub, j'en avais marre que les annonceurs me dictent ce que je devais faire. Cela fait con de dire ça mais c'est vrai : on n'écrit bien que si l'on est mû par une forme d'urgence, de nécessité, comme si une voix intérieure vous dictait le livre. Sinon c'est artificiel, donc illisible. C'est comme en amour : on ne choisit pas la personne dont on tombe amoureux. On ne « décide » pas d'écrire un livre, le livre doit s'imposer à vous.

« Vous avez dit à Oüi FM que votre titre de rock préféré était "Sappy", morceau assez méconnu de Nirvana. Pourquoi ? »

— Pur snobisme. Le snobisme est indispensable en matière d'esthétique. Un type qui dit sur Oüi FM qu'il aime « Smells Like Teen Spirit » passerait pour un inculte… En même temps, peut-être pas. C'est une forme intéressante de snobisme que d'aimer des choses très banales. Cela dit, « Sappy » est vraiment une très belle chanson, qui commence par cette phrase : « *And if you save yourself, you will make him happy.* » La voix de Kurt Cobain est très émouvante sur ce morceau, complètement écorchée. Evidemment, aujourd'hui, quand on l'entend dire ça d'outre-tombe, on comprend clairement qu'il appelle au secours, il veut qu'on l'empêche de se tuer.

« Vous postulez quand pour intégrer le jury de "La Nouvelle Star" ? »

— Jamais. La dernière édition était nulle. Je préférerais être invité avec ma petite copine sur

« L'île de la tentation », là on pourrait vraiment s'amuser !

« Quel concept de show télé aimeriez-vous lancer ? »

— J'ai un grand respect pour les vieux. J'aime les écouter, profiter de leur science et de leur sagesse. Mes grands-parents me manquent beaucoup, et je trouve qu'on n'écoute pas assez les personnes âgées. Par exemple, j'ai adoré l'entretien avec Michel Rocard dans *GQ* (je pense qu'il sera furieux s'il lit ceci !). Donc mon idée serait une émission qui s'appelerait « Meilleurs vieux », où l'on discuterait avec Claude Lévi-Strauss, Michel Rocard, Jean d'Ormesson, Benoîte Groult, Omar Sharif, Valéry Giscard d'Estaing, Emmanuel Le Roy Ladurie, Claude Chabrol, Jacques Chirac... Ce sont des trésors vivants, ces gens-là. Le problème, c'est que les invités seraient tous vexés de se faire traiter de vieux schnocks ! On tournerait dans une maison de retraite, en buvant de la camomille.

« Combien d'années chez le psy ? Des progrès ? »

— J'ai commencé il y a cinq ans. Je ne sais pas quand on peut s'estimer guéri. A chaque fois que je lui demande s'il n'est pas temps d'arrêter les consultations, mon docteur me dit qu'au contraire, on doit augmenter la fréquence de nos rendez-vous.

« Un grand écrivain contemporain dont on parle moins que vous ? »

— Morgan Sportès.

« Le VIe arrondissement, où vous vivez, semble coupé des réalités du reste du monde, est-ce que cela expliquerait la vieillerie du monde de l'édition qui y est concentré ? »

— Je ne partage pas cet avis poujadiste. Est-ce une question d'Eric Naulleau ?

« Quel genre d'élève étiez-vous ? Est-ce que vous vous êtes fait casser la gueule à la récré ? »

— J'étais très complexé physiquement par mon menton en galoche, mes oreilles décollées, ma maigreur et mes appareils dentaires. J'étais plutôt bon à l'école. Je ne me faisais pas péter la gueule car je suis lâche et je cours vite.

« Dans *Mémoires d'un jeune homme dérangé*, vous avez écrit : "Un fêtard qui tombe amoureux, c'est quelqu'un qui tourne la page." Quand tournerez-vous la page ? »

— Je sors beaucoup moins qu'autrefois [voir plus haut]. Mais je n'arrive pas à renoncer à la nuit, c'est plus fort que moi. En fait la question que vous me posez, c'est : Fred, es-tu amoureux ? C'est une question très indiscrète. Je ne veux pas le dire ici. Les gens qui se vantent d'être amoureux dans les journaux ont toujours l'air d'employer la méthode Coué. Il ne suffit pas de crier sur tous les toits « Je suis épanoui » pour l'être, et en général quand on le clame dans la presse, c'est qu'on ne l'est pas.

« Quand n'êtes-vous pas votre personnage ? »

— Excellente question. Je me suis aperçu que je me suis laissé envahir par mes créations, je suis devenu mes monstres. Mais nous jouons tous un rôle dans la comédie sociale, c'est normal, ça ! Je pense que je suis en train de me débarrasser de certains masques, le problème est que ce sont les autres qui me renvoient sans cesse à mon déguisement. Si je ne corresponds pas au personnage, les gens sont déçus, ils me trouvent chiant, disent que je suis déprimé ou malade...

« Vous êtes très occupé. Quelle est votre occupation de trop : les Galeries Lafayette, *GQ*, "Le Grand Journal", l'hôtesse de l'air dans *99 francs* ? »

— Je suis désolé mais je trouve tout ça très bien. Personne ne reprochait à Boris Vian sa dispersion. Quoique... de son vivant, c'était une autre paire de manches. J'ai trouvé une citation assez pessimiste de Camus qui dit ceci : « Les hommes ne sont convaincus de vos raisons, de votre sincérité et de la gravité de vos peines, que par votre mort. Tant que vous êtes en vie, votre cas est douteux, vous n'avez droit qu'à leur scepticisme. » A la fin de *99 francs* (le livre), Marc Marronnier et Sophie font croire à leur suicide pour être enfin libres. Waow ! Je ne sais pas pourquoi je réponds si sérieusement à cette question rigolote, qu'est-ce qui me prend, je suis au bout du rouleau ou quoi ?!

« Le jour où vous ne serez plus sur la guest-list, ce sera une bonne ou une mauvaise nouvelle ? »

— La question ne se pose pas, puisque c'est moi qui dresse la guest-list. (Oups, ça y est, je redeviens arrogant !)

« Quel livre êtes-vous le plus fier d'avoir publié en tant qu'éditeur ? »

— C'est une question vache parce que ceux que je ne cite pas seront blessés. Bon, je dirai tout de même que je suis heureux d'avoir publié *Anthologie des apparitions* de Simon Liberati et *Mammifères*, de Pierre Mérot, car en plus d'être de grands textes, leurs auteurs sont devenus des amis. Et le premier roman de Philippe Pollet-Villard était une réussite : *L'homme qui marchait avec une balle dans la tête*, comme celui de Lola Lafon : *Une fièvre impossible à négocier*. Mais ma plus grande fierté est peut-être d'avoir été le seul éditeur à soutenir Guillaume Dustan jusqu'au bout.

« Savez-vous poser des étagères ? »

— Non, c'est pour ça qu'il y a des piles de livres par terre chez moi.

« A l'époque du jeu vidéo, d'Internet et de Twitter, pourquoi continuer à écrire pour que seules 100 000 personnes continuent à vous lire sur 60 millions d'habitants ? »

— Etant traduit dans de nombreux pays étrangers, je ne me limite pas à 60 millions d'habitants. Je pense sincèrement que la minorité qui lit a accès à quelque chose de plus grand, de plus beau et profond qu'un jeu vidéo ou un chat sur MSN, même avec une adolescente intégralement épilée.

Le maître d'hôtel apporte le plateau de fromages : une merveille. A la table voisine, un couple de vieux s'est installé et mange sans se parler. Ils me flanquent le cafard mais je dois aussi leur foutre le bourdon, seul à ma table d'angle, en train de taper frénétiquement cet entretien masturbatoire sur mon Apple MacBook Pro en me goinfrant de livarot comme un pauvre nerd abandonné. Reprenons la liste des questions vaches de mes collègues de bureau aigris par ma gloire écrasante.

« Toujours jeune con ou déjà vieux con ? »

— Vieux con de naissance.

« Vous ressemblez au personnage joué par Maurice Ronet dans *Le Feu follet*, de Louis Malle, qui "n'arrive pas à étreindre". Avez-vous déjà pensé au suicide ? »

— Oui, mais cette tentation a disparu depuis la naissance de ma fille.

« L'élégance, c'est quoi ? »

— C'est David Niven dans n'importe quel film. Souvent en m'habillant, je me demande : « Et ça, est-ce que David Niven l'aurait porté, ça ? » Je vois qu'il me reste encore plein de questions et plus beaucoup de place donc je vais devoir faire des réponses plus courtes, ne m'en veuillez pas.

« Votre roman fait l'impasse (quasiment) sur les femmes et le sexe. Pas un mot ou presque sur les mannequins russes, les filles du Baron ou les actrices. Ou alors c'est pour dire que votre frère Charles les chopait pour lui tout seul et que vous ramiez un peu derrière ! Pourquoi cette omission ? Vous le gardez pour un prochain livre ? »

— Cette question montre que vous n'avez pas lu un seul de mes livres précédents ! Les femmes et le sexe, les mannequins russes et les filles du

Baron sont le sujet principal de tous mes autres romans.

« Combien gagnez-vous par mois ? Votre but est-il de faire plus de blé que votre frère Charles qui vient de revendre ses parts dans Poweo pour la modique somme de 40 millions d'euros ? »

— Oui, vous m'avez percé à jour : mon but est de gagner 40 millions par mois, et je suis encore loin du compte.

« Racontez-nous par quel étrange phénomène un bourge rive gauche comme vous s'est retrouvé à conseiller le Parti communiste ? Etait-ce pour le potentiel festif du bâtiment de la place du Colonel Fabien, un coup de pub de plus, ou une lubie à la Julien Coupat ? Es-tu de gauche ? Vraiment ? Cela ne semble pas évident pour un fils de bonne famille comme toi. »

— C'est simple : les dirigeants du PC m'ont contacté en 2002 et j'ai travaillé pour eux. Visiblement ils n'avaient ni les mêmes préjugés, ni le même racisme social que vous. Heureusement que tous les bourgeois ne sont pas obligés d'être de droite. J'ai l'impression que le niveau des questions baisse, sans doute étiez-vous fatigués lorsque celles-ci ont été rédigées par le comité central du magazine !?

« Avez-vous voulu devenir célèbre et “vu à la télé” après votre passage chez les frères Bogdanoff en 1979 ? »

— Tout à fait. C'est là que j'ai découvert les avantages de la gloire éphémère (admiration des filles, jalousie des mecs, fierté des professeurs de l'école Bossuet).

« Vous citez Schopenhauer : "L'adultère de la femme, à cause de ses conséquences, et parce qu'il est contraire à la nature, est beaucoup plus impardonnable que celui de l'homme" (*Le Monde comme volonté et comme représentation*). Traduction : tromper sa femme est moins grave que si elle vous trompe. Et vous expliquez qu'il s'agit d'un ADM (Argument De Merde). Vous pouvez développer ? »

— C'est surtout un ADGM (Argument De Gros Macho) ! Mais les femmes l'entendent souvent, moi-même j'ai essayé de l'utiliser lors de mes nombreux déboires conjugaux : « Chérie, si je te trompe, c'est moins grave que toi, parce que je suis un mec », ce genre discours ne convainc personne (et explique en partie le divorce de mes parents en 1972).

« Es-tu toujours pote avec Michel Houellebecq ? Si oui pourquoi ? Et si non pourquoi aussi ? »

— Oui bien sûr, j'ai dîné récemment avec Iggy Pop et lui au *Méridien Montparnasse*, un souper surréalistement rock'n'roll. J'aime l'écrivain, son œuvre hilarante qui détruit le monde, mais aussi l'être humain qu'il est, atrocement seul, bouleversant et désopilant. Je le vénère, je l'admire, je ne comprends absolument pas ceux qui le critiquent. Pour moi, toute personne équipée d'un cerveau ne peut qu'aimer Michel Houellebecq.

« En lisant ton livre avec un œil un peu lacanien, on a l'impression que finalement l'arrestation par les flics a eu des vertus thérapeutiques (et pas seulement à cause de l'injonction du même nom !). Cela t'a rappelé à la Loi (du Père), fais pas ci, fais pas ça. Sans même parler du livre que ça a généré. »

— C'est ce qui m'embête le plus dans *Un roman français* : je voulais dénoncer l'âpreté des conditions de la garde à vue et j'aboutis finalement à montrer à quel point cette torture est efficace.

« Votre fantasme féminin absolu (actrice, mannequin…) ? Et masculin ? »

— Ça change toutes les semaines, je les mets toujours dans la rubrique « Les êtres de la semaine » de *Voici*. Pour les filles, cette semaine, j'hésite entre Heather Graham dans *Very Bad Trip* et Megan Fox dans *Transformers 2*. J'aimerais bien faire la tournée des boîtes de Las Vegas avec George Clooney ou Justin Timberlake.

« Est-il vrai que vous repassez le permis de conduire ? Pas trop dur de se retrouver bientôt avec des mômes de 20 ans ? »

— Premièrement : depuis l'instauration du permis à points, tout le monde repasse son code de la route tout le temps. Deuxièmement : de toute façon je passe déjà ma vie avec des mômes de 20 ans !

« Votre ambition : devenir Jean d'Ormesson, n'est-elle pas un peu dépassée alors que Julien Doré lui-même a appartenu à un groupe qui s'appelait le Jean d'Ormesson Disco Suicide ? »

— Je m'en fous, à présent je veux être Patrick Modiano.

Bret Easton Ellis

– juillet 2010 –

Le ciel est bleu ciel. Les arbres cubiques. La chaleur moite. A l'occasion de la publication de *Suites impériales* [Editions Robert Laffont], où il retrouve, vingt-cinq ans après, tous les protagonistes de son premier roman *Moins que zéro*, nous avons rendu visite à Bret Easton Ellis, l'auteur de *American Psycho*, dans son élégant appartement hollywoodien. L'endroit n'est pas secret : il en donne même l'adresse dans son dernier livre. Le Doheny Plaza, où vit son antihéros Clay, est une résidence Art déco très bourgeoise, avec doorman black et vieilles dames à chihuahuas. Le glissement des pneus des limousines sur le boulevard du crépuscule évoque le bercement des vagues sur une plage de bitume. L'auteur d'*American Psycho* est tout miel, tout sucre ; il ne boit que de l'eau mais sans quitter son célèbre sourire mi-blasé, mi-inquiet, de collégien joufflu. Son nouveau roman est très bien accueilli chez lui, et moi aussi.

FB : Vous êtes l'un des écrivains vivants les plus importants et les plus influents. Mais il y a une chose frustrante, c'est qu'en Amérique, vous n'êtes pas reconnu comme en Europe. Cela vous met-il en colère ?

BEE : Non. En plus, je pense qu'on m'accepte bien en Amérique. De toute façon, on n'écrit pas pour être accepté. Vous écrivez les livres parce que vous voulez les écrire. Le lecteur n'entre pas en jeu lorsque vous écrivez. Par exemple, *Suites impériales* est venu d'une question qui tournait dans ma tête : « Où est Clay maintenant ? », « Que fait-il maintenant ? » Au début, je me disais : « Je ne veux pas écrire la suite. » Et là, c'est vrai que j'ai pensé brièvement au public, lorsque je me suis demandé où je voulais emmener Clay et ce que je voulais en faire, et je me suis dit : « Cela va être une trahison pour beaucoup de lecteurs et beaucoup de gens vont être déçus. »

FB : Votre ami Jay McInerney a lui aussi écrit une suite à l'un de ses livres. Dans *La Belle Vie*, ce sont les mêmes personnages que dans *Trente ans et des poussières*, sorti dans les années 80. Pourquoi vous interdisiez-vous de le faire ?

BEE : Aux Etats-Unis, on considère *Moins que zéro* comme un exercice de style des années 80. C'est presque nostalgique. Sentimental.

FB : Pour moi, c'est comme si Jay et vous aviez partagé l'Amérique en deux. Jay a dit : « Je prends New York et tu prends Los Angeles. » Essayez-vous d'être l'écrivain de Los Angeles avec *Suites impériales* ?

BEE : Non, je ne pense pas que *Suites impériales* parle simplement de Los Angeles. C'est une histoire qui se déroule à Los Angeles, mais en réalité, le vrai sujet du livre est l'espérance.

FB : Il y a le personnage de Rain Turner, une fille qui veut devenir actrice...

BEE : Une femme fatale, tout droit tirée de l'œuvre de Raymond Chandler que je lisais à l'époque où je travaillais sur ce livre. Mais vous savez, l'action pourrait aussi se passer dans une entreprise avec une jeune secrétaire très ambitieuse qui veut du boulot et à qui le patron dit : « Vous me donnez ce que je veux et j'essaierai de vous avoir ce que vous voulez. »

FB : Auparavant, vous partagiez votre temps entre New York et Los Angeles. Etes-vous un pur Californien désormais ?

BEE : Ça fait quatre ans que je n'ai pas mis les pieds à New York, même si j'ai toujours mon appartement. Mais non, j'ai quitté New York pour de bon. New York fait partie de l'Empire. Seuls les riches vivent à New York. Los Angeles offre tellement de diversité. A mon sens, c'est la ville du futur.

FB : N'était-ce pas également un style de vie qui vous pesait à New York ? Celui, plus sombre, que vous décrivez dans *American Psycho* ? Vous aviez peut-être peur de devenir fou comme Patrick Bateman ?

BEE : Je crois que New York peut être très sain pour certaines personnes. Cela dépend où vous en êtes dans votre vie. Vous savez, pendant longtemps j'ai refusé de reconnaître qu'*American Psycho* parlait de moi. J'étais Patrick Bateman.

FB : Enfin ! Beaucoup de fans d'*American Psycho* vous ont critiqué quand vous vous êtes excusé de la violence du roman. Vous aviez alors expliqué que vous n'étiez pas Patrick Bateman à toutes ces personnes qui voulaient vous tuer... Aujourd'hui, vous confirmez que vous aimez ce monstre ?

BEE : D'une certaine manière, il est ce que je suis. Avec *American Psycho*, je n'avais pas l'intention d'écrire un réquisitoire cinglant contre Wall Street ou contre la culture yuppie. J'ai écrit sur ma propre solitude, ma propre aliénation. J'écrivais sur mon éternelle insatisfaction. J'ai travaillé sur ce livre pendant trois ans.

FB : Qu'avez-vous pensé quand vous avez appris la faillite de Lehman Brothers et que, vingt-cinq ans après la parution de votre livre, enfin, les Etats-Unis comprenaient que les traders de Wall Street étaient, en fait, tous complètement fous. Vous êtes une sorte de prophète. Vous êtes celui qui l'avait expliqué avant tout le monde.

BEE : C'était tellement évident.

FB : Avant vous il y a tout de même eu Tom Wolfe et *Le Bûcher des vanités*.

BEE : Tom Wolfe était plus humaniste dans sa manière de présenter son héros, Sherman McCoy.

FB : Je pense que les gens se souviennent quand même plus de Patrick Bateman...

BEE : Le diable impressionne toujours.

FB : Pensez-vous que la littérature est la description du futur ?

BEE : Si je pouvais prédire le futur, j'aurais prédit un scénario plus réjouissant pour moi, et j'aurais empêché que certaines choses ne se produisent. Je ne parle pas de ma vie de romancier, mais de ma vie privée. Vous savez, les gens disaient la même chose à propos de *Glamorama* d'une certaine manière. Le livre serait une prophétie de la télé-réalité, avec une équipe de tournage autour de tout un chacun pour le filmer, le diriger et lui souffler quoi dire.

FB : La dictature du glamour. *Suites impériales* dit au lecteur que le sexe, la drogue, la violence et l'argent régissent toujours le monde...

BEE : Oui, au même titre que le narcissisme. Si l'on regarde où en est mon personnage Clay aujourd'hui, il a réussi, c'est un nanti qui doit satisfaire son appétit et qui a faim. Il veut ce qu'il veut. Et c'est ce qui en fait une sorte de monstre.

FB : J'ai un moment craint que vous n'écriviez un roman gentil, doux et sage, comme Hubert Selby avec *Le Saule*. Ce n'est pas le cas. Le livre s'ouvre sur le meurtre du dealer, l'ami de Julian. Son corps ressemble à un drapeau américain car son costume est blanc, sa tête bleue et son sang rouge. Encore une fois, vous commencez avec image très violente.

BEE : Pourquoi suis-je autant attiré par la violence ? Je ne sais pas. Je suis un prophète ! Je ne sais pas pourquoi je suis attiré par ça. Je n'ai aucun attrait pour la violence dans la vraie vie. Je n'aime pas contempler la violence. Elle ne m'intéresse pas tant que ça, mais lorsque je travaille sur l'un de mes romans, je suis irrémédiablement attiré par elle. Peut-être est-ce parce qu'il est plus facile d'écrire sur le mal et la violence que sur la bonté. Et il est à la fois plus aisé et plus grisant d'écrire à propos de quelqu'un de très mauvais.

FB : Qu'est-ce qui a changé au cours du dernier quart de siècle ? Entre *Moins que zéro* et *Suites impériales* ?

BEE : Les technologies, certainement.

FB : Est-ce mieux ou moins bien ?

BEE : Ce n'est pas à nous de juger cela. La plupart des gens de mon âge ou plus vieux disent que c'est moins bien, car ils ont l'habitude de gérer les choses de manière empirique. Je crois qu'une chose manque pourtant dans ce monde tout-numérique. La sensualité du contact avec les objets.

FB : Pensez-vous que les livres vont disparaître ?

BEE : Oui, je pense. Evidemment, certains livres seront toujours tirés à quelques exemplaires pour tous ceux qui souhaitent une version reliée. Mais je pense qu'à l'arrivée, tout le reste, la musique, les films, etc., tout cela ne sera plus disponible que sous format numérique. Quand je discute avec des amis qui ont la vingtaine, ils ne saisissent même pas la nature de mes préoccupations. Moi, j'aime regarder des films. Des films, pas des vidéos. J'aime aussi le son du vinyle.

FB : Vous aimez l'iPad ?

BEE : Comment peut-on ne pas l'aimer ? Je n'ai pas encore de livres sur mon iPad. Mais peut-être que je vais me mettre à télécharger. Jusqu'à présent, j'ai résisté. J'aime toujours la sensation de tenir un livre entre mes mains quand je lis.

J'aime le regarder, j'aime le toucher, j'aime voir les beaux contours des pages, mais je suis persuadé qu'à un moment donné, la lecture numérique sera le mode de lecture standard.

FB : Il y a autre chose qui a changé durant ces vingt-cinq ans qui séparent *Moins que zéro* et *Suites impériales* : c'est votre style. Vos phrases étaient plus courtes, sèches. Aujourd'hui, vous écrivez sur des choses plus profondes. Vous analysez avec précision ce que pensent vos personnages et ce que vous en pensez. Vous abordez les choses de manière moins objective. Entre *Moins que zéro* et *Suites impériales*, vous avez écrit *Lunar Park*, ce roman particulièrement étrange qui parle de vous.

BEE : Oui. Ce qui m'a en partie plu au moment où j'écrivais *Suites impériales*, c'était l'idée que je pouvais retourner à une certaine façon d'écrire que j'avais adoptée pour *Moins que zéro*, une écriture minimaliste. Cela faisait longtemps que je n'avais pas écrit de cette manière. Mais j'ai changé. J'aime écrire des phrases qui partent d'un certain point et qui, au moment où vous les terminez, vous ont emmené ailleurs que ce à quoi vous vous attendiez. C'est un exercice intéressant.

FB : Après avoir publié un roman intime comme *Lunar Park*, n'aviez-vous pas envie de redevenir ce mauvais garçon arrogant, nihiliste, crapuleux ?

BEE : C'est arrivé comme ça. Encore une fois, écrire un roman n'est pas une chose qui répond à une certaine logique. Ça n'est pas quelque chose de pragmatique. Je n'ai pas pris cette décision en me réveillant un matin. Je le ressentais. Mais cela s'est passé comme ça au final, à cause de la nature même du personnage de Clay et également à cause de l'état dans lequel je me trouvais au moment où j'ai écrit ce livre. Je n'étais pas bien à l'époque. J'éprouvais du plaisir à écrire, mais dans ma vie privée, ça n'allait pas bien. C'était une période assez sombre. Mais vous savez quoi ? Je me rends compte que je dis ça à propos de chaque livre que j'ai écrit.

FB : Oui, vous êtes tout le temps en train de vous plaindre.

BEE : J'oublie toujours que ce sont des blessures intimes qui donnent naissance aux livres. Les livres sont douloureux. Leurs origines sont des sentiments de douleur, des sentiments intenses.

FB : Je pensais que vous détestiez ces personnages : Clay, Blair, Julian... Je pensais vraiment que vous les considériez comme des enfants gâtés.

BEE : On vieillit.

FB : Et maintenant, vous les aimez davantage ?

BEE : Avec le temps, j'ai plus d'empathie à leur égard. Je crois que je vieillis.

FB : Pensez-vous que l'on devienne plus sage avec l'âge ?

BEE : C'est une question piège. La réponse que personne n'est vraiment prêt à entendre, c'est qu'en vieillissant on devient de plus en plus idiot.

FB : Il y a une phrase que j'aime beaucoup et qui résume très bien ce que vous venez de dire. Dans votre livre, un des personnages écoute Duran Duran et dit : « Ça me fait me sentir jeune et vieux à la fois. » Je pense que c'est le problème de notre génération, nous sommes à la fois jeunes et vieux.

BEE : Il est évident que nous voulons rester jeunes. Et c'est un vœu qui ne se réalisera pas...

FB : Buvez-vous toujours de l'alcool ? Prenez-vous toujours de la drogue comme tous les idiots qui veulent rester jeunes ?

BEE : J'aime boire. Mais les drogues ne sont plus pour moi.

FB : Félicitations.

BEE : Mais vous savez quoi ?

FB : Quoi ?

BEE : Je suis allé à une soirée il y a deux jours de cela et j'ai veillé jusque tard dans la nuit.

FB : Hoohoo !

BEE : Pour la première fois. Je crois que c'était la première fois en 2010 que je sortais tard.

FB : Aaah, je vous retrouve ! C'est une bonne nouvelle car je commençais à m'ennuyer. Non, je plaisante.

BEE : Quand j'ai quitté New York, j'ai également arrêté la drogue. Je n'ai pas fait de cure. Ça n'était pas une décision consciente et réfléchie. C'est juste arrivé comme ça.

FB : J'ai lu dans une interview que vous avez accordée au magazine *Details* que vous fréquentiez les réunions des Alcooliques Anonymes pour vous envoyer en l'air.

BEE : C'est vrai.

FB : Les AA sont un bon endroit pour rencontrer du monde ?

BEE : Seulement si vous êtes sobre.

FB : Je suppose que vous avez relu *Moins que zéro* pour en écrire la suite ?

BEE : Non, j'ai relu *Moins que zéro* pour écrire *Lunar Park*... A l'époque j'ai relu tous mes romans. Et la seule chose qui me restait en tête était cette petite voix qui me disait : « Où est Clay ? Où est Clay ? »

FB : Votre univers est donc en perpétuel mouvement dans votre tête. Comme Marcel Proust ou Jeanne d'Arc. On peut donc imaginer que Patrick Bateman reviendra dans le prochain livre...

BEE : Je ne sais pas. Je n'arrive pas à me figurer pourquoi j'y reviens. D'ailleurs, lors de cette fameuse fête, l'autre soir, un de mes amis m'a fait remarquer : « Tu sais, il y a quinze ans tu m'as dit : "Si jamais j'écris la suite de *Moins que zéro*, bute-moi !" Et puis il a ajouté : "J'ai un flingue." » C'est une réplique digne de Patrick Bateman dans *American Psycho*.

FB : Il se passe beaucoup de temps entre chacun de vos livres. Est-ce parce que vous êtes paresseux ou perfectionniste ?

BEE : Probablement un peu des deux. Mais j'écris des romans. Un roman, ce n'est pas quelque chose qui nécessite d'être fait impérativement sous peine de voir tout s'écrouler. Ecrire un roman n'est pas un travail. Un roman, c'est un peu votre compagnon de fortune. J'aime le voir sur mon bureau, j'aime pouvoir m'y replonger dans mon dossier, sur mon écran... Je ne me fixe pas vraiment de date butoir et je n'ai pas de calendrier.

FB : Cela vous a pris cinq ans ! Qu'avez-vous fait d'autre ?

BEE : J'ai écrit des scénarios et des séries télé. C'est ce qui a occupé la majeure partie de mon temps. Et *Suites impériales* était mon autre projet.

FB : Vous êtes comme Francis Scott Fitzgerald ou William Faulkner, vous vivez à Los Angeles et vous êtes exploité par l'industrie du cinéma. Vous savez que le cinéma a tué Fitzgerald ?

BEE : En fait, c'est une barre chocolatée qui l'a tué. Je crois qu'il mangeait un Twix ou un Snickers quand il est mort d'une crise cardiaque. C'était une épave !

FB : Il buvait plus que vous. Mais il était plus jeune.

BEE : Heu, non. Il avait à peu près mon âge. Quel âge avait-il quand il est mort ?

FB : Quarante-quatre ans. Un an de moins. Il est mort à un pâté de maisons d'ici… Faites attention !

BEE : Fitzgerald est venu à LA pour l'argent. Moi, pour des raisons sentimentales et parce que j'avais envie d'écrire et de faire des films. Des films romantiques… Pas la suite de *Iron Man 2* ou *Predators*. Mes projets n'ont jamais abouti. Mais bon, les déjeuners de boulot m'ont permis de boire des grands crus classés.

FB : C'est pour ça que je suis inquiet.

BEE : Pourquoi ? Il ne faut pas s'inquiéter !

FB : Parce que c'est ce qui a tué Fitzgerald et Faulkner ! Je ne veux pas votre mort… Il y a une phrase sur ce qui différencie les films des livres dans *Suites impériales*. Vous dites : « Les films demandent de la compassion, les livres n'en ont rien à foutre. »

BEE : C'est la vérité. Les films cherchent à susciter de la compassion, de par leur nature même, de par la nature du média. Ils doivent proposer une formule, séduire, alors que les livres sont exempts de cette contrainte. C'est le problème de cette nouvelle culture, ce monde post-impérial. Je télécharge beaucoup de films, ou je les regarde via la vidéo à la demande. Mais je préfère l'expérience cinéma dans une salle, c'est presque une expérience sensuelle. Le film exige votre présence. Il n'y a nulle part ailleurs où aller. Le film vous contrôle alors que, quand vous le regardez chez vous, vous contrôlez le film : vous le mettez en pause, vous l'éteignez si vous avez trop peur et que vous ne voulez plus le regarder. C'est une expérience qui est très différente de celle qui consiste à s'abandonner à un film, à se déplacer dans un autre endroit pour voir un film...

FB : Beaucoup d'écrivains essaient de séduire, d'avoir des phrases chocs et d'être drôles. Pas vous. La lecture de vos livres est une expérience. Mais alors pourquoi vouloir rejoindre l'industrie du cinéma ?

BEE : En fait, ce qui m'intéresse le plus, c'est la télévision. Je regarde beaucoup de séries. *Les Soprano*, *The Wire*, *Mad Men*... Ces séries sont des vrais romans. Quand j'ai passé deux jours complets à regarder la saison 3 de *Mad Men*, je me suis dit que j'allais arrêter de lire des romans !

Aucun des romans américains que j'ai pu lire ces derniers temps n'atteint la dimension romanesque de ces trente heures de série. Les possibilités que vous offre ce média sont extraordinaires…

FB : Quelle série décrit le mieux Los Angeles ? *Californication*, *Entourage* ou *Curb your enthusiasm* ?

BEE : *The Hills*.

FB : Je ne connais pas. Quand je vois le type d'humour cynique dans *Entourage* et *Californication*, je pense que vous avez définitivement influencé les scénaristes qui écrivent ces séries.

BEE : Oui, sûrement. A la fin de la saison 1 de *Californication*, l'agent de Hank Moody lui dit : « Je me souviens que Bret Easton Ellis m'a recommandé un jeune écrivain… »

FB : Savez-vous quelle est la première marque citée dans votre premier livre, *Moins que zéro* ? En page trois.

BEE : Ray-Ban ? Wayfarer ?

FB : Non. *GQ* !

BEE : Les héros lisaient un magazine dans l'avion ?

FB : Des pages de *GQ* étaient accrochées au mur de la chambre de la petite sœur.

BEE : Je ne me souviens pas. J'imagine que j'étais à fond dans *GQ* à l'époque. Ça ne m'étonne pas qu'ils aient été sympas avec moi !

FB : Quelle est la meilleure adaptation de vos romans ?

BEE : *Les Lois de l'attraction*.

FB : Je suis complètement d'accord. Etes-vous amoureux ?

BEE : Non, et j'en suis heureux.

FB : Expliquez-moi ce célèbre post sur Twitter à propos de la mort de J.D. Salinger. Je cite : « Ouais ! Thank God, il est enfin mort. J'attendais ce jour depuis toujours. Party tonight. » C'est de vous ? Ou c'est quelqu'un d'autre qui l'a écrit ?

BEE : Non, c'est de moi.

FB : Oh ! Vous avez écrit ça ? J'étais triste quand il est mort. Parce que vous savez, en France, *L'Attrape-cœur* ne fait pas partie du patrimoine, pas comme ici. *Moins que zéro* est considéré comme *L'Attrape-cœur* des années 80...

BEE : Et ?

FB : Je pensais que vous aimiez Salinger.

BEE : C'est le cas ! J'aime Salinger. Qui n'aime pas Salinger ?

FB : Ah ok. Donc quand les gens que vous aimez meurent, vous faites la fête ?

BEE : Qu'est-ce que cela veut dire, d'après vous ?

FB : Quand j'ai lu ça, j'ai d'abord pensé que c'était une plaisanterie et que peut-être vous étiez content qu'il soit mort car cela vous permettrait de lire ses manuscrits secrets.

BEE : Non. Peut-être que la traduction n'était pas bonne, car la moitié des gens qui ont répondu à ce message étaient pris d'un fou rire tandis que les autres étaient furieux. Le tweet parlait de sentimentalité. Et je pense que Salinger aurait approuvé.

FB : C'était une réaction de punk.

BEE : Exactement !

FB : Ok, ok, ok. I get it.

BEE : Comparez ma réaction à celle de Jay McInerney... Lui, il a écrit, de mémoire : « Oh ! Jour sombre pour l'avenir. Oh ! J.D. Repose en paix. Visage triste [smiley]. »

[Rires.]

FB : Etes-vous toujours amis ?

BEE : J'ai vu Jay il y a deux semaines, il est venu à Los Angeles. Je le verrai lorsque j'irai aux Hamptons. Je pense qu'il est heureux, plus heureux que je ne l'ai jamais vu. Il est toujours marié.

FB : A propos de Jay, il m'a dit que vous alliez dans une salle de gym, que vous faisiez beaucoup de sport, que vous aviez beaucoup de muscles. C'est une blague ?

BEE : Oui.

FB : J'ai eu peur. Quel est votre écrivain préféré sur Los Angeles ? Je vais vous citer quelques noms : James Ellroy, James Frey, Charles Bukowski, Scott Fitzgerald, Raymond Carver.

BEE : Il manque mon préféré.

FB : Bruce Wagner ?

BEE : Non... Raymond Chandler. Et en deuxième, je dirais Joan Didion. Je sais qu'elle est mal connue en Europe.

FB : Certains de ses livres et de ses articles ont été traduits. Mais c'est vrai qu'elle est mal connue ici.

BEE : Oh ! Soit dit en passant, j'aime tous ces écrivains.

FB : Enfin, il y a cette question que toutes les filles me posent : êtes-vous hétérosexuel ou pas ?

BEE : Elles pensent que je suis quoi ?

FB : Mystère !

BEE : Non mais elles veulent que je sois hétérosexuel ? Elles s'imaginent que je suis quoi ? Elles ne me voient pas homosexuel ? Ne pensent-elles pas que je suis bisexuel ? Est-ce qu'elles veulent que je sorte avec elles ?

FB : Oui, je pense qu'elles veulent savoir si vous êtes...

BEE : Je ne suis pas libre.

FB : Oh ! vous n'êtes pas libre.

BEE : Non, je ne suis pas libre.

FB : C'est à cause de vos personnages dans vos livres. Ils sont tous...

BEE : Très volages.

FB : Ils sont bi.

BEE : Oui, ils sont bi. Je ne pense pas l'être. Mais ça fait une bonne histoire. C'est ce que les gens veulent, ils ont tendance à vouloir que ce soit vrai. Je pense que c'est aussi parce qu'on ne me considère pas comme appartenant à la culture gay qu'on veut me coller cette étiquette de bisexuel. C'est plus facile parce que je n'écris pas vraiment sur les gays, sur les relations homosexuelles. Cela ne m'intéresse pas vraiment. Je pense que c'est ce qui pose problème.

FB : Mais ce n'est pas un problème.

BEE : Non, ce n'est pas un problème. Je pense que c'en est un pour la presse gay aux Etats-Unis qui voudrait que je sois ce que je ne suis pas. Et je ne sais même pas de quoi il s'agit. Je ne connais rien à la culture gay, ça ne m'intéresse pas, et c'est un problème pour eux car ils aimeraient que ce sujet m'intéresse.

FB : N'est-ce pas une façon d'être plus fascinant ? Est-ce calculé ?

BEE : Je pense que ce serait plus calculé de ma part de ne pas répondre à ces questions aussi sérieusement que je le fais en ce moment. J'essaie d'expliquer le problème de façon très sérieuse. Mais si c'est plus mystérieux, c'est bien.

Paul Nizon

– avril 2011 –

Paul Nizon est le plus grand écrivain suisse allemand. Il a accepté de participer à mon film *L'amour dure trois ans*, ce dont je le remercie chaudement.

FB : Comme vous êtes l'auteur de *L'Année de l'amour*, je voulais savoir si vous pensiez qu'il existait une durée du sentiment amoureux. L'amour dure-t-il vraiment trois ans ?

PN : Non, je ne crois pas. Pour moi, l'amour dure éternellement. Ce qui dure au maximum trois ans peut-être, c'est l'attirance physique ou la découverte des caractères qui ne vont pas ensemble, ce qu'on n'avait pas senti quand on était tombé dans ce bain amoureux. Mais je pense que ces ondes de l'amour – ça se passe à différents niveaux de l'existence – restent toujours dans votre système. Vous n'êtes juste plus capable de les capter. Vous êtes un appareil ou une radio faible, foutue. Parfois j'ai l'impression que chaque femme que j'ai connue amoureusement circule dans mon système et influence mon regard. Pourtant je n'ai pas de mémoire de la personne, ni physique ni optique. Je sais simplement que tout est encore là. Alors je dirais comme dans ce film de Cassavetes, *Love Streams*, que l'amour ne peut pas disparaître. Il est éternel. Mais celui qui est le sujet ou l'objet de l'amour n'est pas capable de l'intégrer ou de vivre cette chose forte qui est quand même le moteur de tout. Surtout pour des gens, comme moi, qui s'essaient dans un métier de création.

FB : N'est-ce pas plutôt le désir, et non pas l'amour lui-même, qui est provisoire ?

PN : J'étais un type assez infidèle. J'étais séduit par des milliers de femmes, rapidement, sans cesse. Mais j'ai une grande admiration pour les gens qui essaient de vivre l'amour dans une durée, de le développer. Je n'en étais pas capable. Une fois j'ai entendu Henry Miller, que je n'ai pas connu. On l'abordait pour lui dire : « Maintenant le sexe est libre ! Tout le monde suit vos principes ! » Miller a répondu : « Pour moi, ce n'était pas le sexe, c'était l'amour ! » Voilà ce qu'il disait avec toutes ses expériences sexuelles : c'était l'amour…

FB : Les expériences de Miller étaient aussi un peu les vôtres. Ce qui vous intéressait était davantage le sentiment que les émotions physiques ?

PN : C'était cette transformation, ou cette renaissance, de l'être à travers cet appel de l'amour. C'est une essence terrible. Mais ce n'était pas très bien au moment de l'écriture. On devient confus, on souffre, on est dans tous ses états. Ce n'est pas du tout favorable au travail. Mais on a l'impression de revivre et de multiplier les sens, les antennes et les sentiments.

FB : Quand vous revenez sur votre existence, vous semblez dire que vous avez eu des périodes très dissipées et d'autres où vous avez cherché à construire, vraiment, une relation durable. Qu'avez-vous préféré finalement : les périodes de plaisir fugace ou les périodes de conjugalité ?

PN : Je ne peux pas dire. En partie, il est bien sûr suicidaire de tomber amoureux. On a une angoisse terrible de perdre l'autre. Regardez les amoureux qui se collent, qui se disent : « Je t'aime, je t'aime, je t'aime... » Parce qu'ils savent, dans tous leurs sens, que cet état est tellement menacé. Ils sont déjà jaloux, ils sont déjà dans la perte et ils s'accrochent encore : « Je t'aime, je t'aime ! Bisous, bisous ! » Et encore et encore...

FB : [Rires.]

PN : Les amoureux sont seuls au monde mais ils ne sont pas heureux. C'est sûr. Etre amoureux n'est pas un état de bonheur. De l'autre côté, sur la longue durée, j'ai été marié trois fois et j'ai divorcé trois fois. Je deviens champion du divorce...

FB : [Rires.] Moi deux fois déjà ! Que faut-il faire ?

PN : Je ne peux pas vous répondre. J'ai tout raté ! J'ai l'impression d'avoir tout raté, même en partie mon travail. Donc non, pas de recette ! [Rires.] Ce qui est toujours mystérieux, dans ce piège de l'amour, c'est qu'on tombe amoureux d'une personne dont on se dit : « Elle ne me va pas du tout ! Elle ne me correspond pas. L'autre qui passe, cette blonde ou cette brune, me correspondrait ! Mais celle-là, pas du tout ! » Alors pourquoi cette intoxication pour toujours ? Je ne peux pas dire que cet état, qui vous transforme en fou quelque part, est un état heureux. C'est une maladie terrible et on ne sait pas pourquoi on tombe sur cette personne-là. On parle de chimie, d'alchimie, mais c'est un peu simplet.

FB : Dans votre dernier texte publié, *Les Carnets du coursier*, votre journal 1990/1999, vous parlez d'une rencontre avec une dame dans un autobus. Vous ne voulez pas nous raconter cette rencontre ?

PN : Ce n'est pas une rencontre !

FB : Oui, c'est une femme à laquelle vous n'avez pas adressé la parole. Et vous dites : c'est elle finalement qui aurait pu être la femme de ma vie.

PN : L'attirance, la séduction, ça ne s'arrête jamais. Si ça s'arrête, on est mort. Déjà dans mon adolescence, les deux puissances – érotisme/sexualité et envie d'écrire, de formuler des phrases – étaient synonymes. Ça m'arrivait toujours au même moment. C'était toujours enchaîné l'un à l'autre.

FB : Toute votre vie, l'écriture et le sexe ont donc été liés. Beaucoup de jeunes écrivains ont également ce problème. Vous auriez peut-être un conseil que nous pourrions offrir à ces jeunes gens. Comment faire pour sortir de cette malédiction qui fait que l'on confond sexe et littérature ?

PN : Je ne peux pas vraiment répondre... Mais il faut être excité, amoureusement, ou sexuellement, ou érotiquement, pour avoir ce regard et cette envie d'écrire, pour tomber dans cette condition nécessaire à la création. D'un autre côté, quand on est dans cet état, dans cette maladie d'amour, il n'est jamais question d'écriture. Moi le premier ! Je vivais et je souffrais. Je n'ai pas lu beaucoup de livres sur l'amour mais j'ai toujours l'impression que c'est un chapitre où l'on sait peu de choses...

FB : Tous ces discours sur l'amour, tous ces livres, ces romans, tous ces films, ne servent donc strictement à rien ?

PN : Rien ne sert à rien. La littérature ne sert à rien. Le cinéma ne sert à rien. Mais j'aime bien le cinéma... Cassavetes, par exemple, est un des metteurs en scène qui me sont précieux. Etre enflammé amoureusement, sexuellement, amicalement aussi, c'est le thème de tous ses films. C'est magnifique. On est dans un bain. Il y a aussi cette fraternité. J'ai toujours ressenti, même avec les prostituées, une innocence incroyable. Le fait d'étaler ses membres, tout son paysage physique, l'un à côté de l'autre, de se distancer ainsi de la peur de l'autre, de rentrer dans cette confiance et de se découvrir, j'ai toujours trouvé qu'il s'agissait d'un état divin. Tout le contraire de ce qu'on pense de la prostitution. On pense que c'est de la consommation, un peu « vite fait », on y voit de la perversité, mais pas du tout. Pour moi, c'était toujours, ou presque toujours, un événement de découverte de l'humanité et de l'humain excessif.

Et cette envie de franchir la barrière d'être étranger l'un à l'autre, à travers le geste érotique de la sexualité, m'a accompagné pratiquement toute ma vie. On ne vit pas autrement.

FB : Oui, c'est une source d'inspiration. C'est aussi une source de bonheur, de joie et de fraternité. Mais au fond, la littérature, ou l'art, ne donne aucune solution.

PN : [Sourire.] Non...

FB : Vraiment rien ? Vous ne pouvez absolument pas aider mon personnage Marronnier à sauver son couple ?

PN : Je ne peux pas l'aider et je n'ai aucune envie de l'aider. Pourquoi ? A quoi bon ? Autant se transformer en robot !

FB : [Rires.]

PN : Pour rester vivant il faut quand même, peut-être, payer le prix. C'est-à-dire : souffrir.

FB : Vielen Dank !

PN : [Rires.] Bitte schön !

Francis Scott Fitzgerald

– 21 mai 2013 –

Monsieur Woody Allen, lors de son dernier passage à Paris, nous a expliqué comment rencontrer les écrivains américains des années 1920. Il suffit de boire une bouteille de whisky, vers minuit, à l'angle de la rue Delambre et du boulevard du Montparnasse. Soudain vous vous retrouvez à la table de l'écrivain Francis Scott Fitzgerald, pourtant décédé à Hollywood en 1940. Entretien exclusif.

FB : Mr. Fitzgerald, je vais être très direct : que pensez-vous du film de Baz Luhrmann adapté de *Gatsby le magnifique ?*

FSF : Ma foi, il est très australien. L'acteur qui joue Jay Gatsby en fait des kilos et celui qui interprète Nick Carraway est aussi efféminé que mon pauvre narrateur. J'aimais mieux la version précédente, moins lyrique.

FB : Celle de 1974, avec Robert Redford et Mia Farrow ?

FSF : Mais non, celle de 1926, d'Herbert Brenon, avec Warner Baxter, un sous-Errol Flynn avec la moustache et le menton carré. C'est le seul *Gatsby* qui fut jamais réussi sur grand écran.

FB : Malheureusement, ce film a disparu, personne n'en a gardé de trace en 2013.

FSF : [Rires.] Vous comprenez pourquoi je préfère les romans au cinéma ! Ce film était mièvre mais distrayant. Le roman se voulait ainsi : féerique et mélancolique. La nouvelle version est sérieusement indigeste. Remarquez que je n'ai pas peur du ridicule, mais tout de même, par moments, tout ce boucan m'a donné envie d'appeler les flics.

FB : Que pensez-vous de l'attrait des Français pour votre œuvre ? Vous venez d'entrer dans la « Bibliothèque de la Pléiade », c'est un grand honneur...

FSF : Cela m'a fait un plaisir infini. Pas autant que si j'avais pu scier en deux le barman du Dingo Bar pour voir l'intérieur de son corps, mais presque. Certaines traductions et interprétations m'ont semblé parfois trop compliquées. N'oubliez pas que j'ai appris à écrire court chez Barron G. Collier, agence de publicité où j'ai démarré comme rédacteur d'affiches pour les tramways.

FB : Récemment, un éditeur, Charles Dantzig, a même fait traduire vos interviews.

FSF : [Rires.] Oui, c'est fou. Il paraît qu'il a mis son nom sur la couverture presque aussi gros que le mien.

FB : Moi, j'ai beaucoup aimé son titre : *Des livres et une Rolls*. C'est vraiment ce que vous vouliez acheter avec l'argent de vos succès ?

FSF : La Rolls aurait vite fini dans une piscine. Quant aux livres... C'est ma vie qui amuse les gens, plus que mes livres. Et ma vie ne fut pas si drôle que cela à vivre, croyez-moi. Si c'était à refaire, je changerais la fin.

FB : Pour ne pas mourir à 44 ans ?

FSF : Ah bon ? Je suis mort ? Mais alors pourquoi parlons-nous ?

Jay McInerney III

– novembre 2013 –

Jay McInerney s'inspire de Scott Fitzgerald pour son style littéraire et sa consommation éthylique. C'est devenu une tradition entre nous : à chaque fois qu'il passe à Paris, je convie Jay à L'Ami Louis. Les Américains raffolent de cet endroit car il leur rappelle la libération de Paris : on se croirait dans un restaurant clandestin, une officine de marché noir tenue par une bande de tontons flingueurs. A partir d'un certain âge, on prend des habitudes de vieux garçon : on apprécie l'accueil des maîtres d'hôtel en veste blanche qui balancent les manteaux dans des porte-bagages de train au-dessus des dîneurs ; on commande toujours les mêmes plats : escargots, grenouilles, foie gras, jambon espagnol de cochon à patte noire, poulet de Bresse et côte de bœuf ; et pour le vin, on hésite entre de grandes années de bordeaux et de petites découvertes – avant de choisir la grande année de bordeaux. Mon amitié avec McInerney date de 2003, quand je l'avais kidnappé lors d'une interview à la Kitchen Galerie et emmené de force chez Allard (bien avant son rachat problématique par Alain Ducasse). Ce jour-là, la star du « Brat Pack » new-yorkais fut enchantée d'échapper au design bobo pour se retrouver dans un vieux bistrot où on lui servit sans chichis des grenouilles et des escargots arrosés de givry. Les noctambules, qu'ils soient français ou américains, ont besoin de plats généreux pour récupérer. Les habitants de Saint-Germain-des-Prés partagent avec ceux de Greenwich Village un goût pour les vieilles pierres, l'odeur du salpêtre, la sciure par terre avec les souris qui surfent dedans, toutes ces traditions qui guérissent de la culpabilité des lendemains de fête et prouvent qu'on va super bien, en fait. Les excès de la nuit sont soignés par les murs anciens et les serveurs blasés. Rien n'est plus angoissant pour un écrivain autodestructeur qu'un tabouret en acier, une assiette triangulaire ou une musique « lounge ». Il lui faut des fauteuils profonds, un feu de cheminée, des têtes de cerfs sur les murs, du silence et de l'amnésie. L'autre chose qui m'a rapproché de McInerney, c'est une idolâtrie puérile de Scott Fitzgerald, sinistre perversion à base de sarcasmes, de soirées dansantes, de femmes soûles en robe longue, et autres futilités dont on ne guérit jamais.

Dans ses chroniques œnophiles au *Wall Street Journal* qui viennent d'être traduites par Sophie Brissaud, Jay McInerney écrit que le pauillac dégage « une odeur de crayon fraîchement taillé », que le condrieu évoque « les Gauguin de la période tahitienne » et qu'un haut-brion – c'est l'image que je préfère de tout son dernier livre – « sent la boîte à cigares contenant un Montecristo, une truffe noire et une brique chauffée à blanc posée en équilibre sur une vieille selle ». Je lui laisse donc la responsabilité du choix de la première bouteille.

Jay McInerney : Le brane-cantenac 2005 est une merveille mais il coûte trop cher ! Je propose de prendre un virginie-de-valandraud 1998.

Louis, le maître de céans : Virginie elle était bonne, elle était infirmière à Bordeaux, elle soignait les panaris ! Bonita, bonita !

JMI : C'est le deuxième vin de Valandraud, très intéressant. Petite production de saint-émilion. [Il fait le tastevin.]

Louis : C'était le premier « vin de garage » au monde. Délicieux, c'est un vin qu'on a oublié un peu.

JMI : *It's fantastic !* C'est mieux de ne pas payer une fortune pour une très très bonne bouteille : ça décuple le plaisir.

Louis : *Bob Parker likes it.*

JMI : Je connais bien Robert. Vous savez qu'il a pris sa retraite ?

FB : N'abordons pas tout de suite les sujets déprimants.

JMI : Félicitations pour ton mariage. C'est le troisième, *right* ? (A Lara, ma fiancée :) Moi, c'est le quatrième qui fut le bon.

Lara : Moi, c'est mon premier mariage !

JMI : Alors ce n'est pas grave, tu as le droit à l'erreur !

FB : Si on changeait de sujet ? La dernière fois que nous nous sommes vus, c'était au réveillon du nouvel an 2013, dans la maison de Brooke Shields à New York. Je me souviens qu'il y avait ce joli couple d'acteurs : Olivia Wilde et Jason Sudeikis, que tu essayais de séparer. Tu étais ivre mort, et d'ailleurs tu as fini la nuit chez Courtney Love... Voilà ce qui s'appelle un bon « name-dropping » pour démarrer le dîner !

JMI : Brooke habite près de chez moi, c'est une bonne copine. Courtney, eh bien... elle ne dort jamais ! Mmm... Ce vin est comme une belle bibliothécaire.

FB : J'ai remarqué dans ton livre que tu aimes bien comparer les vins à des actrices.

JMI : Goûte-moi ça... Certains vins sont minces comme Kate Moss, et d'autres plus généreux, style Pamela Anderson. Mais celui-ci ressemble à... Frédéric Beigbeder. Il est plus masculin. Sexy, mais intellectuel ! Sexy avec une barbe ! Tu sais qu'aujourd'hui, dans l'entrée de mon hôtel, j'ai trouvé un magazine avec un article sur ta barbe ! Je te jure !

Ma fiancée et Jay se foutent ouvertement de ma gueule et ricanent comme des hyènes. Sachez, ami lecteur de *Lui*, que ce rendez-vous mensuel est un enfer pavé de roses. Je dois sans cesse affronter les quolibets ingrats de mes invités. Mais le journalisme mondain est un sacerdoce. J'ai prêté serment devant la Commission de la Carte de Presse et je ne me défilerai pas, j'accomplirai ma mission d'information jusqu'au bout, dussé-je reprendre deux fois des rognons de veau. Dieu merci, Victoria Olloqui débarque à cet instant pour nous tenir compagnie. Victoria, je le signale à nos plus fidèles lecteurs, est une comédienne d'origine basque qui fut « la fille de la porte d'à côté » dans le numéro trois de *Lui*.

FB : Jay, je te présente Victoria qui a posé nue dans notre magazine. Où est ton fiancé, Victoria ?

Victoria Olloqui : En Martinique.

JMI : Il y a donc peu de danger qu'il rentre ce soir ? [Rires.]

VO : Jay, où est votre femme ?

JMI : Très loin, à New York City ! [Rires.]

FB : Comme c'est triste, ces deux âmes esseulées, perdues dans Paris by night...

JMI : Alors comme ça vous vous êtes déshabillée dans *Lui* ?

FB : Oui, si tu veux je t'enverrai un exemplaire.

JMI : Ce sera sans doute ma seule chance de vous voir nue ! [Rires.]

VO : J'ai joué le jeu à fond ! Le photographe [Olivier Zahm] respirait très fort. Il répétait tout le temps : « *sexy, sexy...* »

FB : [Rires.] « Vas-y, cambre-toi ! » Comment dit-on ça en anglais ?

JMI : « *Arch your back.* » J'aime bien votre magazine parce que les photos ne sont pas trop pornos comme dans *Penthouse* ou *Hustler*. Je n'aimais pas tellement ces journaux-là. Ils donnaient l'impression d'être un gynécologue.

FB : Je me demande pourquoi L'Ami Louis est toujours l'endroit préféré des Américains à Paris. A New York il n'y a pas de restaurant comme ça ?

JMI : Non, aucun. C'est inimitable. A New York, le foie gras n'a pas le même goût qu'en France, on n'a pas de poulets comme les vôtres... Il y en a qui essaient de recréer la même ambiance comme le Waverly Inn (où nous sommes allés ensemble), mais ce n'est pas comparable. Ici, le journaliste du *Monde* m'a emmené au Repaire de Cartouche qui n'est pas mal. Il y a aussi un chef américain qui a ouvert un endroit nommé Spring à Paris, très bien dans le genre cuisine créative...

FB : Oui, Spring va sûrement bientôt avoir son étoile au Michelin. Mais j'ai un peu peur des inventeurs. En tant que mangeur, je n'ai pas une vocation de cobaye.

JMI : J'ai lu ton édito dans *Lui* où tu dis que l'art est une suite de femmes nues depuis des milliers d'années. Tu m'as bien fait marrer !

FB : Tu as le droit de garder tes vêtements durant cet entretien. Revenons à ton livre : les Français vont l'adorer car tu dis que nos vins sont les meilleurs du monde. Il n'y a pas de bons vins en Californie ?

JMI : Rien d'équivalent aux vôtres. Les vins américains de la Napa Valley sont comme le cinéma américain à gros budget : ils donnent du plaisir mais ils ne font pas réfléchir. Les vins français sont tellement plus complexes.

FB : [Rires.] C'est pour ça que j'aime les films américains !

JMI : Et c'est pour ça que j'aime le cinéma français. L'Amérique est trop isolée culturellement aujourd'hui. Je milite pour qu'on traduise davantage de romans français, allemands, italiens aux Etats-Unis. Je suis assez dégoûté par mon pays en ce moment. Je suis pour que Manhattan devienne un pays indépendant des Etats-Unis ! Ou alors je déménagerai en France.

FB : C'est marrant parce que beaucoup de Français ont envie de partir à cause des hausses d'impôts... mais aussi de l'atmosphère déprimante, de cette crise qui n'en finit pas... Et maintenant les Américains veulent revenir chez nous, comme en 44 !

JMI : Franchement, en ce moment j'ai un peu honte d'être américain. C'était embarrassant de l'être sous George W. Bush, et ça le redevient maintenant.

FB : Pourquoi ?

JMI : D'abord il y a eu le « *shut down* » qui était un truc de fou : le pays ne fonctionnait plus pendant plusieurs semaines. Le FBI était en panne, la recherche scientifique suspendue, les parcs nationaux étaient fermés... Si l'on voulait tuer quelqu'un, c'était le moment idéal ! C'est bien plus grave que chez vous : en France, ok, il y a souvent des grèves, mais vous ne fermez pas le gouvernement pour autant ! Et puis maintenant on s'aperçoit qu'en plus, notre gouvernement en faillite espionne les emails du monde entier, c'est vraiment minable.

FB : De toute façon, tu n'es pas vraiment américain, tu es irlandais !

JMI : Oui, c'est pour ça que j'ai une bonne descente.

FB : Tu as remarqué des changements à Paris par rapport à tes précédentes visites ?

JMI : Une chose qui m'a fait beaucoup de peine, c'est la fermeture de la librairie « Village Voice », rue Princesse. Il n'y a plus de librairie qui vende des livres américains rive gauche !

FB : Si, il reste « Shakespeare and Company », devant Notre-Dame. Mais c'est la dernière du quartier. Tu écris un nouveau roman ?

JMI : J'aimerais bien finir la suite de *Trente ans et des poussières* et de *La Belle Vie*. J'ai repris les mêmes personnages et cette fois, ça se passe entre 2004 et 2008, entre la réélection de Bush et celle d'Obama.

FB : Ah ! on va retrouver Russell et Corrine Calloway, ce beau couple ! Tu fais comme Bret Easton Ellis qui a repris dans son dernier roman les personnages de *Moins que zéro*.

JMI : Sauf que moi, il ne s'est pas écoulé vingt ans entre les bouquins. Je vois plus ce projet comme une continuité narrative, analogue à un feuilleton. Je n'ai pas compris *Suites impériales*. Je l'ai trouvé un peu paresseux.

FB : Il n'est pas très en forme. Son film, *The Canyons*, avec Lindsay Lohan, était embarrassant.

JMI : Bret passe trop de temps sur Twitter en ce moment. Il est suivi par des centaines de milliers de gens, ça le travaille... Depuis qu'il vit à LA, il est obsédé par le monde du cinéma. Je ne sais pas s'il écrira un autre roman. Le dernier était très décevant, à part les dix premières pages où l'on retrouvait son univers.

FB : Et toi, tu n'as pas peur de te répéter en recyclant les mêmes personnages ?

JMI : Non, je suis heureux de retrouver Russell et Corrine, j'ai toujours pensé que ce serait une trilogie. Après leur mariage, je voudrais explorer l'infidélité. Un mariage heureux, c'est bien dans la vraie vie, mais très ennuyeux en littérature.

FB : Ce qui m'amène à Scott Fitzgerald ! Impossible de dîner avec toi sans te demander ce que tu as pensé de l'adaptation de *Gatsby le magnifique* par Baz Luhrmann au cinéma.

JMI : Les scènes de fêtes sont réussies, et Di Caprio excellent. Mais *The Great Gatsby* est un roman impossible à adapter à l'écran, et ce film le prouve une fois de plus. Il ne se passe pas tant de choses dans le livre, et tout repose sur la poésie de Fitzgerald, il nous fait rêver de ces gens, Daisy et Gatsby, il les rend magiques… par la grâce de son écriture, uniquement. Dès que tu les incarnes à l'écran, le rêve disparaît. Surtout Daisy. Cette Carey Mulligan… franchement, la pauvre, elle n'aurait jamais dû accepter.

FB : C'est difficile pour une actrice de refuser un personnage aussi mythique. Mais je suis d'accord, Jessica Chastain ou January Jones auraient été mille fois mieux pour incarner Daisy Buchanan… Ethérées, inaccessibles, mystérieuses… Scarlett Johansson, peut-être ?

JMI : Laisse tomber : personne ne peut interpréter Daisy. C'est la femme idéale, personne ne sera jamais aussi légendaire que la Daisy imaginaire. Même Mia Farrow n'y est pas arrivée.

FB : Tu as vu *Midnight in Paris* ?

JMI : Oh mon Dieu, j'ai détesté ce navet, tu peux l'écrire noir sur blanc dans ton journal. Fitzgerald et Hemingway étaient ridicules dedans. Le truc qui m'a le plus scandalisé, c'est de faire dire « old sport » par F. Scott Fitzgerald ! Il n'aurait jamais utilisé une expression aussi ringarde. Si Fitzgerald fait dire « old sport » par Jay Gatsby dans le roman, c'est justement pour montrer que le personnage est un plouc qui ne connaît rien à la haute société, et qu'il essaie de s'intégrer en étant trop familier. Quand Woody Allen transpose cette expression désuète dans la bouche de Fitzgerald, il fait une grave faute littéraire. Fizgerald et Gatsby n'ont rien de commun, il ne faut pas confondre l'auteur avec son personnage ! J'aime *Match Point* et *Vicky Cristina Barcelona* mais *Midnight in Paris* est un ratage complet.

FB : Tu sais que ma fille t'admire beaucoup depuis que tu as joué dans *Gossip Girl* !

JMI : C'est sans doute la seule chose dont on se souviendra dans mon pays. J'étais à Nashville l'autre jour et une femme est venue me demander une photo en tremblant : « Vous étiez bien dans *Gossip Girl*, n'est-ce pas ? » C'est la grande différence avec Paris. Rien qu'aujourd'hui, deux personnes m'ont arrêté dans la rue en me demandant : « Etes-vous Jay McInerney, l'écrivain ? » Cela ne se produit jamais en Amérique. C'est pour ça que je veux déménager en France !

FB : Je vais éteindre ce magnétophone et nous allons boire un verre au Flore, mais auparavant, en guise de conclusion, je voudrais raconter la fin de ton premier roman, *Bright Lights, Big City*. Je situe la scène pour nos lecteurs : c'est l'aube, le héros sort de boîte de nuit, il saigne du nez, il fait jour, il ne trouve pas de taxi, l'angoisse monte... Soudain il sent une odeur de pain chaud qui lui rappelle son enfance. Et il donne ses Ray-Ban au boulanger contre un sac de petits pains chauds. « Il va falloir que tu prennes ton temps. Tu as tout à réapprendre. »

JMI : Waow, tu t'en souviens ! Ouais, c'est un truc terrible, la coke, surtout devant des inconnus. C'est pour ça que je n'en prends plus jamais dans des lieux publics. C'est trop gênant de croiser des gens quand on est défoncé.

FB : Ça me donne envie de citer le titre d'un autre de tes romans... *Story of my life* ! [Rires.]

Michel Houellebecq II

– avril 2014 –

On sonne à la porte. Michel Houellebecq est en avance. Je suis très honoré de recevoir le plus grand romancier français chez moi, même s'il est allergique à mon chat. « Ton chat est quand même bizarre, dit-il. Il a une tête méchante. Il fait un peu peur. On devrait le prendre en photo, les lecteurs de *Lui* pourraient ainsi en juger par eux-mêmes. » Je refuse de publier une photographie de Kokoschka : il ne faut pas rendre mon chat trop célèbre car il est déjà très narcissique. En outre, je précise qu'il s'agit d'une chatte et – pardonnez cet humour vulgaire – il me semble qu'il y en a déjà suffisamment dans *Lui*. Recevoir Michel Houellebecq à son domicile n'est pas une mince affaire. Déjà se pose le problème des cendres de sa cigarette : il faut souvent tendre un cendrier à l'endroit où la cendre va tomber. S'il est de notoriété mondiale que Michel tient sa cigarette entre le majeur et l'annulaire, l'on sait moins qu'il est rigoureusement incapable de faire tomber sa cendre en un objet prévu à cet effet. Pour bien situer le cadre de notre entretien, il vous faut imaginer un hôte qui tente sans cesse de rattraper au vol des paquets de cendre tombant sur la chemise, ou dans l'assiette, ou le verre, de son invité. Nous mangeons un couscous livré à domicile par Chez Bébert en buvant du côte-rôtie. Nous dégusterons ensuite un assortiment de fromages choisis spécialement par Nicole Barthélemy pour Michel – principalement des fromages à pâte molle. Je n'ai pas prévu de dessert car je sais que nous n'aurons plus faim. Cela fait vingt ans que je fréquente Houellebecq : nous nous sommes rencontrés au début des années 90, quand ni lui ni moi n'avions de succès. En 1998, il est devenu un phénomène de société avec la publication des *Particules élémentaires*. Deux ans après, je publiais un roman dont il m'avait suggéré l'idée : *99 francs*. Depuis, nos destins liés nous empêchent de nous sentir concurrents. On pourrait dire cela autrement : j'ai accepté sa victoire depuis longtemps. J'ai toujours ressenti une immense tendresse pour cet auteur délicat, fatigué, qui ne prononce (lentement) que des phrases vraies. J'aime le lire, l'écouter, l'admirer et je sais que c'est une chance de pouvoir passer du temps avec lui. Il est toujours drôle et émouvant, même quand il a les cheveux collés sur le front et qu'il s'endort à table.

FB : Donc c'est officiel : tu vas publier un roman l'année prochaine ?

MH : Mmmm… oui mais je ne te dirai pas le titre. Teresa tient à l'exclusivité.

FB : A la bonne heure : j'en déduis que tu restes chez Flammarion (Teresa Cremisi en était alors la présidente) !

MH · Je voudrais commencer par parler de toi. Tu as écrit quelques livres, certains bons, d'autres non. Mais tu es sans problème le meilleur critique littéraire depuis déjà pas mal de temps. C'est pour cela que je te crains.

FB : Haha ! Tu es venu dîner pour tenter de m'amadouer ?

MH : Mmmm... Je suis très sérieux : tu es le critique que je crains le plus.

FB : [Rires.] Non Michel, tu as choisi de dîner à mon domicile car tu ne peux plus fumer au restaurant.

MH : Dominique Voynet a dit que le principal danger pour les enfants c'était la cigarette à l'intérieur des appartements. Tu verras que bientôt on n'aura plus le droit de fumer, même chez soi ! Quand je suis en train d'écrire, ma consommation de cigarettes augmente considérablement. Je suis à quatre paquets par jour en ce moment. Je ne pense pas que je parviendrais à écrire sans nicotine. Voilà pourquoi je ne peux pas ralentir en ce moment.

FB : Est-ce qu'on peut parler de ton problème dentaire ? Cela t'a un peu transformé physiquement. La dernière fois que tu es venu dîner ici, pardon de dévoiler ta vie privée, mais enfin... tu avais oublié tes dents sur cette table et ensuite tu as fait tout le Festival de Berlin sans tes dents !

Cela modifie ta physionomie sur les photos… tu t'en fous ?

MH : Ben euh… je m'en fous un peu, oui, pour être honnête. [Rires.]

FB : Mais ça va, la santé ?

MH : Euh… non. Je pense que quand même, quand j'aurai fini ce roman, je vais faire un effort pour réduire la cigarette. L'alcool n'est pas un problème sauf avec les chauffeurs de taxi : une fois sur deux, le chauffeur me dit : « Ah non, pas vous ! Vous allez vomir dans ma voiture ! »

FB : Donc ton évolution physique n'est pas une tentative calculée de te faire une trogne à la Paul Léautaud ?

MH : Non, je ne vois pas à quoi il ressemble. On me compare parfois à Gainsbourg mais ça me vexe plutôt, parce que je préfère Polnareff ou Joe Dassin.

FB : « Jusques en haut des cuisses elle est bottée et c'est comme un calice à sa beauté. » Tu n'aimes pas ça ?

MH : Bof… J'ai fait mieux, hein. Je tiens à le préciser : je suis quelqu'un qui aime beaucoup la chanson. J'ai commencé à écouter le hit-parade vers onze-douze ans. Le choc esthétique le plus violent de ma vie restera quand même la découverte du rock.

FB : Ton Dieu c'est toujours Paul McCartney ?

MH : Oui mais je peux être aussi très ému par Schubert.

FB : Je peux témoigner qu'à Guéthary je t'ai vu pleurer en écoutant « Let it be ». Tu pleures aussi en écoutant un lied de Schubert ?

MH :Ah oui, « Le pâtre sur le rocher », c'est la seule fois de ma vie où j'ai éclaté en sanglots en plein concert. C'était très gênant pour la chanteuse car je pleure bruyamment. Enfin, peut-être qu'elle était contente de provoquer cet effet mais c'était embarrassant. L'arrivée de la clarinette est un des trucs les plus beaux jamais composés. Quand je veux me représenter ce qu'est un génie, je pense à Beethoven plus qu'à Shakespeare. Dans la période plus récente c'est McCartney et, en vieillissant, Hendrix. Ma rencontre avec Iggy Pop est une des plus grandes joies de ma vie. « 1969 », des Stooges, est le premier disque que j'ai acheté.

FB : Ce qui est surprenant, c'est que tu as été adapté en chanson par Iggy Pop, Carla Bruni et Jean-Louis Aubert. Ils ont des styles très différents !

MH : Mmmm… Les créateurs de haut niveau viennent me trouver tout naturellement ! [Sourire.]

FB : Tu vas bientôt te rendre à l'inauguration de la « rue Michel Houellebecq » dans la ville espagnole de Murcie. Qu'est-ce que ça fait d'avoir une rue à son nom ?

MH : Mmmmm… ça fait drôle. Je crois que ça a impressionné ta fille.

FB : Ah oui, elle était très épatée. Je trouve que tu devrais y habiter. Ainsi on pourrait t'écrire :

« à Monsieur Michel Houellebecq, dans la rue du même nom. »

MH : Mmmm... Pratique, oui... ça fait noble, un peu.

FB : Tu as aimé jouer ton propre rôle dans *L'Enlèvement de Michel Houellebecq*, de Guillaume Nicloux ?

MH : C'est drôle parce que les kidnappeurs en ont marre de leur otage. Une sorte de syndrome de Stockholm inversé. Une fois de plus, je confirme ma réputation de touche-à-tout ! Bon, pour le disque de Jean-Louis Aubert, je dois signaler que je n'ai strictement rien fait. J'ai été emballé par le projet mais je n'ai rien foutu.

FB : Simultanément, ta poésie entre dans la prestigieuse collection « Poésie/Gallimard ». La préfacière Agathe Novak-Lechevalier dit de toi que tu développes un art du « télescopage ». Ce que tu as résumé ainsi : « Faire quelque chose de religieux intégrant l'existence des parkings souterrains. »

MH : C'était une gageure ! Mon problème, ça a été de choisir l'ordre des poèmes dans cette anthologie : à chaque fois que je trouvais un poème excellent, tac !, je changeais de partie. C'était comme de faire du montage. *Non réconcilié* est vraiment mon « best of ».

FB : Je crois savoir que tu as écrit ton roman [NDA : Il s'agit de *Soumission*] à Cuba et en Thaïlande ? Tu fais exprès d'écrire dans des pays qui ne parlent pas le français ?

MH : J'ai besoin d'être seul dans ma langue. Je ne communique pas de la journée dans ma langue. Le français est réservé à l'écriture, ça permet de rester concentré.

FB : Comment débutes-tu un roman ? Tu choisis un sujet ou tu attends l'inspiration ?

MH : Mmmm... T'as des préoccupations qui montent et des premières pages qui viennent et tu continues. Et hop.

FB : Tu m'as souvent dit que tu aimais les romans longs car ils permettent de s'installer, de se sentir confortable pour développer, suivre des personnages...

MH : J'ai peut-être tort mais cette fois plus encore que les autres, j'essaie d'être parfait, donc je corrige tout le temps. Et du coup, le prochain sera plus court que les autres.

FB : Ah, c'est bien !

MH : Quoi, « c'est bien » ?

FB : Euh... je suis un peu paresseux...

MH : Tu es insultant ! Dis-le tout de suite si mes gros livres t'emmerdent !

FB : [Rires.] Le prix Goncourt a-t-il changé ta vie ?

MH : Non, pas du tout. Mon prochain roman ne sort pas en septembre, c'est tout ce que ça change.

FB : Moi je publie en septembre.

MH : Toi tu peux encore avoir le prix Goncourt.

FB : Impossible, je suis juré au Renaudot.

MH : Ah quel con ! Pourquoi tu te mets dans des trucs comme ça ? [Rires.]

FB : Après quelques années d'exil en Irlande, tu es revenu en France il y a un an dans une tour qui ressemble à un gratte-ciel new-yorkais avec vue sur des idéogrammes chinois. Tu vis comme dans *Blade Runner*, porte de Choisy !

MH : Il y a un double aspect. D'une part j'ai voulu revenir en France sans avoir l'impression d'être en France. D'autre part, étant proche de l'autoroute, je peux quitter le pays très rapidement.

FB : Tu n'es pas heureux d'être revenu dans ton pays ?

MH : Je me sens extrêmement mal en France. Il y a eu plusieurs tours de vis supplémentaires depuis que je suis parti. C'est incroyable comme le gouvernement semble vouloir augmenter le malheur des gens, dans des proportions peut-être inédites. Je suis triste de l'état de mon pays. Tu veux que je te dise ? Je redoute une guerre civile. C'est très tendu en ce moment. Ça peut exploser à tout instant.

FB : On connaissait la « fracture sociale », toi tu es considéré comme le romancier de la « fracture sexuelle ». Que penses-tu de la loi pénalisant les clients de prostituées ?

MH : C'est une saloperie pure et simple. Je connais des prostituées, en tant qu'ami et même pas que client. Il leur reste un peu de culpabilité parce que certaines m'ont dit qu'elles s'achètent plein de conneries, genre fringues de créateur, pour expier un peu, dépenser plus vite leur fric. A part ça, elles adorent leur métier et empêcher ces filles d'exercer est une première saloperie considérable ; le fait de *ne pas écouter les prostituées du tout* est une infantilisation tragique. Quant à foutre des amendes aux clients, c'est humainement dégueulasse. Je ne peux pas supporter un gouvernement qui fait des choses pareilles, ce n'est pas possible.

FB : Mais comment empêcher la guerre civile que tu annonces ?

MH (ton gaullien) : Je peaufine un projet de nouvelle constitution démocratique. Il est assez inhabituel de lancer une campagne politique dans *Lui*, mais je ne dispose pas de beaucoup de relais d'opinion sérieux, et puis il faut changer les habitudes anciennes. Je souhaite généraliser la démocratie directe en supprimant le Parlement. A mon avis, le président de la République doit être élu à vie mais instantanément révocable sur simple référendum d'initiative populaire. Troisième mesure importante : la fonction de juge deviendra élective (bien sûr parmi les diplômés en droit, on ne pourra pas élire quelqu'un comme toi, par exemple). Quatrième mesure : le budget de l'Etat sera décidé par les citoyens qui devront chaque année remplir une feuille avec des cases à cocher. Le peuple décidera ainsi quelles dépenses il juge prioritaires. On fera une moyenne avant d'allouer les budgets à chaque ministère. Il faut plus de démocratie directe si l'on veut sortir de cette crise de la représentation politique dans laquelle nous sommes. Si l'on n'adopte pas mes mesures, on court à la catastrophe.

FB : Tu veux être le nouveau Michel Debré ?

MH : Rousseau avait élaboré un projet de constitution pour la Pologne. Ceci est « mon projet pour la France ».

FB : Ce qui est amusant avec toi, c'est que tu es un romantique moraliste presque chrétien que tout le monde prend pour un nihiliste décadent et athée.

MH : Oui. C'est très étrange mais mmm... c'est un mystère. Si t'allumes une cigarette en attendant le TGV, tu es qualifié de nihiliste tout de suite, quoi. Le mot « nihiliste » a un sens historique précis et limité qui date du XIXe siècle russe. Ce sont des révolutionnaires qui se sont dit : « On ne sait pas ce qu'on veut mettre après, mais il faut tout détruire, ce sera toujours mieux qu'avant. » Moi je ne suis pas nihiliste, au contraire : je suis un conservateur comme Benoît Duteurtre.

FB : C'est grâce à lui qu'on se connaît, tu sais. Il m'a emmené aux réunions de la revue *L'Atelier du roman*, au Lucernaire, dans les années 90. Il y avait là Philippe Muray, Lakis Proguidis, Milan Kundera, et toi.

MH : Oui, ces écrivains avaient en commun de lutter contre le « politiquement correct ». Aujourd'hui on ne veut même plus prononcer l'expression, c'est devenu ridicule, mais ça avait un sens, et ça en a toujours, de lutter pour sa liberté d'expression. Le « politiquement correct » n'a cessé de progresser depuis vingt ans. On se fatigue à dire du mal de ce truc mais le truc ne se fatigue pas d'exister. J'ai connu Philippe Muray : de son vivant j'étais en désaccord avec lui, et aujourd'hui je m'aperçois qu'il avait raison sur tout, en fait. C'est horrible ce qu'on supporte.

FB : Les jeunes qui font des quenelles sont une conséquence de l'ampleur du « politiquement correct ».

MH : Bien sûr ! Tu crois que ça m'a amusé d'aller à un procès alors que je ne me suis jamais intéressé à l'islam ? On doit pouvoir travailler sans être inquiété par la censure. L'interdit est une mécanique qui ne s'arrête jamais. Il y a quelqu'un qui est très libre en ce moment, c'est Gaspard Proust. Je l'aime vraiment bien. C'est une des seules émissions que je regarde tout le temps, les cinq minutes de Gaspard Proust.

FB : Je te le présente quand tu veux ! Ah, attention, c'est maintenant l'heure de notre nouvelle rubrique : la question d'Albert Camus.

MH : Ah ! j'écoute.

FB : Peut-on imaginer Houellebecq heureux ?

MH : Mmmm... euuuh... pffff... Joyeux : ouais. Heureux, j'aurais tendance à dire non. Dans ma vie je n'ai eu que des bribes de bonheur. Des moments de joie.

FB : Je rappelle la première phrase de ton premier livre : « Le monde est une souffrance déployée. »

MH : Il est certain que ce n'est pas la phrase d'un optimiste. Le bonheur, pfff... Il faut imaginer Houellebecq n'écrivant plus ; j'espère que c'est une perspective pénible.

FB : Tu es plutôt pour le progrès technologique (par exemple, le clonage humain dans *Les Parti-*

cules élémentaires et *La Possibilité d'une île*). Que penses-tu des utopies transhumanistes de Google ?

MH : J'ai récemment perdu mes deux parents et mon chien dans un délai relativement bref : je n'ai pas été satisfait de ces morts. Si on peut vivre 350 ans, je suis pour : il y a encore tellement de livres à lire. Récemment j'ai découvert Theodor Fontane, c'est génial. Par contre, je ne vois pas l'intérêt des Google Glasses, c'est un peu terrifiant les caméras qui reconnaissent les gens. L'autre jour j'ai vu une publicité qui m'a effrayé dans le métro pour un site de rencontre qui disait : « L'amour n'arrive pas par hasard. » J'avais envie de dire : « Justement si, laissez-nous au moins le hasard. »

FB : Je n'arrive pas à savoir dans quel camp tu te situes. Tu es pour protéger l'humanité ou tu es favorable à une humanité « augmentée » ?

MH : Disons que j'ai pas envie de me laisser emmerder par les humanistes. Si on peut améliorer l'humanité, pourquoi pas ? Je me souviens d'une conférence au moment où je me faisais traîner dans la boue et traiter de nazi parce que soi-disant je défendais l'eugénisme, la génétique et tout ça. Il y a un handicapé qui a dit avec difficulté au micro : « Je... suis... plutôt... pour. » C'était terrible, ça a calmé tout le monde. Evidemment que c'est pas marrant d'avoir une maladie génétique orpheline. Bon, y a tout de même une limite. Faut pas non plus excessivement normaliser l'être humain, parce que s'il fallait être parfait... ni toi ni moi ne serions vivants !

C'est à ce moment précis que notre cher photographe anglais, Jocelyn Bain Hogg, a sonné à la porte. Michel a alors sorti de son sac à dos deux choses : une ampoule « coup d'éclat » dont il a étalé le contenu sur son visage, et *La Chanson de Roland* dont il a lu à haute voix un passage. Ensuite, bien plus tard dans la nuit, un chauffeur de taxi accepta de transporter un poète quelque peu éméché. La France n'était donc pas complètement invivable.

James Salter

– août 2014 –

Dans ma vie, j'ai rencontré pas mal d'écrivains que j'admirais. Certains m'ont déçu, d'autres m'ont épaté. Il y en a que je trouve nuls par écrit mais sympathiques dans la vie ; d'autres, sinistres en société, deviennent désopilants à la lecture (si vous insistez, un jour je vous en dresserai la liste exhaustive). La catégorie la plus rare, c'est l'auteur qui correspond exactement à ce qu'il écrit. L'ancien pilote de l'US Air Force James Salter ressemble trait pour trait à Philip Bowman, le héros stoïque de son dernier roman, *Et rien d'autre*. Il est aussi romantique que l'amant américain d'Anne-Marie dans *Un sport et un passe-temps* (1967), aussi doux, sensuel et mélancolique que le mari désabusé d'*Un bonheur parfait* (1975). Chaque phrase qu'il prononce sonne juste : c'est normal, elle est de James Salter. Ce sont peut-être les quarante années qui nous séparent qui lui confèrent cette assurance humble. Il y a tout simplement un moment où les hommes cessent de tricher. J'ai hâte d'avoir 89 ans pour être moins stressé.

De son vrai nom James A. Horowitz, cet octogénaire fringant est diplomé de l'Académie militaire de West Point, comme son père. Lors d'un vol en solitaire, en mai 1945, alors que la Seconde Guerre mondiale vient de s'achever (ce qui rend l'anecdote encore plus absurde), il tombe en panne d'essence, un événement plus dangereux à bord d'un avion de chasse que d'une voiture de tourisme. Confondant une voie ferrée avec une piste d'atterrissage, il se pose sur le toit d'une maison dans le Massachusetts. On peut donc considérer James Salter comme deux fois miraculé : il a survécu non seulement à cet atterrissage en catastrophe, mais aussi à la guerre de Corée, où il participa à une centaine de missions de combat face aux MIG à étoiles rouges (il a raconté cette expérience en 1957 dans son premier roman, *The Hunters*, adapté au cinéma avec Robert Mitchum sous le titre *Flammes sur l'Asie*). Ce n'est pas tous les jours qu'on déjeune dans le VIe arrondissement de Paris avec un homme qui a descendu des avions communistes.

J'ai hésité entre plusieurs restaurants où inviter Mr. Salter à déjeuner mais le quartier de Montparnasse s'imposait : c'est celui de *Paris est une fête* et de son éditeur, Olivier Cohen. Cela fait près d'un demi-siècle que les écrivains américains fréquentent Le Select, Le Dôme, La Coupole et La Closerie. J'ai choisi La Rotonde parce que Ernest Hemingway en dit ceci dans son livre posthume sur notre capitale : « Je passai devant la collection d'habitués de La Rotonde avec un grand mépris pour le vice et l'instinct grégaire. » Dans l'entre-deux-guerres, La Rotonde était un endroit mal famé, tape-à-l'œil, où les grues les plus maquillées s'affichaient au bras de peintres alcooliques. Rassurons nos lecteurs de la haute société : La Rotonde s'est assagie. C'est là que François Hollande a fêté sa victoire à la présidentielle. Ce lieu est devenu en quelque sorte le Fouquet's de la rive gauche.

JS : Hemingway trouvait cet endroit vulgaire. Avant, je préférais La Coupole mais elle a été refaite… Ils ont voulu l'arranger et l'endroit y a perdu son âme. J'y allais tout le temps avec mon ami le producteur Jean-Pierre Rassam. Il me disait : « Chaque fois que je suis dans une ville, je dîne tous les soirs dans le même restaurant, comme ça les gens savent où me trouver. » C'est un bon principe, je ne l'ai jamais oublié.

FB : Vous avez dit quelque part : « On ne voyage que pour chercher l'amour, sans cela les voyages sont stériles. » Ce séjour à Paris est-il stérile pour vous ?

JS : [Rires.] Vous ne devriez pas faire trop attention à ce que je dis dans les interviews ! Je ne sais plus quand j'ai dit cela, mais ça devait être il y a longtemps… Peut-être quand je faisais le tour du monde, à 25-30 ans ; il est vrai qu'à l'époque, je ne m'intéressais pas beaucoup aux monuments…

FB : Dans *Un sport et un passe-temps*, mais aussi dans votre dernier roman, vous décrivez la France comme la nation la plus hédoniste du monde, « un paradis profane ».

JS : Oui, c'est vrai. Vous savez, je n'ai jamais vécu longtemps à Paris. Quelques semaines, tout au plus. Mais c'est assez pour voir qu'il y a ici un certain goût de vivre. La France est un pays où il est merveilleux d'être seul et aussi merveilleux d'être accompagné.

FB : Tous vos romans tournent autour du souvenir. Il y a une phrase de Jean Renoir que vous citez souvent : « Les seules choses importantes dans la vie sont les choses dont vous vous souvenez. » Il me semble que c'est le sujet de votre dernier roman, *Et rien d'autre* : rassembler les moments les plus importants d'une existence entière. Ce roman est-il le pendant fictif de votre autobiographie, *Une vie à brûler* ?

JS : Je ne crois pas, il y a beaucoup de différences, même si c'est aussi une vie qui se déroule pendant la deuxième moitié du XXe siècle. La principale différence, c'est que j'ai tout imaginé ! Et puis apparaissent beaucoup d'autres personnages que le narrateur. J'ai essayé de faire un roman plus fluide mais aussi plus discontinu que mes Mémoires.

James Salter a choisi des huîtres de Quiberon et une frisée aux lardons avec un œuf poché, moi un croustillant de chèvre et une salade de homard. Vous comprendrez plus tard à quel point c'est important (quand nous parlerons de Colette). Il passe la commande en français (« Fines de claire, s'il vous plaît ») mais répond à mes questions en anglais.

FB : Vous ne parlez en français qu'aux maîtres d'hôtel ?

JS (en français) : Je parle… un français de restaurant.

FB (retour à l'anglais) : Votre éditeur Olivier Cohen s'obstine à changer tous vos titres dans notre langue. *Light Years* (les années légères) est devenu *Un bonheur parfait*, et *All that is* (c'est tout) s'intitule *Et rien d'autre*…

JS : Olivier Cohen les a modifiés avec ma bénédiction. Ces titres avaient une ambiguïté compliquée à traduire en français.

FB : Vous aimez l'ambiguïté. Vous aimez que le lecteur ne sache pas distinguer le vrai du faux.

JS : L'imagination est la réalité. Tout ce qu'il y a dans cette fiction est vrai. Le rôle du romancier n'est que de poser des mots sur ce qu'il ressent comme la vérité.

FB : La scène de guerre au début de *Et rien d'autre* est très réaliste. Vous êtes le romancier des détails, comme Nabokov. Par exemple, dans cette scène inaugurale, quand vous comparez les balles qui sifflent à des abeilles…

JS : Vous écrivez aussi, je crois ? Vous voyez bien comment ces images arrivent. Ces abeilles, je les ai entendues.

FB : Vous voulez dire quand vous étiez dans votre avion, durant la guerre de Corée ? Les balles sifflaient comme un essaim d'abeilles ?

JS : Oh ! non, parce que, dans un avion, le bruit du moteur couvre le bruit des balles. On n'entend rien. Ce n'est pas comme à la télévision ! Quand je volais, j'entendais seulement le son de la radio et ma respiration. Dans un avion de chasse, le pilote entend surtout sa propre respiration.

FB : Et le bruit des avions ennemis ?

JS : On le guette ! Une fois seulement, je me souviens d'avoir entendu l'explosion d'un avion. Heureusement, ce n'était pas le mien ! Mais, pour revenir à l'écriture, je crois qu'il ne faut pas abuser des métaphores, elles peuvent alourdir la prose. C'est très intuitif. Il faut un équilibre entre les petites trouvailles qui nous font plaisir et l'histoire qu'on veut raconter.

FB : On sent que ce dernier roman attache encore plus d'importance à la simplicité de la forme, et pourtant il est très recherché, très élaboré… Par exemple, il y a beaucoup de phrases sans verbe.

JS : Je ne l'ai pas calculé. J'écris comme ça vient, parfois ce sont des phrases que j'ai entendues, d'autres que je note à la main… J'écris pour que les choses ne disparaissent pas, c'est tout.

FB : « C'est tout ! » Comme le titre de votre livre !

JS : [Rires.] Vous devriez peut-être boire moins de vin blanc.

FB : Le XXIe siècle vous effraie-t-il ? L'amnésie des gens, la disparition du livre…

JS : Je ne sais pas, on n'en sait rien. On continue d'écrire, non ? Sans avoir le moindre contrôle sur ce qui va nous arriver.

FB : Cet été, nous fêtons le 70e anniversaire de la libération de Paris…

JS : J'avais un colocataire dans ma jeunesse qui y a participé… Il m'a écrit des lettres qui décrivent la joie qu'il y avait.

FB : J'ai une théorie sur vous : vous écrivez avec chaleur et en même temps distance. Je pense que ce style, à la fois précis et distant, vient de la guerre. Vous êtes un vétéran de la guerre de Corée, et tous les écrivains qui ont fait la guerre ont cette qualité en commun : Salinger, Irwin Shaw, Hemingway, Dos Passos, Cheever, Mailer…

JS : Je ne sais pas si nous avons grand-chose en commun ! Vous supposez que la guerre change les gens et c'est vrai. Mais je pense que, de tous ceux que vous avez cités, Salinger est celui qui a vu le plus d'horreurs. Lui a vraiment vu la guerre. Irwin Shaw, moins. Il y a une grande différence entre entendre des bombardements à 3 kilomètres et se trouver au cœur de la bataille.

FB : Pensez-vous que la guerre est l'iceberg des romans américains ?

JS : J'espère que non ! Mais la violence, peut-être. La violence de l'Amérique augmente. Je suis un peu effrayé. C'est tout de même le seul pays où les gens ont des mitraillettes chez eux !

FB : En Suisse, ils ont tous un fusil à la maison.

JS : Mais ils s'en servent peut-être moins ? En fait, dans mes livres, je ne parle pas tellement de la violence américaine. Moins que Cormac McCarthy, par exemple. Je dirai que la guerre m'a juste donné une autre vision de la vie. Vous savez, l'armée de l'air n'est pas aussi terrible que l'infanterie ou la marine.

FB : En général, les écrivains sont meilleurs dans leur jeunesse. Quand ils vieillissent, ils se répètent, leur style se relâche... ils sombrent dans le gâtisme ! Vous êtes l'exception qui confirme la règle ! Vous êtes comme un vin français, de mieux en mieux avec l'âge. Quel est votre secret ?

JS : Le tanin ! [Rires.]

FB : Vous n'êtes pas paresseux. Vous ne voulez pas prendre votre retraite ?

JS : Si, je suis très paresseux, mais pas question de prendre ma retraite ! Je me dis toujours que je pourrais faire mieux. Bien sûr, ça demande beaucoup d'efforts, et je dois me forcer.

FB : Vous écrivez encore des nouvelles ? Elles étaient très bonnes, vous pourriez peut-être en écrire d'autres ?

JS : Ce n'est pas parce que c'est plus court que c'est plus facile !

FB : Vous citez souvent Colette comme l'une de vos grandes influences. Cela peut surprendre, sauf si on vous lit attentivement. Vous l'avez lue en français ?

JS : Un peu... J'étais très ami avec Robert Phelps, qui a écrit sur Colette et m'a enseigné sa vie et son style. La recherche de l'expression la plus directe, la plus juste, la brièveté, la pureté...

FB : Il y a chez vous la même façon de décrire la nourriture, les femmes, l'amour de la vie.

JS : Oui, Colette avait tout cela.

FB : Vous aussi, vous l'avez !

JS : Mais elle l'avait avant moi ! [Rires.] Il existe une biographie de Colette en anglais, qui est splendide. Je suis aussi bouleversé par sa vie que par ses livres. Ce qu'elle a écrit sur Saint-Tropez est fabuleux.

FB : Elle a inventé Saint-Tropez avant Brigitte Bardot !

JS : Oui, ce qu'elle a écrit sur sa maison là-bas, c'est si parfait… C'était sa mémoire, mais elle nous l'a donnée.

FB : Que lisez-vous en ce moment ?

JS : Un poète chinois du VIIIe siècle, Li Po. Je le relis tout le temps. Ce sont des petits poèmes en prose sur le vent, la lune, la rivière… Comme chez la poétesse grecque Sappho, il n'y a rien de spécial, les mots sont évidents. C'est le sens de l'observation qui touche en quatre ou six mots. Personne ne peut faire ça comme lui. Ça implique un talent inné.

FB : Comme quand vous décrivez la lumière sur la rivière Hudson. C'est votre hommage à Li Po ?

JS : [Rires.] Oui, bien sûr ! Evidemment ! On aime la rivière, on la voit toute sa vie, et soudain on veut la décrire à sa façon. Je me souviens que j'ai écrit cette phrase en me disant : je veux que tu saches, chère rivière, que je sais comme tu es grande. [Silence.] Mais dites-moi, jeune homme, de quoi parle votre prochain livre ?

FB : D'Oona O'Neill.

JS : Oh ! Oona était une très belle fille. Je prenais parfois le bus avec elle, à New York. Elle devait avoir un an de moins que moi.

FB : Ça alors ! Et vous vous parliez ?

JS : Non, je ne la connaissais pas, mais elle avait tout le temps sa photo dans les journaux, dans les années 1940… C'est curieux, voyez-vous. On ne s'est jamais parlé, mais je m'en souviens encore.

GRATITUDE AUX RESPONSABLES

L'auteur tient à remercier, dans l'ordre chronologique, Jean-Marie Rouart, Dominique Cellura, Jean-Louis Remilleux, Jacques Expert, Gilles Haeri, Stéphane Million, Jacques Colin, Jean-René Van der Plaetsen, Rodolphe Belmer, Stéphane Simon, Vincent Jaury, Fabrice Lardreau, Jérôme Béglé, Anne Boulay, Xavier Romatet, Adèle Schnur, Michaël Gentile, Alain Kruger, Jean-Christophe Buisson, Nicolas Ungemuth, et Jean-Yves Le Fur de lui avoir permis d'enregister ces conversations. C'est grâce à leur confiance que ces paroles ne se sont pas envolées.

TABLE

Mise en pages PCA
44400 Rezé

Cet ouvrage a été imprimé en France
par CPI
en juillet 2015

N° d'édition : 18936 - N° d'impression : 129338
Dépôt légal : septembre 2015